Henry BORDEAUX

de l'Académie française

SUR LE RHIN

I0660407

Le Rhin romantique
(Octobre-Novembre 1905)

Les Fêtes de la libération
à Strasbourg et à Metz
(8-9 Décembre 1918)

Les Français sur le Rhin
(Décembre 1918)

118

PARIS

LIBRAIRIE PLON

PLON-NOURRIT et Cie, IMPRIMEURS-ÉDITEURS

8, RUE GARANCIÈRE — 6e

SUR LE RHIN

Ce volume a été déposé au ministère de l'intérieur en 1919.

DU MÊME AUTEUR

OUVRAGES SUR LA GUERRE

Le Chevalier de l'air. Vie héroïque de Guynemer.
La Chanson de Vaux-Douaumont. — I. **Les Derniers Jours du fort de Vaux** (9 mars-7 juin 1916).
La Chanson de Vaux-Douaumont. — II. **Les Captifs délivrés** (Douaumont-Vaux : 21 octobre-3 novembre 1916).
Trois Tombes.
La Jeunesse nouvelle.
Sur le Rhin.

ROMANS ET NOUVELLES

La Maison.
L'Amour en fuite.
*La Petite Mademoiselle.
La Neige sur les pas.
Le Carnet d'un stagiaire.

La Robe de laine.
La Croisée des chemins.
Les Yeux qui s'ouvrent.
L'Écran brisé.
Les Roquevillard.

(Librairie Plon-Nourrit et Cie.)

La Nouvelle Croisade des enfants.

(Librairie Flammarion.)

La Peur de vivre.
Le Pays natal.
La Voie sans retour.

Le Lac noir.
Jeanne Michelin.

(Librairie A. Fontemoing.)

ESSAIS DE CRITIQUE

*Les Pierres du foyer.
La Vie au théâtre (1907-1909. 1909-1911. 1911-1913). — 3 vol.
Portraits de femmes et d'enfants.

(Librairie Plon-Nourrit et Cie.)

Quelques Portraits d'hommes. — Vies intimes.

(Librairie A. Fontemoing.)

Ames modernes (Librairie Perrin).

Les Amants de Genève, édition de luxe (Librairie Dorbon aîné).

THÉATRE

L'Écran brisé.
Un Médecin de campagne. En collaboration avec M. Emmanuel DENARIÉ.

(Librairie Plon-Nourrit et Cie.)

PARIS. — TYP. PLON-NOURRIT ET Cie, 8, RUE GARANCIÈRE. — 23932.

HENRY BORDEAUX

de l'Académie française

SUR LE RHIN

Le Rhin romantique
(Octobre-Novembre 1905)

Les Fêtes de la libération
à Strasbourg et à Metz
(8-9 Décembre 1918)

Les Français sur le Rhin
(Décembre 1918)

PARIS

LIBRAIRIE PLON

PLON-NOURRIT et Cie, IMPRIMEURS-ÉDITEURS

8, RUE GARANCIÈRE — 6e

NOTE LIMINAIRE

Les notes prises au cours de deux voyages sur les bords du Rhin — entrepris en des circonstances bien différentes — ont composé cet ouvrage.

Le Livre Ier — le Rhin romantique — *sauf les chapitres II* (Le Monument aux morts de Metz) *et XIV* (Les Chacals de Frœschwiller) *et les trois chapitres du retour, a été publié en 1906 dans un volume intitulé* Paysages romanesques *qui est dès longtemps épuisé. Il fait un contraste qui retiendra peut-être l'attention du lecteur avec mes impressions nouvelles, recueillies à la suite des armées d'occupation en décembre 1918, qui sont rassemblées dans le Livre II.*

Le voyageur qui, en 1905, remontait le Rhin pour y chercher des légendes et des émotions d'art était déjà contraint à remarquer les casques à pointe et les hauts fourneaux. Il a connu la rare fortune de revoir ces lieux pittoresques et prospères, où sommeille le souvenir français, soumis à notre autorité et témoignant de notre victoire...

H. B.

Ce 1er février 1919.

I

LE RHIN ROMANTIQUE

A MAURICE BARRÈS

Au poète des départs et des retours,
de la Mort de Venise *et du* 2 Novembre en Lorraine,
au défenseur des Bastions de l'Est
en témoignage d'admiration et d'amitié.

H. B.

J'ai un ami qui habite dans le voisinage de la gare Saint-Lazare. De ses fenêtres il entend le sifflet des trains, et même il reçoit un peu de fumée. Il prend pension au buffet. Sa valise est toujours faite. Ainsi prêt à partir, il ne quitte jamais Paris. Mais il prétend que cette sensation de provisoire le guide utilement à travers l'existence. Il ne signe que des baux de courte durée, soit avec son propriétaire, soit avec ses idées ou ses sentiments. Les chaînes lui sont inconnues : il demeure indépendant. Une perpétuelle vision de départ fait de lui un homme libre. Les indicateurs et le Bædeker eux-mêmes ne lui sont pas indispensables.

Si la seule perspective du voyage a pour résultat de nous libérer, quel bienfait ne nous réserve-t-il pas? Il supprime d'un coup l'habitude, cette mortelle ennemie de notre sensibilité qui déforme et rapetisse tout ce qu'elle touche. Et l'intelligence réveillée de son engourdissement croit recommencer une vie nouvelle pour laquelle son expérience lui servira. Mais où aller? Pierre Loti nous a prédit une terre « bien ennuyeuse à habiter, quand on l'aura rendue pareille d'un bout à l'autre... ». Et il est vrai que notre civilisation uniforme atteint chaque jour des mœurs, des usages, des costumes dont la diversité valait à nos regards beaucoup de plaisir. Notre vieille planète, travaillée par la guerre, l'art, la science et les passions des hommes, n'a plus un visage bien frais. Celui qui réclame d'elle une grâce vierge devra gagner la montagne ou devenir explorateur. Encore n'est-il guère de pics non escaladés, ni de pays inconnus. Mais sur ce visage que les saisons rajeunissent, nous pouvons surprendre les traces émouvantes de la vie humaine.

M. Paul Bourget, visitant la maison de Gœthe à Francfort, indiquait les raisons qu'il avait de ce déplacement : « La personnalité morale d'une ville et d'un pays est faite du souvenir de leurs grands morts. Rien n'est indifférent de ce qui colore, de ce qui anime le souvenir, de ce qui le rend présent, réel, comme concret. Il y a là aussi un haut intérêt d'enseignement. » Quelques noms, parfois un seul, composent la physionomie intellectuelle et sentimentale d'une cité. On ne la connaît pas toute en parcourant ses marchés et ses musées, en s'arrêtant devant ses monuments. Si l'humanité prend conscience d'elle-même par la série de ses grands hommes, chaque localité réclame de ses enfants une individualité plus précise. Sans doute le génie rayonne bien au delà de son horizon natal : mais il n'est de génie que dans l'exactitude et la vérité, et il faut qu'il ait commencé par s'imbiber du réel. En le recherchant dans ses origines ou dans les circonstances qui le favorisèrent spécialement, on se placera donc dans le milieu le plus favorable à son évocation. Restituer à un pays ses grands hommes en action, c'est le voir dans son plein éclat, c'est lui donner son maximum d'intérêt.

On raconte de Balzac qu'il suivait volontiers dans la rue les gens dont le physique l'avait impressionné. Il imaginait leur but et leurs affaires, et un jour que l'un de ces personnages qui le précédait avait heurté son coude contre un réverbère, le romancier se tâta le bras, tant il s'était momentanément identifié avec l'inconnu. Ce sont un peu des sensations de cette nature que le voyageur rencontre lorsqu'il reconstitue sur place des biographies. Ainsi usurpe-t-il des circonstances violentes et avantageuses avec lesquelles il augmente sa personnalité, ou il s'abrite derrière autrui pour traiter des sentiments dont il a la pudeur. Ainsi les paysages, en se chargeant d'expliquer et de répandre les passions humaines, deviennent-ils eux-mêmes romanesques.

H. B.

Le Maupas, 20 septembre 1906.

LE RHIN ROMANTIQUE

I

PRÉLUDE

Octobre 1905.

J'ai rencontré en Italie un artiste qui exerçait un état singulier. Il était fabricant de ruines artificielles. Il fournissait de ses édifices tronqués et mélancoliques les parcs et les jardins en quête de motifs d'ornementation. Sans aucun doute, il eût trouvé la fortune en transportant son ingénieux commerce sur les bords du Rhin. Les ruines y sont innombrables. A cause de la mode on en a peut-être ajouté. Mais on ne s'aperçoit pas du truquage, sur le pont du bateau d'où l'on assiste au défilé des burgs légendaires.

Avoir la chance de naviguer tout seul sur le Rhin, quand l'automne, ayant malicieusement dispersé les touristes, profite de la solitude pour inonder de lumière les eaux du fleuve, les dernières feuilles des bois et des vignes, et les murs croulants qui couronnent chaque

coteau, c'est augmenter la force poétique dont on dispose. Tout concorde alors pour alourdir le cœur : le dé-
clin de l'année que l'on devine à la fraîcheur de l'air et au
fragile éclat du soleil, la mortelle beauté des feuillages,
cette suite de donjons brisés qui font souvenir du
néant de la lutte et de la gloire, et toutes les ballades
qui, le soir, montent avec la brume. Tant d'histoire
habite ces bords que le temps en demeure marqué,
comme une route où les bornes kilométriques ne permettent pas d'ignorer le chemin parcouru. Nulle part
on n'entend mieux qu'ici sonner une à une les heures
qui passent. C'est une sensation physique d'écoulement
fatal. Elle est si forte qu'on a envie de la retenir comme
une vie plus rapide, surexcitée, enfiévrée, agréable à
vivre. Mais, pour réveiller l'instinct engourdi de nos
nécessités, voici la sirène d'un remorqueur entraînant
ses chalands, et le sifflet des trains qui, sur chaque rive,
roulent leurs marchandises...

Victor Hugo s'est emparé du Rhin, et il doit garder
sa conquête. Il a décrit le fleuve tour à tour comme un
désert et comme une rue habitée. Rue des soldats, rue
des prêtres, rue des marchands. César, Attila, Clovis,
Charlemagne, Barberousse, Rodolphe de Habsbourg,
le palatin Frédéric Ier, Gustave-Adolphe, Condé,
Turenne, Napoléon ont passé là. Ces montagnes abri-
tèrent Thomas d'Aquin, Jean Huss, Luther. Et quant
au trafic, les voies ferrées sont venues se joindre à la
voie fluviale.

Pourtant Victor Hugo n'a pas pu confisquer la sensibilité romantique que répand le Rhin avec sa beauté
sauvage et ses légendes. Après lui comme avant, plus
qu'avant, elle se récolte abondamment sur ses bords.

Dusseldorf est la ville d'Henri Heine. Beethoven enfant vécut à Bonn. Le Drachenfels est la montagne où le Siegfried de Wagner tua le dragon. A Mayence, Gœthe prépara sa tranquille campagne de France. Les châteaux et Heidelberg ressortissent à l'auteur des *Burgraves* et d'*Eviradnus*. De la riante Baden, Alfred de Musset, en *bonne fortune*, n'oublia pas de pousser jusqu'au fleuve. Bâle, après Holbein, abrita le fougueux Böcklin. De la terrasse de Schaffouse, Ruskin au tumulte des eaux compara la force de sa jeunesse. Ce sont là des fantômes que le voyageur rencontre. Et les deux rives sont gardées par des tombes françaises...

Le lecteur ne trouvera dans ces notes que des évocations rapides et presque sans suite d'un voyageur qui remonte le cours du fleuve au lieu de le descendre. On cherche des émotions de nature et d'art, et parfois l'on ne peut éviter la puissante Allemagne moderne. Une gravure en couleurs que j'ai rapportée représente une ruine que cernent des bois roux et qui domine le fleuve sinueux. Il y manque peu de chose pour que l'impression de réalité soit complète : seulement un bateau marchand. Car on entend là-bas ce conseil du Rhin :

— Rêvez, mais n'oubliez pas la vie...

II

LE MONUMENT AUX MORTS DE METZ

Metz, octobre 1905.

Avant d'atteindre le Rhin par le Luxembourg et Aix-la-Chapelle, Metz est ma première étape.

Toute ville a son cœur, comme un homme, le point central d'où se répand sa vie, le siège des émotions qui ont composé son passé et qui composeront le souvenir du visiteur. A Metz, si ancienne et chargée d'histoire que les débris romains et austrasiens, recouverts par elle aujourd'hui, ont exhaussé son niveau, et que, si bas que l'on creuse des fouilles, on ne heurte que des pierres de construction, je présumais que ce cœur, c'était la cathédrale. Des bords de la Moselle, avant même de distinguer la ville, on l'aperçoit, de loin massive et lourde, et peu à peu si élancée avec ses longues ogives que sa tour la domine à peine et ne lui est d'aucun secours pour tirer en haut notre pensée et nous procurer ce genre de sensation qui mérite la définition de la prière : une élévation de l'âme. Elle est si impressionnante que l'autorité allemande n'a pas pu la supporter telle quelle. Il a donc fallu que l'on confiât à des architectes le soin de la tourmenter. On lui a soudé un portail neuf, sous le prétexte que le style de l'ancien était défectueux : c'est à peu près comme si l'on remplaçait par un papier de même dessin le morceau déchiré d'une vieille tapisserie. Enfin, pour lui donner un air d'actualité, on a logé dans une niche l'empereur Guillaume II travesti en prophète Daniel, un prophète Daniel à qui l'on a ciselé dans les joues des fossettes prolongées qui lui tiennent lieu des fameuses moustaches en pointe.

Quand je débarquai à la gare, mon intention était de me faire conduire sans retard à la cathédrale. Mais j'aperçus tout de suite tant de casernes et de soldats, artilleurs sombres, bleus Bavarois, cavaliers casqués, — sans doute c'était l'heure d'un exercice, — que je modifiai mon itinéraire brusquement et commandai au cocher :

— Au cimetière de Chambière.

Me comprit-il? Il secoua joyeusement la bride de son cheval, et nous voilà partis au grand trot le long de la Seille et des anciens remparts qui tombent pour faire place à une orgie de constructions nouvelles. Le cœur de Metz s'était pour moi déplacé, et j'allais le chercher là-bas, hors de la ville, sur un bras de la Moselle : là se trouve le monument qui fut élevé, après la guerre, aux soldats français morts pendant le siège.

Avant d'arriver au but de ma course, j'entendis des coups de fusil qui se succédaient à intervalles réguliers. Ils venaient du champ de tir voisin où plusieurs compagnies étaient massées, attendant leur tour. Ainsi je ne trouvai pas au cimetière la paix et le recueillement que j'y venais chercher. Le silence était déchiré par le sifflement aigu et fuyant des balles. La pensée, limitée

entre deux détonations, n'avait pas le loisir de s'abs-
traire, et se trouvait forcée à une précision qui ne
pouvait être que douloureuse.

On passe, pour entrer, sous un portique dorien, et
l'on suit une avenue d'arbres qui mène en ligne droite
au monument français. Les arbres étaient dépouillés et
se détachaient jusque dans leurs moindres brindilles
sur un ciel gris. Mais au bout de l'allée une palissade
m'arrêta. Je dus revenir sur mes pas, franchir à nouveau le portique, et prendre un chemin détourné qui
me conduisit dans une autre fraction du champ sacré,
celle qui est réservée à la garnison allemande et dont
le territoire est clos. Le monument français se trouvait
édifié sur un terrain militaire. A ce titre il fut reven-
diqué par l'administration de la guerre et séparé du
cimetière de la ville. Mais cette séparation est un non-
sens, et je me demande si le Conseil municipal de Metz
la supporta sans protestation. L'entrée, l'avenue,
c'est le monument aux morts qui les a commandées.
Elles ont été faites à cause de lui, pour aboutir à lui.
Toute l'orientation du cimetière, en dépit de l'absurde
palissade, c'est lui qui la détermine. Et malgré la
séparation, la population lorraine, lorsqu'elle accompagne ici l'un des siens, est obligée, par l'état des
lieux même, de regarder dans cette direction.

Ce mausolée, érigé en pierre brune, représente un
amoncellement de cercueils surmonté d'une colonnade
qui supporte une urne funéraire. Sur la paroi qui fait
face à l'avenue, on peut lire cette inscription : *A la
mémoire des 7 203 soldats français morts aux ambulances de Metz.* 7 203 : pour leur assurer à tous une
sépulture, il fallut les entasser dans l'ossuaire, à peine

séparés par de la chaux. Il y en avait de toutes les provinces, et c'est bien un morceau de la France qui
demeure ici. Nulle part notre terre ne recouvre en si
peu d'espace tant de force et de jeunesse données à
l'œuvre commune. « Une patrie, définissait Joseph de
Maistre, est une association, sur le même sol, des
vivants avec les morts et ceux qui naîtront. » Il arrive
que l'association s'étende au delà des frontières pro-
visoires. Qu'entendre sur ce coin de sol, sinon la parole
de durée qui est l'explication de tout sacrifice?

Les tombes de Borny, de Mars-la-Tour, de Saint-
Privat, de Noisseville, si elles sont plus nombreuses,
n'ont pas été ainsi resserrées. Elles s'éparpillent dans
les champs. Et ceux qui les habitent succombèrent au
grand jour, dans une fièvre de sueur et de sang, toutes
leurs énergies tendues vers un but de délivrance. Ici,
ce sont les victimes du blocus. Soldats des 2e, 3e et
4e corps, soldats de la garde, ils avaient pu rentrer
dans Metz, blessés, malades; ils encombraient les
ambulances et la mort les prit lentement, sans exaltation, beaucoup d'entre eux après la capitulation, quand
ils étaient des prisonniers allemands.

La Moselle entoure de ses eaux vives comme d'une
gracieuse ceinture le cimetière de Chambière. Sur la
rive opposée, des peupliers, des bouleaux, des frênes
découpent leur silhouette élancée et grêle et la fusée
de leurs rameaux comparables, pour la légèreté, à de
flexibles graminées. Des corbeaux sautillent sur la
prairie qui est en bordure de la rivière. Au delà ce
sont les hauteurs boisées et le village de Saint-Julien.
Ce paysage de lignes pures, de poésie mélancolique,
comme il prêterait à la rêverie sentimentale si je

n'avais devant moi ce tombeau collectif, plus émou-
vant que tout l'horizon, et si je pouvais ne pas entendre
le bruit continu des balles !

Le culte des morts a toujours été en grand honneur
en Lorraine. Dans la plupart des villages, comme dans
mon pays de Savoie, le cimetière cerne l'église et il
faut le traverser pour atteindre le porche : il est d'usage,
chaque dimanche après la messe, de rendre là une visite
aux parents défunts, et d'y conduire les enfants ; bien
souvent, ce sont les inscriptions tombales qui servirent
d'alphabet et fournirent aux premières lectures. Mais
il est une autre coutume qui m'a touché davantage
encore. Autrefois, on allumait, dans chaque cimetière,
un fanal qui brûlait jour et nuit, toute l'année, au
milieu des tombes. Cette flamme, comme la petite
lampe des églises, symbolisait la fidélité de la prière,
représentait le souvenir qui veillait sur les morts, et
aussi la persistance de leur pensée, la permanence de
leur tradition. Le mausolée de Chambière, c'est, pour
nous, le fanal du cimetière de Metz.

III

LA MAISON DE HENRI HEINE

Dusseldorf, octobre 1905.

Die Wacht am Rhein (la garde au Rhin) : c'est le titre du livre où je recherche parfois en wagon, et le soir, à l'hôtel, avant de m'endormir, mon allemand oublié. Il est populaire en Allemagne et mériterait d'être traduit (1). C'est un de ces romans à la Tolstoï qui mêlent étroitement les événements historiques et la vie intime et superposent les faits et les années pour analyser l'âme collective d'un pays au cours de plusieurs générations, tandis que notre goût classique, invinciblement amoureux de la simplification et de l'unité, aime à ramasser dans l'étude d'une crise les traits épars des caractères et des mœurs. Sans doute il y manque la patte du maître qui sait donner des contours précis aux personnages et construire avec méthode, même quand l'architecture paraît composite. Une main trop molle, une main de femme, essaie de

---

(1) *La Garde au Rhin*, de Clara Viebig, a été excellemment traduite en français par Mlle Béatrix Rodès, et, peu sûr de mon allemand, c'est à sa traduction que j'ai emprunté mes citations lorsque j'ai rédigé ces notes au retour.

retenir trop de fils qui se détendent. Des scènes de mélodrame viennent épaissir le récit. Et pour le style, autant que j'en puis juger à sa facilité, il me paraît ressembler un peu trop à celui qu'on emploie dans les journaux dont je me sers pour me renseigner en voyage. Mais cet ouvrage imparfait a tout de même la qualité essentielle, celle à quoi rien ne supplée : il est vivant, il est humain.

L'action se passe à Dusseldorf, où j'arrive. Elle s'étend de 1830 à 1870. La durée de trois générations est nécessaire à l'auteur pour épuiser son sujet qui n'est autre que l'unification de l'Allemagne par le sacrifice commun. Au début du livre, une sourde hostilité sépare les provinces rhénanes de la Confédération germanique. Leur patriotisme ne les exalte que sur la garde du Rhin. Ce sont des populations jalouses de leur indépendance, particularistes. Elles ne partagent point la haine prussienne contre la France de Napoléon. Napoléon, pour elles, symbolise la poussée démocratique. N'ont-elles pas, à Dusseldorf, acclamé l'empereur qui a élargi leur ville en rasant ses inutiles fortifications dont l'emplacement n'est plus aujourd'hui qu'un vaste jardin? On se souvient de lui quand il vint en l'an XI ; dans plus d'une maison, on garde quelqu'une de ces lithographies qui tantôt le montrent à cheval, commandant la victoire, et tantôt le représentent couché sur son lit de mort à Sainte-Hélène. Il y a un boulevard Napoléon, une rue de l'Empereur. Et puis, à Dusseldorf, on aime à savourer la vie à la façon hollandaise. On y fabrique des tartes aux prunes qui sont exquises et des puddings aux raisins de Corinthe qui donnent envie de boire du vin mousseux, et, dans les grandes occasions, de ce vin d'or qu'on vendange sur les coteaux du Rhin et qui mérite d'être versé en de longs verres de couleur. Non, en vérité, on n'est pas Allemand à Dusseldorf, et, pourvu qu'on ait la paix et la liberté, on ne se soucie guère de la grandeur et de l'unité germaniques.

Il a suffi de quelques traits populaires à l'adroit romancier pour nous peindre cette souriante cité du Rhin. Il ne lui en faudra pas davantage pour que nous saisissions brusquement le caractère intraitable, obstiné et étroit de la Prusse. La ville rhénane s'incarne dans la famille Zillge, dont le chef, peu autoritaire, tient une auberge à l'enseigne de l'*Oiseau multicolore*. Le père Zillge a une fille, Catherine ou Trina, qui s'éprend du sergent-major prussien Rinke, en garnison à Dusseldorf. Tant de raideur l'a séduite. Les femmes ne sont-elles pas attirées par la force, et la force n'est-elle pas volontiers l'apanage de ceux qui concentrent leurs énergies sur un seul but, qui ne regardent ni à droite ni à gauche et vont leur chemin en ligne directe? Le pauvre Rinke n'a qu'un cerveau borné, mais il y a fourré les cinq *éléments* qui doivent gouverner toutes ses actions : Fidélité, Vaillance, Obéissance, Devoir et Honneur. C'est une brute, mais il a cette immense supériorité d'avoir un but défini, dont il ne doute jamais. Il dresse ses hommes pour la guerre, et la guerre, pour ce mystique, c'est l'augmentation de l'Allemagne. Par une ironie féroce du sort, il ne se battra que contre des émeutiers et il rencontrera son fils en face de lui, sur une barricade. De cette honte familiale il mourra. Entre temps, il aura beaucoup fait souffrir autour de lui : sa femme d'abord, créée et mise au monde pour une bonne petite existence confortable, et dont il aura empoisonné les plus inoffensifs plaisirs ; ses fils qu'il aura terrorisés, et jusqu'à sa favorite, sa fille Joséphine, qui, au bord de son lit funèbre, sera tentée de ne voir en lui qu'un soldat étranger. Étranger, il a toujours senti qu'il l'était, à Dusseldorf ; mais sur la pâte malléable de ces populations souriantes et molles il a posé son empreinte sévère. Les villes du Rhin ont beau s'adresser au roi, avant la guerre d'Autriche, et lui dire : « Nous nous sentons obligés en tant qu'hommes indépendants de déclarer publiquement que, malgré tout le dévouement du peuple au souverain bien de la patrie, l'enthousiasme, indispensable à toute lutte véritable pour les intérêts allemands, lui fait défaut » : Bismarck réalisera son Allemagne prussienne. La guerre contre la France sera, pour lui, le moyen brutal de parvenir à cette unité. Et les villes du Rhin, qui auront répandu le sang de leurs enfants, seront liées par leur sacrifice même. Pour elles toutes, Joséphine dira au nouvel empereur en désignant la tombe de son fils : — Voilà ce que je t'ai donné ! — Au moment décisif, l'enseignement paternel contre lequel elle avait tant protesté et résisté l'a dominée, et tous ses instincts de femme, toutes ses joies, elles les a abandonnés malgré elle à l'œuvre commune. Le vieux Rinke, esclave désintéressé d'une consigne qui dépassait son cerveau, est mort sans deviner son triomphe. Toute petite réduction d'un Bismarck, il a imposé sa volonté par la discipline et la violence. Quelle œuvre durable se crée sans douleur et sans apparente injustice ?...

Lorsque cette petite Joséphine, avant de devenir

importante et sympathique, n'est encore qu'une jolie
fille du Rhin en âge d'aimer, un jour, son amoureux
lui fait présent des *Lieds* d'Henri Heine. La poésie
inconsciente qu'elle puise dans son pays peuplé de
légendes, dans sa jeunesse et son amour, elle la trouve
précisée et lumineuse dans ces chansons. Et quand elle
apprend qu'Henri Heine est né à Dusseldorf, tout près
d'elle, elle n'a de paix qu'elle n'ait découvert sa maison.
Derrière le vieux château des électeurs, dans une
étroite cour de la Bolkerstrasse, une bâtisse nue,
blanchie à la chaux, tout au fond, et voilà. « Ainsi
c'était là-haut, derrière cette fenêtre, qu'il était né,
celui qui avait écrit ces beaux lieds, celui qui, pour
avoir trouvé tant de paroles, avait écouté ce que
disaient le vent sur les toits et le mugissement du
Rhin? » Et la jeune fille se sent toute secouée d'une
émotion inconnue. Les vieilles gens qu'elle interroge la
renseignent bien mal. Oui, il y avait un juif, du nom
de Heine, qui tenait une boutique sur le marché. Ce
juif avait un petit marmot maigrichon qui allait à
l'école chez les franciscains. Mais que ce petit garçon
bien connu eût composé des poésies, la chose n'était
pas à croire. Ou bien il les avait lues quelque part et
copiées. Cela, oui, il en était capable. C'était un insolent
gamin, et rien d'autre. Et Joséphine s'en va tristement avec sa déception.

Je cherche à mon tour la maison du poète, derrière
le château des électeurs. Mais le château n'existe
plus ; il a été incendié en 1872 et ses restes sont démolis,
sauf une tour qu'on a restaurée. Le temps me manque
pour mon exploration et, plus déçu que Joséphine, je

dois renoncer à mon pèlerinage (1). Je sais où retrouver Henri Heine. Le long du Rhin, quand le soir tombe, la blonde *Lurlei* appelle les voyageurs qui passent. Ce n'est plus pour les inviter à la mort. La sirène barbare s'est civilisée. Elle se contente de leur verser un désir qui ne sera jamais satisfait, cette nostalgie indéfinissable qui est un délicieux tourment et dont on ne guérit jamais bien et qu'on recouvre d'ironie pour éviter les rancœurs de la vie ordinaire et plate. *Ich weiss nicht was soll es bedeuten, dass ich so traurig bin...*

Dusseldorf explique Henri Heine. Il ne fut pas Allemand, mais fils du Rhin. S'il moqua sans relâche la lourdeur allemande, qu'il compare à l'ours danseur Atta Troll, ce fut du moins sans traîtrise. Il ressentit « la grande douleur qu'excite la perte des originalités nationales qui disparaissent dans l'uniformité de la civilisation moderne, douleur dont tressaillent tous les peuples d'Europe ; car les souvenirs nationaux ont, dans le sein des hommes, des racines plus profondes qu'on ne le croit communément ». Mais c'était le Rhin qu'il aimait, et non l'unité germaine. Et pour avoir vu Napoléon tout petit, la tête lui avait tourné. Aucun poète français n'a flétri avec autant d'indignation le geôlier de Sainte-Hélène et le vainqueur de Waterloo, ce Wellington, *mannequin imbécile, avec une âme grise et terne dans un corps de toile cirée.* Aucun, sauf Victor Hugo, n'a donné à l'empereur un tel éclat de sérénité.

Dans ces jardins de Dusseldorf que je traverse, il *le* vit passer et fut ébloui. C'était une bonne ville bien

---

(1) J'ai su depuis qu'Henri Heine est né au n° 53 de la Bolkerstrasse.

sage que Dusseldorf. Une ordonnance de police défen-
dait de passer à cheval dans les allées du jardin sous
peine d'une amende de cinq thalers, et tous les citoyens
respectaient les ordonnances de police. Napoléon, avec
toute sa suite, chevauchait au beau milieu de l'allée
principale. Pour lui, il n'y avait plus de loi, puisqu'il
la faisait. Et le gamin qui, bouche bée, regardait ce
spectacle inoubliable, calculait, en bon petit juif, tous
les thalers d'amende, jusqu'à ce qu'il oubliât cette
question même pour retenir à jamais dans sa mémoire
la forme d'une main et d'un visage. « C'était une main
de marbre qui éclatait au soleil, une main puissante,
une de ces deux mains qui avaient dompté l'anarchie,
le monstre aux mille têtes, et réglé le duel des peuples ;
et elle frappait bonnement le cou de ce cheval. Sa
figure avait aussi cette couleur que nous trouvons dans
les têtes de marbre des statues grecques et romaines ;
les traits étaient noblement réguliers comme ces figures
antiques, et dans ses traits on lisait : « Tu n'auras pas
d'autre Dieu que moi... » Et les lèvres souriaient, et
l'œil souriait aussi. C'était un œil clair comme le ciel ;
il pouvait lire dans le cœur des hommes ; il voyait
rapidement, d'un regard, toutes les choses de ce monde,
tandis que nous, nous ne les voyons que l'une après
l'autre, et que souvent nous n'en apercevons que les
ombres colorées. Le front n'était pas aussi serein : là
planait le génie des batailles ; là se rassemblaient ces
pensées aux bottes de sept lieues, avec lesquelles le
génie de l'empereur traversait le monde, et je crois
que chacune de ses pensées eût fourni à un écrivain
allemand de l'étoffe pour écrire sa vie durant... »

Au Palais-Rouge de Gênes, un tableau de Van Dyck

représente, selon l'indication des guides, un jeune homme en costume espagnol. Mais la toile est assombrie et brouillée. On ne distingue, sur le fond noir, qu'une main et un visage : une main blanche aux doigts effilés, et un visage calme, régulier, d'une pâleur de cire. Ces deux taches claires, par leur beauté équivoque qu'une jeune femme pourrait tout aussi bien revendiquer, attirent, fascinent le visiteur. Elles résument la séduction intelligente et volontaire qui impose les passions et ne les ressent pas. Qui était ce jeune homme dont les hasards du temps ont composé un si étrange personnage? On ne le sait plus. Cette figure impassible, impénétrable, sans expression, cette main qui s'appuie avec négligence sur quelque épée invisible, impressionnent par leur gravité et leur mystère, comme une image de fatalité dédaigneuse et inhumaine. Je ne puis lire le fragment des *Reisebilder* que j'ai cité sans me souvenir de l'énigmatique tableau de Gênes.

Cette main, ce visage de Napoléon, le mari de Mathilde Mirat les évoquait de temps à autre dans sa vie misérable. Parmi les querelles domestiques, les déménagements et cette collection d'animaux que sa compagne entretenait avec un fracas digne de la salle des perroquets au Jardin d'acclimatation, il sentait tout à coup le regard de son dieu qui le fixait, ou la main de marbre posée sur son bras. C'était l'appel de la gloire. Il se rappelait sa vision du Rhin, et les rêves de grandeur historique qu'il avait réellement vécus. Comment dire sans ridicule ce qu'on éprouve lorsque les apparences sont aussi piteuses et mesquines auprès du monde que l'on porte en soi, et lorsqu'on se sent paralysé dès qu'il faudrait agir? Il s'en tira avec l'ironie. Bénie soit l'ironie qui permet de désirer, d'aimer, de souffrir, de s'exalter, de se brûler à toutes les flammes de la vie sans provoquer l'attention, la sympathie, ni surtout la pitié !

Les très jeunes gens ne savent pas s'en servir. Et voici une historiette que je dédie à la mémoire d'Henri Heine, du Henri Heine qui vit passer Napoléon et qui, tout petit, vécut, rien que par les yeux, un instant d'épopée. Un petit officier qui sortait de Saint-Cyr débutait dans le monde. C'était à Nice, et je m'y trouvais. Il n'avait pas eu le temps de se préparer à ce genre d'examens. Il en avait passé tant d'autres, et il était si jeune, à peine vingt ans. Jamais las de revêtir ses uniformes, il était dans cet état lyrique où l'on prend toutes choses au sérieux. Ce sont de mauvaises dispositions pour s'initier au monde. Un jour, il fut la proie facile de tout un groupe de jeunes filles qui organisaient des jeux de société. A chacun des assistants, l'une d'elles posait cette grave question : « Que trouvez-vous de plus beau dans la vie? » Il devait répondre le premier. Elle attendait quelque lieu commun s'il n'avait pas d'esprit, et, s'il en avait, quelque madrigal. Il murmura doucement mais de toute son âme:

— Mourir pour mon pays.

Ce ne sont pas là de ces choses qui se disent à brûle-pourpoint dans un salon. Mais il croyait ce qu'il disait, et il avait vingt ans. Ce fut un grand éclat de rire et, devant cette touchante unanimité, il reconnut son inconvenance et rougit. Seulement, un an plus tard, il partait pour les colonies où il mourait en effet. Je connais l'une de ces jeunes filles qui n'a plus trouvé sa réponse ridicule.

IV

UNE RENCONTRE A COLOGNE

Cologne, octobre.

Dusseldorf est un jardin hollandais. Aix-la-Chapelle appartient à Charlemagne, « l'empereur équivoque à double face de Franc et de Teuton »qu e Victor Hugo tire un peu trop vers l'Allemagne. Si l'on entre en Allemagne par le Limbourg, Cologne est la première ville véritablement allemande. Les boulevards qui l'entourent, ses maisons neuves d'une architecture massive, lourde, *colossale*, ses magasins qui veulent imiter Paris, dénoncent une prospérité extraordinaire, comme aussi la commodité de ses voies ferrées, de sa navigation fluviale, de ses tramways, de ses fiacres automobiles. On y pressent l'ordre, l'activité, le travail, la force calme, tout ce qui élabore l'avenir, et aussi une soif de luxe, un appétit de plaisir qui semblent annoncer la corruption fatale du bien-être.

Il faut plusieurs semaines, plusieurs mois, quelquefois plusieurs années, pour connaître un pays étranger dans sa sensibilité et son énergie collectives. Un voyage sur le Rhin, c'est surtout l'occasion de remplir ses yeux de paysages romantiques. Pourtant le touriste le moins observateur ne peut guère négliger de se rendre compte, même en passant, du développement formidable de l'Allemagne rhénane.

Je ne donnerai pas mon opinion. Elle risquerait trop d'être incomplète (1). Celle que je citerai offrira, plus étayée, un intérêt plus vif. Elle émane d'un jeune homme de vingt ou vingt-cinq ans et, s'il est vrai que les yeux de cet âge n'ont pas toujours le regard clair, mon interlocuteur, dès que j'obtins sa confiance, me donna avec tant de sincérité l'historique de ses jugements, que j'en pouvais suivre et comprendre la formation. Il était venu à mon secours dans une boutique d'antiquaire dont le patron échangeait sans grâce son mauvais français contre mon mauvais allemand. Ayant reconnu en lui un compatriote, je me félicitai de l'entendre s'exprimer avec autant d'aisance dans l'une et l'autre langue.

Il me raconta qu'il vivait depuis dix-huit mois en Allemagne, — successivement à Dusseldorf, à Hambourg, puis à Cologne, — afin de se perfectionner dans la science de l'allemand et de se mettre au courant des affaires de banque.

— Votre séjour vous a été profitable, lui dis-je après son récit.

— Plus que vous ne le pouvez penser, monsieur, me répliqua-t-il avec une conviction qui attira ma curiosité.

— Comment l'entendez-vous?

— J'ai appris des choses que je n'oublierai plus.

— Eh! oui, l'allemand et les finances.

(1) J'engage le lecteur à lire dans la *Revue des Deux Mondes* (1er novembre 1905) la belle étude que M. E.-M. de Vogüé a consacrée à la *Nouvelle Allemagne* au retour d'un voyage dans la Hanse.

— Plus le travail, le patriotisme et... comment dirai-je?

— Dites.

— Ce n'est pas ridicule? le respect de soi.

— Tant de choses, en plus des finances et de l'allemand? Vous aviez un bon précepteur.

Mon jeune homme commençait de m'intéresser. Précisément, il est souvent question aujourd'hui de la nécessité, pour compléter la nouvelle éducation française, de séjours à l'étranger et d'échanges d'enfants entre familles de divers pays. Peut-être me renseignerait-il utilement. Je m'apercevais bien que le plaisir de s'exprimer dans sa langue maternelle, une fois par hasard, était pour lui comme une petite débauche à laquelle il ne savait pas résister.

— A Dusseldorf, reprit-il, au lieu d'apprendre l'allemand, j'enseignai le français à la famille qui me recevait, à toute la famille, père, mère, enfants. Et mes parents payaient une bonne pension. Ce renversement des rôles m'amusait, et mes hôtes le trouvaient plus pratique. C'était ma faute : au début, j'avais montré une paresse qu'ils utilisèrent. Par surcroît, je sentais chez eux une certaine sympathie méprisante qui comptait sur moi pour les servir et les distraire et qui finit par m'agacer. Je demandai mon changement.

— Bien. A Dusseldorf, vous n'avez donc rien appris.

— Si, l'importance du travail. On m'avait employé, comme on avait pu, sous le prétexte que je ne travaillais pas. On n'avait guère insisté, il est vrai, mais on avait cette excuse, pénible pour notre amour-propre national, de fonder peu d'espoir sur le caractère d'un Français. J'étais le cinquième étudiant de notre pays que recevaient ces bonnes gens. Aucun de nous n'avait montré une application continue. Tous, nous avons laissé une impression d'*article de Paris* : ingénieux et léger. Et il faut savoir avec quel dédain auguste une bouche allemande peut prononcer ce mot : *léger*.

— Et à Hambourg?

— A Hambourg, la leçon m'avait profité. Dès le début, je changeai de système. Et j'eus l'agrément d'inspirer une jalousie féroce. Mon hôte, qui était professeur et qui me donnait des leçons, était stupéfait de mes progrès. Il avait dépêché en France un fils qui n'avançait qu'avec lenteur dans les progrès de notre langue, et il s'irritait de me voir brûler les étapes. Je me hâte d'ajouter qu'il me montra néanmoins la plus stricte justice et chercha sans relâche à augmenter les résultats heureux de son enseignement. Mais il attribuait à une facilité déconcertante ce qui était dû aux plus grands efforts. Ne pouvant m'opposer l'exemple de son fils, il m'accablait sous des comparaisons collectives. Il me montrait des statistiques où l'on avait mis en regard les chiffres des naissances en France et en Allemagne, et il riait derrière ses lunettes, tandis qu'il montrait ses dents, qu'il avait longues et pointues, d'une façon que je crois ingénue maintenant et qui me donnait alors à entendre que nous serions tôt ou tard mangés. Ou bien, s'il rencontrait sur mon bureau quelque roman français, il le repoussait avec un air pudibond : « Encore une polissonnerie ! » Il accusait notre littérature et principalement notre théâtre de corrompre la jeunesse, comme si nous for-

cions cette jeunesse à ne lire que nos mauvais romans,
à n'entendre que nos plus méchants vaudevilles. Mais
il me donnait à traduire les poètes allemands les plus
exaltés dans leur amour patriotique. Il connaissait les
tableaux respectifs de notre commerce et du commerce allemand : vous devinez s'ils étaient flatteurs.
Il me bousculait sans pitié. Mais son chauvinisme, qui
était brutal et indélicat, était tout hérissé de raisons
et de faits. Je ne savais quoi lui répondre. Ce qui
commença de me consoler, ce fut une supériorité
incontestable que j'avais sur lui.

— Laquelle?

— Je savais manger. Il n'avait sans doute jamais
eu le temps de l'apprendre, et d'ailleurs il manquait
de dispositions. Pour découvrir quelque autre supériorité plus reluisante, j'étudiai les campagnes du premier Empire. De temps à autre, je plaçais quelque
nom de victoire. Seulement, je fus trahi de l'autre côté
du Rhin. Son fils, qui était lui aussi chez un professeur,
écrivait des lettres où il répétait les propos de son
hôte, et ces propos étaient navrants, car ils révélaient
nos déchirements intérieurs et un antimilitarisme
agressif. Au moment des affaires du Maroc, la place
devint intenable et je réclamai de mes parents un
changement nouveau. Quand nous nous séparâmes,
mon homme me serra la main avec rudesse et me dit :
« Je n'ai que de bons sentiments pour vous et je vous
estime. Chacun a son pays. » Je vous assure qu'il ne
manquait pas de grandeur.

— Celui-là vous a appris le patriotisme.

— Oui. Jusqu'alors je n'y pensais guère. Il m'a
frictionné le cœur avec un gant de crin. Avant de me

rendre à Cologne, dans la famille qui devait m'accueillir, j'ai visité Aix-la-Chapelle. Guillaume II, précisément, s'y rendait, et je l'ai vu, résolu et mystique,
comme l'a vu son peintre Kaulbach. Il a voulu suivre
les rues anciennes et il est allé directement à la vieille
cathédrale, entouré de ses cuirassiers. Il excite un
enthousiasme intérieur plutôt qu'apparent et bruyant.
Son portrait s'étale dans toutes les boutiques : on le
retrouve dans chaque maison. Par sa seule présence,
il propage chez tout son peuple des sentiments d'énergie et d'activité.

— Et maintenant? demandai-je.

— Maintenant, je ne puis que louer mes hôtes. Ils
me traitent comme un de leurs enfants et je ne les
quitterai pas sans tristesse. Et pourtant, il y a entre
nous, sur bien des questions, comme des cloisons
étanches.

— Sur quelles questions, par exemple?

— C'est assez difficile à formuler. Ils sont tour à
tour trop sensibles ou trop pratiques. En art, ils
s'émeuvent d'un rien, sans choix, et seraient incapables
de dépenser un mark de plus sous le coup de leur émotion. Leurs plaisanteries ne sont pas les nôtres, ni leur
sens de l'honneur. Ils m'attirent par leur bonhomie,
leur honnêteté, leur naturel, et ils ne me permettent
pas d'oublier que je suis un étranger.

Cette conversation, je la poursuivis tout seul, au
musée de Cologne. J'allais y reconnaître les primitifs
allemands, un Mathias Grunewald pour ses étranges
fantaisies, ou le vieux Lochner pour sa piété com-
pliquée et son dessin délicat, et je m'arrêtai outre
mesure dans la salle moderne, devant le portrait de

Bismarck par Lembach. Le peintre a tiré au dehors toute l'âme du modèle. Elle apparaît combinée et violente sur ce front réfléchi, sur cette mâchoire de carnassier. On ne se sent pas à l'aise devant une telle image. Mélange de calcul et de sauvagerie, elle a quelque chose de menaçant, d'inhospitalier. D'une influence tenace, elle ne permet pas au visiteur de s'isoler dans l'art, elle le force à penser que, dans la vie moderne, tout comme dans celle d'autrefois, il faut tout d'abord se mettre en garde...

Le soir, il fait bon se promener le long du Rhin, entre le pont fixe et le pont de bateaux qui s'ouvre et se ferme pour régler la navigation. C'est la fin d'un beau jour d'automne. Les petites vagues du fleuve roulent des fleurs violettes que le couchant leur a jetées. Et le Dôme se découpe, avec toutes ses tours et tourelles, sur un fond d'or. Dans cette lumière, pourtant, avec le charme de cette heure, il ne réussit pas à m'émouvoir. Il se déploie avec magnificence, ses proportions sont parfaites, son ornementation régulière. Il est immense. Il est prodigieux. Il est achevé : de combien de cathédrales gothiques le peut-on dire ? Mais ses pierres, dont la patine est diverse, n'ont pas été suffisamment réchauffées par la main des artisans qui les entassèrent. Commencé le 14 août 1248, terminé le 15 octobre 1880, l'édifice est parfait et froid. L'élan ne se conserve pas tant de siècles. Comme l'unité allemande, il est un chef-d'œuvre de volonté et de patience, et il manque de spontanéité. Un Viollet-le-Duc eût précisément combiné un tel chef-d'œuvre.

J'ai vu récemment la cathédrale de Strasbourg. Le soleil se couchait comme ce soir. Les pierres de grès rouge, atteintes horizontalement, prenaient sous la lumière des tons de vie. La façade d'Erwin s'animait comme un visage. Un pigeon s'envola du portail et parut emporter sur ses ailes un peu de la clarté qui s'était posée là. Et la flèche ajourée s'amincissait, légère et fière, se fondait presque au sommet avec les nuées. Quelle mélancolie et quelle fièvre d'audace à la fois tombaient de cette tour unique, isolée comme une veuve, téméraire comme un héros de la *Chanson de Roland!* La discipline et l'esprit de suite ont pu terminer le Dôme de Cologne. Il est des entraînements passionnés qui ne se recommencent pas. Et la cathédrale de Strasbourg, inachevée, est plus éloquente...

V

LA MAISON DE BEETHOVEN

Bonn, 1er novembre.

Sans doute on pourrait visiter Bonn pour elle-
même : pour ses quais du Rhin, ses jardins plantés de
beaux arbres et la vue des Sept-Montagnes. On y pourrait encore évoquer bien des souvenirs historiques :
les légions romaines et celles de la Révolution française l'occupèrent, et entre ces dates éloignées elle vit
couronner des empereurs dans sa cathédrale et joua
son rôle dans les grandes guerres, celle des Pays-Bas,
celle de Trente ans, celle de la succession d'Espagne.
Les électeurs de Bavière en firent une cité de plaisance,
et Maximilien-Frédéric une ville universitaire. D'un
sort si divers elle porte les traces. Mais je n'y viens
chercher qu'une maison, une humble petite maison
dans une petite rue, la maison où naquit Beethoven.
Au voyageur comme aux femmes, il suffit d'un homme
pour abolir tout un passé.

Après la place triangulaire du Marché où les fleu-
ristes vendent leurs chrysanthèmes au son des cloches
— c'est la Toussaint — je prends une ruelle, la Bonn-
gasse. Le numéro 20 est une maison ancienne avec des

fenêtres à carreaux dont les supports de bois font
saillie, et des guirlandes décoratives à la mode du dix-
huitième siècle. C'est une habitation toute modeste
malgré ces airs d'ornementation. Elle a été convertie
en musée avec une dévotion respectueuse et avertie.

Je sonne. La fillette qui vient m'ouvrir me fait suivre
une allée à ciel ouvert qui aboutit à un jardinet fermé
par une palissade. Mais nous n'allons pas jusque-là.
Elle pousse une porte qui donne sur l'allée, et, tout de
suite, me conduit jusqu'au deuxième étage, dans une
mansarde où elle m'abandonne, comme si elle comprenait, à son âge, le bienfait de la solitude. Sa toilette
me vaut cet avantage : elle ne l'avait pas achevée
quand je l'ai dérangée, et c'est bientôt l'heure de la
grand'messe.

Cette mansarde est si basse que le plafond à pou-
trelles semble vous tomber sur la tête. Par l'ouverture
du toit, un peu de soleil pénètre comme à tâtons, à
cause d'un nuage qui passe et qui fait hésiter ses
rayons dans leur but. C'est, d'ailleurs, un soleil de
novembre et du Nord, tout honteux de briller et de
faire des taches d'or pâle sur le plancher. Au centre
de la pièce, sur une stèle de bois, pas bien haute, un
buste en plâtre de Beethoven, celui du sculpteur Aron-
son, au masque tourmenté, bossué, pathétique. Et
devant, sur le sol, deux ou trois couronnes de lierre
desséchées. Cette image douloureuse dans la mans-
sarde où il naquit, où il vécut enfant, avec ces bouquets fanés et cette maigre lumière, combien elle est
plus émouvante que la grande statue de bronze que
j'ai vue tout à l'heure, sur la place de la Cathédrale,
et qui le représente drapé fièrement dans une pose

romantique; combien elle dépasse, par son rappel de réalité, le monument énorme et contourné de Vienne et le ridicule monument de Leipsick, admiré des Allemands, qui l'assoit tout nu sur un fauteuil historié avec, toutefois, une charitable couverture sur les pieds !

Dans les autres pièces de l'appartement, au premier et au second étage, on a rangé tous les souvenirs que l'on a pu rassembler. Voici un portrait gravé de la mère de Beethoven : c'est une bonne femme triste et digne avec un bonnet ouvragé. De son père, l'ivrogne, aucune image : un musée n'est pas un cabaret, et quelle place lui donner ici? Et le voici lui-même à différents âges. On le voit à vingt ans sur une miniature, les cheveux tombants, la bouche amère déjà, les yeux immenses et voilés d'une buée légère, comme s'ils ne pouvaient se poser sur les choses sans les voir à travers les brumes de la poésie, sans les transformer pour en peupler un monde intérieur. Des portraits, des années passent. Il a maintenant quarante-huit ans, sur une reproduction du tableau d'Auguste von Klœber. Tout son génie tourmenté agite cette chevelure en jets de flamme, cette figure en méplats de clairs et d'ombres, tandis que la sérénité habite le large front lumineux et le regard fixé naturellement au-dessus du plan horizontal. Et, pour clore la série, c'est le masque pris sur son visage mort. Comment ce plâtre a-t-il pu dérober à l'immobilité tant de force émotive? Les joues sont creusées, les yeux sont clos, c'est le calme solennel, définitif; mais c'est le calme qui vient après la douleur et qui, pour l'avoir dominée, n'en a pas rejeté l'empreinte.

Ailleurs, on a disposé des instruments de musique :
une épinette dont il jouait enfant, et le vieil orgue de
Bonn, tout délabré, et enfin ses manuscrits dont les
portées sont parfois barrées de traits noirs, jetés d'une
forte écriture violente.

Lorsque Bettina d'Arnim, l'amie de Gœthe, ren-
contra Beethoven, elle reconnut les signes du génie et
s'inclina très humblement. « Quand je le vis pour la
première fois, a-t-elle écrit à son illustre maître qui
n'admettait qu'une supériorité, on devine laquelle,
l'univers tout entier disparut pour moi. Beethoven
me fit oublier le monde, et toi-même, ô Gœthe... »
C'étaient là des paroles que Gœthe ne pardonnait
guère. Pour être écrites, fallait-il qu'elles s'imposassent
à la pensée ! Et la clairvoyante Bettina ajoute :
« Aucun empereur, aucun roi n'avait une telle conscience de sa force. »

Or Beethoven qui, mieux que la beauté, avait ainsi
le pouvoir de subjuguer par *la conscience de sa force*,
n'aima que d'un amour idéal qui le dispensa de subir
le joug d'aucune femme. Car il n'est guère de servi-
tude réelle que de chair ; tant que le corps n'est pas
engagé, nous commandons à nos amours, dont l'exaltation même n'altère point, mais souvent fortifie
notre personnalité. Sans doute le génie triomphant
exerce sur les femmes plus de prestige que le génie
malheureux. Elles ont toujours préféré les vainqueurs
et connaissent moins que nous, quoi qu'on en ait dit,
la pitié amoureuse. Elles ne trouvent la gloire que
toute faite, du moins le plus souvent, car il en est de
divines qui se penchent sur la détresse ou pressentent
la valeur, et celles-là vont plus loin dans l'amour

qu'aucun homme n'ira jamais. Beethoven était pauvre, gêné, embarrassé de toutes manières, d'une famille cupide et peu reluisante, muré dans sa surdité. Mais enfin la puissance démesurée de son art renversait toutes les entraves, le désignait à la passion, lui qui prenait les âmes humaines pour les rouler dans un océan où elles ne sentaient plus la misère de vivre mais seulement l'orgueil, la splendeur, la joie, ou cette tristesse pathétique faite de la tension de notre désir et du mirage qu'il entrevoit. Si donc il ne réalisa pas ses amours, c'est qu'il ne s'obstina pas à les réaliser. La plus grande part de nos passions nous revient, soit dans leur recherche, soit dans leur aboutissement, et la fatalité n'est que l'excuse des faibles. Il se garda tout entier, et sa vie intérieure se gonfla comme un torrent qu'on enchaîne, jusqu'à ce qu'elle se satisfît dans la sérénité que donnent la foi, la domination de soi-même et la perpétuelle conception artistique...

**

J'ai découvert un portrait de femme dans un coin. Ce n'est pas celui d'Éléonore de Breuning qui, pour lui, fut la grâce des rues et des jardins de Bonn à l'âge où le cœur s'éveille. Ce n'est pas celui de Giulietta Giucciardi, qui vint à lui quand, du sommet de sa jeunesse, frappé par le destin, muré en lui-même, il désespérait. C'est donc la troisième femme que l'on rencontre dans cette vie qui fut, dit-on, exempte de toute faiblesse de chair : Thérèse de Brunswick. Sur cette toile, qui fut peinte en 1806, elle a vingt-six ans. La tête est petite, les traits sont réguliers, nets, incontestablement beaux, et la chevelure rousse leur ajoute de la lumière. Mais les yeux aigus, directs, volontaires ont je ne sais quoi de cruel qui rappelle l'impassible Salomé de Luini.

Ces trois noms de femme sont les seuls ornements de sa biographie. La première fut la gentille *Lorchen*, Éléonore de Breuning. Il avait alors dix-sept ans et par l'incapacité de son père il était déjà chef de famille, chargé de deux frères à élever. Elle avait deux ans de moins que lui. Elle adorait la poésie comme lui la musique, et ils mirent en commun leurs premiers rêves. S'aimèrent-ils? On ne le sait pas. Elle épousa, quelques années plus tard, le docteur Wegeler, et Beethoven eut désormais deux amis qui lui demeurèrent fidèles jusqu'à la mort. Cette idylle ne fut donc, tout au plus, qu'un souvenir d'enfance délicat et paisible destiné à donner tout son prix au charme romantique de Bonn, du Rhin et des Sept-Montagnes.

A trente ans, il aima une *magique enfant* qui le retira de la solitude où il s'enfonçait. Frappé de son mal terrible, il s'était éloigné des hommes et se cachait comme s'il avait honte d'être seul à n'entendre qu'en esprit les harmonies que son art répandait. Ce fut la seconde : Giulietta Giucciardi. Elle ramena le fugitif et lui rendit l'espérance. A cette jeune fille qui éclairait sa nuit est dédiée la sonate du *Clair de lune*. Ce bonheur fut de courte durée. Tant de préjugés sociaux les séparaient, et tant d'infortune. Le pur sentiment qui l'avait attirée vers lui avec une si réelle spontanéité s'évapora dans l'enfantine vanité de gouverner un génie. Elle fut coquette et personnelle, quand il ne fallait être que simple et dévouée. La simplicité et le dévouement

tout secs, quelle jeune fille s'en accommode? Et Giulietta épousa le comte Gallenberg. Beethoven connut
un désespoir digne du Jardin des Oliviers. Dieu ne
l'abandonnait-il pas, qui lui ôtait son rayon de lumière?
Mais les âmes fortes rebondissent de l'abîme, et dans
son cœur ouvert il fit entrer seulement plus de compassion, plus de dignité, la connaissance profonde de
la vie, qui ne s'acquiert que dans ces défaites changées
en victoires. Quel étonnement n'eût-elle pas éprouvé,
la pauvre comtesse Gallenberg, en lisant cette lettre
écrite par Beethoven peu après qu'elle l'eut laissé pan-
telant de son indifférence : « Ma jeunesse, oui, je le
sens, ne fait que commencer. Chaque jour me rapproche du but que j'entrevois sans pouvoir le définir...
Je veux saisir le destin à la gorge. Il ne réussira pas à
me courber tout à fait. C'est si beau de vivre mille
fois la vie ! »

Les bois coupés reverdissent plus beaux,

chantait le vieux Ronsard. Ainsi, elles sont tentées de
s'exagérer leurs ravages : il est, chez les vrais génies,
des portions de l'âme qu'elles n'atteignent pas et qui
ne sont pas à la merci d'un désespoir amoureux.

L'amour de Thérèse de Brunswick est plus mystérieux, car son dénouement demeure obscur. Elle se
fiança à Beethoven en 1806 (l'âge du portrait) : il
avait trente-six ans. Elle-même a raconté, non sans
satisfaction, les circonstances de ces fiançailles. Elle
reçut le musicien à Martonvasar, en Hongrie, où elle
résidait avec son frère, le comte François. Là, ils
échangèrent leurs aveux ; mais elle l'avait dès longtemps devancé, car elle l'aimait depuis que, petite fille,

elle recevait de lui, à Vienne, des leçons de piano.

« Un soir de dimanche, dit-elle, après dîner, au clair de lune, Beethoven s'assit au piano. D'abord il promena sa main à plat sur le clavier. François et moi, nous connaissions cela. C'est ainsi qu'il préludait toujours. Puis il frappa quelques accords sur les notes basses ; et lentement, avec une solennité impressionnante, il joua un chant de Sébastien Bach : *Si tu veux me donner ton cœur, que ce soit d'abord en secret; et notre pensée commune, que nul ne la puisse deviner.* Ma mère et le curé s'étaient endormis ; mon frère regardait devant lui, gravement ; et moi, que son chant et son regard pénétraient, je sentis la vie en sa plénitude (1)... »

Thayer, le biographe de Beethoven, fait de Thérèse de Brunswick la destinataire de l'unique lettre d'amour datée du 6 juillet, sans autre indication de lieu ni d'année, qui figure dans la correspondance. Beethoven appelle son amie *mon immortelle bien-aimée*, et c'est l'accent de l'*Appassionnata;* il lui dit : *Sois paisible,* comme il répand la sérénité dans la *Symphonie pastorale.* On suit les profondes traces de cet amour dans *Fidelio,* dans le cycle de chants, op. 98, dédiés à la *bien-aimée lointaine,* et dans cette symphonie en si bémol qu'on a appelée la symphonie d'allégresse.

Cependant, ils ne s'épousèrent pas. Aima-t-elle réellement Beethoven ? On se prend à en douter en regardant son portrait. Cette belle figure fermée est plus rigoureuse que tendre (2). Dix ans après leurs fian-

(1) V. la *Vie de Beethoven,* par Romain ROLLAND.
(2) Pourtant le témoignage de Mariam Tenger est formel. Bien longtemps après la mort de Beethoven, la comtesse de Brunswick

çailles, il écrivait : « En pensant à elle, mon cœur bat aussi fort que le jour où je la vis pour la première fois. » Mais, dans ses notes de la même année, il nous donne le secret de son amour à l'occasion des émotions que lui verse la nature : « Mon cœur, dit-il, déborde à l'aspect de cet admirable paysage, *et pourtant elle n'est pas là, près de moi.* » Pour sentir la vie dans sa plénitude, il n'avait pas besoin, lui, qu'elle fût là. La nature lui suffisait : il projetait sur l'horizon l'ombre de sa grande âme qui recouvrait d'humanité les paysages. « Personne sur terre ne peut aimer la campagne autant que moi, » écrira-t-il plus tard.

Ainsi l'amour ne fut pour lui qu'une occasion de sentir, et non pas une influence, cette empreinte que laisse en nous la domination d'un être étranger. Un visage de fraîcheur et de jeunesse, une main qui répand la douceur, c'étaient des contours précis pour ses désirs qui n'en supportaient point. Sa vraie vie passionnée ne fut qu'intérieure, et quelle richesse en orages, en éclairs, en ouragans, et puis en calme apaisé ! La solitude fut le laboratoire de ses pensées.

Il fut de ces génies contractés qui se réservent à l'art et ainsi vivent en Dieu. Un Léonard de Vinci, un Michel-Ange se défendirent pareillement contre les *atteintes sociales* et contre l'amour. Il faut toutes nos manies sentimentales pour les enchaîner à des Monna Lisa ou à des Vittoria Colonna. En réalité, ils vécurent et moururent libres. Ils préférèrent souffrir dans leur chair plutôt que de perdre l'intégrité de leur pensée.

chargeait sa jeune amie, qui habitait Vienne, de déposer sur la tombe du musicien une couronne d'immortelles chaque 27 du mois de mars. Et l'admiration n'en était pas la seule cause.

N'a-t-on pas essayé de jeter Mlle de Roannez dans la vie de Pascal, alors que Pascal ne s'occupa d'elle que pour la jeter à Dieu? Parce qu'ils assignèrent à leurs efforts un but qui les dépassait, les hommes de cette trempe furent protégés par une force de résistance singulière contre les mille liens et les mille dépressions de la vie.

D'une œuvre de génie, on peut dire que l'amour l'inspira, et non pas une femme, et ce n'est pas la même chose. Car notre amour nous appartient, et toute femme, fût-elle la plus aimée, quand Dieu parle, est une étrangère.

Pour ces hommes-là, il n'est pas d'inspiratrice. Thérèse de Brunswick, dans cette maison, n'est, avec sa beauté, qu'un petit ornement sans importance.

Du bastion de l'Alte-Zoll au bord du Rhin, à Bonn, on peut suivre, sur un assez long parcours, du côté de Cologne et du côté de Coblence, les eaux du fleuve et compter les sept montagnes, ou plutôt les six, car le Nonnenstromberg masque le Loevenbourg. Leurs cônes allongés sont recouverts de bois où l'on distingue, même de loin, l'or, le cuivre et la rouille de l'automne. Je cherche, à travers les hêtres aux feuillages clairsemés, le monastère d'Heisterbach, qui est un lieu de pèlerinage. Là, Beethoven enfant commença d'aimer les arbres avec cette vénération particulière aux Germains. « J'aime un arbre plus qu'un homme, » dira-t-il un jour.

Le monastère d'Heisterbach est un lieu de légendes.

De ces rives du vieux fleuve, elles montent sur toutes les pentes, comme les brumes au matin. Il en est une que je préfère, celle du moine qui, méditant sur la question de l'éternité, écouta pendant trois cents ans le chant d'un oiseau et rentra en étranger au couvent. D'ici, j'imagine ce jeune moine égaré oubliant le monde dans la recherche de son rêve. « Une fois obtenues, les choses perdent leur prix ; *l'âme du plaisir est dans la poursuite.* » C'est Shakespeare qui parle ainsi de l'amour. Une poursuite de trois cents ans, quelle chasse heureuse du bonheur !

Le génie, c'est de charger le temps de cette force d'oubli qui, pour quelques sensations profondes, mystérieusement prolongées, prend des apparences d'éternité. Ainsi, Beethoven augmente notre vie d'un nombre incalculable d'années. Il s'est égaré, comme le moine en prière, sur le chemin de l'éternité. Et sa chasse ne fut pas infructueuse.

VI

LA LEÇON D'IÉNA

Bonn.

De l'Alte-Zoll, je suis longtemps des yeux le cours du Rhin. Quand je me détourne du fleuve, par fatigue sentimentale, je me heurte à un homme en bronze, de figure rugueuse et hostile. J'ai bien trouvé mon dérivatif. Avec celui-là, je n'ai pas à craindre quelque délire d'imagination. Sous son masque de guerre, il est de tout repos. Car il précise la pensée qui n'est inquiète et trouble que lorsque son objet cesse d'être limité. C'est la statue d'Arndt qui domine le bastion et que je n'avais pas remarquée. Qui est, au juste, ce grand homme dont je sais seulement qu'il fut un poète patriotique après Iéna et l'écrasement de l'Allemagne? Il me choque, me dérange et me retient. On le dirait placé là, comme un mannequin sur un champ, pour effaroucher les rêves, ces oiseaux qui volent au-dessus du fleuve. Il est le sergent de ce belvédère, et sa consigne est de rappeler rudement les promeneurs à la réalité. Pour un peu, on lui demanderait l'heure et le temps probable. Il lui manque une horloge et un baromètre que son socle aurait pu contenir.

Le charme est rompu. Je ne suis plus tenté par les légendes d'Heisterbach. Je sens la faim que j'avais oubliée. Ce policier de zinc m'enjoint de chercher nourriture. Je lui jette un dernier regard mauvais et je quitte l'Alte-Zoll, non sans une secrète rancune. Si, par esprit de vengeance, je le lisais? Avec quelque aptitude à la critique, on découvre presque toujours dans un ouvrage, quand on le lit de parti pris, de quoi alimenter sa passion. Après dîner je m'informe auprès des libraires. De traduction française, ils n'en connaissent pas. Je le comprends, mais ils n'ont même pas en magasin les poésies de leur statue. L'un d'eux me tend un volume de lettres à une amie, Charlotte von Kathen : que ferais-je de cette aventure biographique? Alors il m'explique que *le père* Arndt n'est pas originaire de Bonn, et qu'il y fut seulement professeur d'histoire à l'Université. Il a l'air d'un avocat qui plaide les circonstances atténuantes.

— Pourquoi lui a-t-on élevé un monument ici?

— Je ne sais pas.

— En quelle année?

— En 1865.

Et mon homme, gêné, ajoute que ses poèmes ne sont pas à lire par un Français.

Je n'ai plus songé au bronze de l'Alte-Zoll pendant mon voyage. Mais, rentré en France, j'ai repris mes recherches. Point de traduction en effet. Arndt n'a pas eu les honneurs de la langue française et ne les méritait guère. Des études sur la littérature allemande, avec des extraits, m'ont permis néanmoins de restituer au monument de Bonn une physionomie vivante. Arndt fut en son temps un animateur. Plus que l'histoire, il

professa le patriotisme. S'il fait sur son bastion l'effet
d'un épouvantail, la dure nécessité lui interdisait la
mollesse d'action qu'engendre la rêverie.

Pour mesurer l'importance de son rôle, il faut le
replacer dans son cadre. A la fin du dix-huitième siècle,
Lessing osait dire avec franchise : « Les Allemands
ne sont pas encore une nation. » Et de fait, après Iéna
même, « une foule de citoyens » acclamait Napoléon
entrant à Berlin. Un journal, relatant l'arrivée des
troupes françaises, imprimait que « leur excellente
tenue, leur air martial, leur amabilité et leur gaieté
avaient excité l'admiration universelle ». Cependant
un immense frémissement intellectuel agitait toute
cette Allemagne en fermentation. Un Kant, un Gœthe
avaient jeté dans les cerveaux l'exaltation confuse de
la métaphysique et de la poésie. Trop enthousiastes,
trop lancés sur la piste, ou trop faibles d'intelligence
pour s'apercevoir que le premier abandonnait le domaine sans limites de la raison pure afin de bâtir sur
un terrain plus solide l'enseignement de la raison pratique, et que le second, disciplinant son imagination,
contraignait les passions mêmes à servir de motifs
décoratifs à sa vie qu'il construisait et vénérait en
même temps comme un temple, les jeunes gens
recréaient le monde extérieur en le subordonnant à
leur monde intime, et goûtaient sans mesure l'ivresse
de sentir et de penser. Ainsi le romantisme naissait
avec son oubli des proportions de la réalité, et sa religion individuelle que l'un d'eux, Schleiermacher, a
définie « une musique intérieure qui accompagne
l'homme dans toutes les manifestations de sa vie ». Il
enfantait naturellement l'anarchie, et l'on trouve dans

un roman de Clément Brentano, *Godwi*, des apho-
rismes dans le goût de celui-ci, que nous entendons
aujourd'hui pareillement formuler : « Nous aurons un
État quand les lois se dissoudront d'elles-mêmes ;
nous aurons l'amour quand nous n'aurons plus le
mariage. » Ce romantisme, il est vrai, revenait, pour
fuir le présent, à la vieille poésie populaire et ressus-
citait sans y prendre garde des traditions oubliées.

Mais qu'attendre d'un peuple battu sur tous les
champs de bataille, et dont l'élite intellectuelle se
réfugiait éperdument dans la culture de son *moi*, d'un
moi si élastique que chacun en pouvait faire surgir à
volonté le monde et Dieu même, comme ces prestidi-
gitateurs qui extraient de leur chapeau tous les objets
mobiliers dont ils ont besoin? Iéna, c'était la débâcle.
On y assistait sans tristesse. Un philosophe, alors, se
mit en travers. Il avait, lui aussi, contribué à fausser
le sens des réalités en fondant son idéalisme transcen-
dantal sur le moi qui se pose, puis s'oppose le monde
comme une simple négation de lui-même, et crée
enfin Dieu comme lui-même encore conçu dans l'absolu. Le gouvernement le réprimandait pour ce qu'il
n'accordait pas à Dieu une existence substantielle différente de celle du *moi*. Et pendant que Dieu dépendait
ainsi du gouvernement et des philosophes, l'ennemi
marchait. Fichte, venu à Berlin pour se défendre,
ouvrit les yeux sur des ruines et prononça alors ses
Discours à la nation allemande dont on souhaiterait
l'honneur à un Gœthe. La jeunesse universitaire l'avait
suivi quand il la grisait d'intellectualisme et promettait l'univers aux esprits libres en possession de la culture générale. **Voici que, par un brusque tournant,**

aux rivages sans cesse reculés de la métaphysique, il substituait un territoire planté de bornes. Avec la même chaleur dialectique, il imposait tout à coup une patrie. Il marchait aisément dans la plaine habitée, lui qui si longtemps avait vécu sur la montagne et dans la solitude. La patrie, déclarait-il, c'est *l'immortalité de l'homme sur la terre*. Et connaissant la force des formules obscures sur les jeunes gens et les femmes, il s'écriait : « Quel est l'homme qui ne veuille jeter dans les espaces du temps quelque chose de neuf et d'inusité, quelque chose qui s'y maintienne et devienne la source inépuisable de créations nouvelles? Qui ne désire payer sa place en ce monde et les courtes années qui lui sont dévolues par quelque chose qui durera éternellement, même ici-bas? C'est ainsi qu'un simple particulier pourra, si l'histoire ne garde pas son nom (car le désir de la gloire est une vanité méprisable), laisser cependant, dans sa conscience et dans sa croyance, des monument squi attestent son passage sur la terre... » Puis, ayant créé philosophiquement la patrie, accusé le fléchissement du caractère national et célébré l'esprit de sacrifice, il regagna sa montagne pour rétablir l'importance substantielle de Dieu et perdre en lui le *moi* volatilisé.

La direction était donnée à l'élite. Mais, qui l'imposerait à la foule? Un philosophe n'a qu'un public restreint. Il fallait un romancier, un poète, un dramaturge. Cette Allemagne décimée cherchait, attendait, anxieuse, une parole de vie. Gœthe, désigné, se récusait : « Écrire des chants de guerre, lui fait dire le fidèle Eckermann au sujet du réveil de 1813, et rester dans mon cabinet, ce n'était pas là ma manière. Mais écrire au bivouac, lorsqu'on entend, la nuit, hennir les chevaux des avant-postes ennemis, à la bonne heure ! » Il a dit cela plus tard, pour jeter quelque discrédit sur les écrivains qui le doublaient en cette occurrence. Pendant la campagne de 1792, il jouait à la guerre et se procurait la fièvre du canon comme on achète d'une jolie fille le plaisir de l'amour. Vieilli, mis par lui-même sur les autels, et peu désireux du risque, mais jaloux de sa renommée, le voici qui tient des propos méprisants sur les Tyrtées en chambre. En réalité, détaché de tout et de tous sauf de lui-même, il ne pensa point du tout à remplir un tel rôle. Que ne répondait-il tout simplement qu'il contribuait à sa manière à fonder la patrie allemande en lui fournissant des images vivantes autour desquelles se grouper?

Détaché, il l'était, et ce n'est pas assez dire : il décourageait ses remplaçants. A Dresde, en 1813, il s'exprime ainsi, devant le père du poète Kœrner et tout un groupe de patriotes, sur le compte de Napoléon qui, désirant le conquérir, l'avait reçu, seul, à Weimar, en 1808 : « Cet homme est trop grand. Vous avez beau secouer vos chaînes, vous ne les briserez pas ; vous ne ferez que les entrer plus profondément dans votre chair. » A défaut de Gœthe, la jeune Allemagne eut pour excitateurs Kœrner, Max de Schenkendorf, Arndt, sans compter cet utile bouffon de Jahn, dit *le père des gymnastes.*

Nous arrivons à l'homme de Bonn. Tout comme un autre, il avait chanté, dans son jeune âge, Apollon et Bacchus. Mais ce fils de serf était né pour la révolte et la haine. Un méchant livre lui ayant attiré les foudres de Napoléon, il vécut dès lors pour mordre et déchirer l'empereur et la France. Professeur excité, il entassa brochures et poèmes (*la Patrie de l'Allemand*, — *Chants de guerre*, — *le Rhin fleuve, mais non frontière de l'Allemagne*, — *Germanie et Europe*, etc.). Ce sont des réquisitoires enflammés, stupides mais brutaux, triviaux mais ardents. Il manie, comme un bon polémiste, l'injure et la diffamation. Les Français ne sont à ses yeux que des voleurs et des assassins. Contre eux tout est permis. Et par-dessus le marché ce sont des lâches : à Lutzen ils ont perdu pied et se sont enfuis comme des lièvres. Tout de même, le vieux Blücher qui y était dut leur céder la place, et dès lors on s'explique mal la bataille. Ce pauvre cuistre en fureur ne vaut guère mieux dans la défensive. Ne célèbre-t-il pas la grossièreté comme une vertu allemande?

En somme, Arndt se rapproche beaucoup plus du gymnaste Jahn que d'un Gœthe populaire. Son influence fut considérable, mais de courte durée. Il remplit un rôle d'une heure, et lui survécut plus de quarante ans, de sorte qu'il eut le temps d'ennuyer tout le monde et de provoquer l'ingratitude. Ce n'est donc point comme poète qu'on l'a hissé sur le bastion de Bonn, mais comme une sentinelle chargée de monter la garde au Rhin et de secouer à l'occasion la dépression romantique.

A son pamphlet sur *le Rhin fleuve, mais non frontière de l'Allemagne*, Victor Hugo répondit un jour en réclamant la rive gauche, achèvement naturel de la France. Le Congrès de Vienne, affirmait-il, en attribuant cette rive gauche à l'Allemagne, avait créé un antagonisme irrémédiable et empêché une alliance dont l'Europe entière eût bénéficié. Il écrivait ces belles considérations, d'un air si lointain, en 1839 (1). Un an plus tard, M. Thiers gouvernant la France, la guerre menaçait. Arndt gonfla ses joues et emboucha son buccin. Il n'en sortit qu'un maigre son. Le public avait adopté d'autres chansonniers moins rébarbatifs, mais non moins patriotes. Partout l'on chantait alors *le Rhin allemand* de Becker.

... Ils ne l'auront pas, le libre Rhin allemand, aussi longtemps que les cœurs s'abreuveront de son vin de feu ;

Aussi longtemps que les rocs s'élèveront au milieu de son courant ; aussi longtemps que les hautes cathédrales se refléteront dans son miroir.

C'était un défi. Celui qui le releva chez nous n'avait guère chanté jusque-là que l'amour. Et même, ayant épuisé sa jeunesse, il gardait le silence à l'âge où du haut des jours écoulés on commence à comprendre et dominer la vie. Il ne connaissait le Rhin que pour l'avoir traversé en allant jouer à Baden.

Bade est un parc anglais fait sur une montagne.
Ayant quelque rapport avec Montmorency

De quel ton répondrait-il au lied de Becker? Quand les cuivres font vacarme écoute-t-on le joueur de flûte? Un page se mesure-t-il avec un athlète? Non, la chanson militaire ne convenait pas à l'auteur d'*Une Bonne Fortune*... Oh! il ne prit pas la chose au tragique. Négligemment, avec une aisance toute française, il fit

(1) Écrit en 1905 : les considérations d'un air si lointain redeviennent actuelles en 1919 (note de 1919).

de l'épopée rien qu'avec de l'impertinence et de
l'ironie :

> Nous l'avons eu, votre Rhin allemand,
>   Il a tenu dans notre verre.
>   Un couplet qu'on s'en va chantant
>   Efface-t-il la trace altière
> Du pied de nos chevaux marqué dans votre sang?
>
> . . . .

Depuis, le Rhin s'est éloigné, et sur ses bords les
tombes françaises se sont vainement multipliées.
L'homme de Bonn qui le voit couler peut, sous son
hâle de bronze, se réjouir. Plus que ses vers, son
œuvre dure.

A la leçon qu'il nous donne en dispersant les rêves
par une intervention si rude, je préfère la manière de
Fichte. La noblesse de ce philosophe qui s'arrête brusquement de construire l'univers pour réparer la maison
de ses pères me touche infiniment davantage. Il
retrouve, dans le danger national, le sens des nécessités immédiates, et au service de la patrie il met la
grandeur de sa pensée.

Nous avons vu, nous aussi, un tel spectacle récon-
fortant. Mais notre Taine, plus obstiné qu'un Fichte,
ne se borna pas à quitter un temps la métaphysique
et la critique, pour adresser de haut à ses concitoyens
quelques conseils de virilité. Il subordonna dès lors sa
vie, toute sa vie de conscience et de travail, à l'œuvre
de réfection. C'était l'application pratique de son posi-
tivisme. Il n'appartenait pas à cette école allemande
qui bâtit sur l'idée et n'accorde au monde extérieur
qu'une place de subordination et de dépendance. Il
demandait aux faits les matériaux solides destinés à

servir de fondation à ses théories. Vérifiés, ces faits
s'amoncelaient, s'élevaient en murailles. L'histoire
pouvait ainsi servir de base à ses démonstrations, jus-
tifier un système qui logiquement partait d'elle avant
de lui réclamer de conclure. Dans la ruine de son
pays, il trouvait un rôle à remplir. Ce fut son honneur.
Il le remplit sans un jour de repos, jusqu'à ce que la
mort arrêtât sa main droite qui n'avait pas cessé
d'écrire.

Taine préparait un livre sur l'Allemagne où il voya-
geait encore en juillet 1870, lorsque la guerre éclata.
Dès nos premiers désastres, il ne se fit plus d'illusions.
Incapable de reprendre ses travaux accoutumés, il
vécut réellement, durant cette période, de la vie nationale : « Pour moi, écrit-il dans sa correspondance, le
sentiment des maux publics est si vif que je ne sens
véritablement plus le beau. » Et encore : « Il y a des
jours où j'ai l'âme comme une plaie ; je ne savais pas
qu'on tenait tant à sa patrie. » Un écrivain de sa taille
ne devait pas se borner à écouter en lui-même le
retentissement d'une douleur générale. Des faits dont
il était le malheureux témoin, il recherchait déjà les
causes afin d'en modifier les conséquences. Cette
recherche des causes le conduisit à voir l'origine de
nos maux dans la rupture de notre société moderne
avec les traditions de la race, et la date de cette rupture dans la Révolution préparée par les fautes de
l'ancien régime. Et pour aider à sa manière son pays
dans la tâche difficile du renouvellement, de la gué-
rison, il commença immédiatement de préparer les
matériaux du grand ouvrage qui, dans sa pensée pri-
mitive, devait composer un seul volume de considé-

rations visant toute la dernière période de notre histoire, de la Révolution à la dernière guerre, et qui,
réclamant toutes ses forces jusqu'à son dernier jour,
comprit en réalité onze volumes pour s'arrêter à la
constitution du nouveau régime en 1800. *Les Origines
de la France contemporaine*, ce sont ses *Discours à la
nation française...*

VII

LE ROCHER DU DRAGON

Königswinter, octobre (1905).

Il souffle sur le Drachenfels un vent à jeter bas le dernier pan de mur de ce vieux burg dont le démantèlement date de la guerre de Trente ans. C'est une moitié de tour couronnée de créneaux, percée de fenêtres, envahie par le lierre et les plantes sauvages. Une balustrade de fer permet de se pencher sur le roc pour fixer le paysage. Mais le paysage, ce sont des nuages à la débandade qui courent au ras des Sept-Montagnes et qui ne laissent apercevoir qu'à de rares intervalles des cimes difficiles à nommer, le Breiberg, le Minderberg ou le Hemmerich. En bas, le fleuve court à pleins bords, large, sombre, presque noir, tant le jour est sinistre. « La vue, dit le guide, est une des plus belles du Rhin. » Je veux bien, mais il faut retenir son chapeau.

Je me suis arrêté tout à l'heure, en montant, devant la pyramide qui, près d'un hôtel confortable (ici, comme en Suisse, on utilise les belvédères), évoque les événements de 1814 et de 1815. Ce château, ruiné au temps de Tilly, plonge par ses fondations dans un passé obscur, celui des pirates du Rhin et des paladins, plus bas peut-être encore : n'a-t-on pas relevé, le long du fleuve, des traces romaines? Mais le vent emporte l'histoire dans sa course vertigineuse, et voici les légendes qui montent, qui semblent monter comme ces arbres et ces buissons échevelés, perdant leurs feuilles rousses, qui bloquent les pierres du sommet et dont l'ambition visible serait de couronner la montagne. On oublie les hommes qu'un seul mur défoncé rappelle, pour écouter cette voix formidable, tantôt basse et tantôt aiguë, selon qu'elle se donne libre carrière dans la plaine ou qu'elle siffle, gênée, dans le fouillis des branches. La tempête mène son orchestre dans la forêt. Beethoven, Weber, Wagner, de ce point que tout désigne, pourquoi ne l'auraient-ils pas entendue, comprise et recueillie? De Bonn, on vient au Drachenfels en quelques heures. Le Chasseur noir du *Freischütz*, l'enchanteur Obéron exigent un tel décor pour leurs sortilèges. Et c'est ici, enfin, le *rocher du Dragon*, — du dragon que tua Siegfried. Cette nature romantique, que des ruines, des bois et le Rhin fier composent, je lui fais volontiers l'honneur de voir en elle l'inspiration de la musique allemande la plus chargée de force, de rêverie ou d'énergie dominatrice.

Avant de rencontrer le dragon Fafner qui garde l'or du Rhin, Siegfried a été l'enfant de cette forêt. Et après avoir tué le dragon, — dans quelle clairière? je la cherche des yeux, — il écoutera la voix des oiseaux qui le conduiront vers Brunehilde endormie. En vain le dieu Wotan, qui sait l'arrêt du sort, veut-il barrer le passage. Brunehilde c'est l'amour, et qui connaît l'amour doit mourir : la mort est la

compensation d'une telle ivresse. Siegfried écarte le
vieillard, traverse les flammes et va réveiller la Walkyrie. Il consent à n'être qu'un homme au lieu d'un
héros immortel, comme celle-ci, par pitié, a quitté
naguère le Walhalla. Et le vent qui ébranle le mur où
je m'appuie, qui traverse comme un fantôme les
fenêtres inutiles et fait claquer les feuilles avec un
bruit de grelots, chassant les siècles, me restitue à la
solitude angoissante des temps primitifs.

Ce Siegfried ignorant de la peur, et qui se jette tête
baissée dans toutes les aventures, a une réplique française. Cette réplique française, Weber a tenté en vain
de la germaniser dans *Obéron*. Notre Huon de Bordeaux, également légendaire, est un Siegfried moins
poétique, mais de plus belle humeur. Les deux races
se montrent à nu dans leurs créations. Il faut à l'une
les puissances de la nature, mystérieuse sirène qui
abrite les rêves comme un buisson les oiseaux, la force
brutale qui dans la jeunesse se dissimule heureusement
sous la beauté, et le soin orgueilleux d'un destin individuel. L'autre, plus fine, moins fantaisiste et plus
sociable, impose les limites des yeux humains à l'im-
mensité de la terre, exécute sur le même thème de con-
quêtes et d'enchantements quelques fioritures, ajoute
de la gaieté au courage et de la témérité à l'audace,
introduit enfin la fantaisie dans l'épopée. Siegfried
est un Achille germain ; Huon l'avantageux, s'il n'a
pas les ressources d'Ulysse, les remplace par la désin-
volture et l'outrecuidance.

Comment ne connaît-on pas davantage en France
cette chanson nationale? Nous faut-il laisser détourner
le courant légendaire d'Obéron, de Tristan et de Lan-

celot du Lac? Encore Tristan et Parsifal sont-ils assez
lourds de désir et de mélancolie pour franchir le Rhin
sur des nefs solides et bien lestées. La Bretagne leur a
donné son goût d'océan et de songe. Mais notre léger
Huon, qui porte enseigne de Gascogne, les vagues le
pousseraient à la mer comme un fétu.

Pour avoir occis un fils de Charlemagne qui le méritait, le jeune chevalier est expédié à Babylone avec
une mission périlleuse : obtenir le vasselage du roi
Gaudisse (1). Il pleure en quittant la France, mais —
reconnaissez-le tout de suite à ce trait — dès qu'il est
loin, il se réjouit de courir sa chance et de voir du
nouveau. Veut-on le tenter? on lui offre des obstacles.
— N'allez pas par là : c'est le domaine du nain Obéron.
— Pourquoi? — Il est magicien, et ses enchantements
sont redoutables. — Vraiment? voyons donc... Et les
enchantements commencent. « Si je n'ai pas peur, dit
Huon, il ne s'en faut guère. »

Tant de crânerie et d'insouciance touche Obéron, qui
l'invite. « Veux-tu, lui demande-t-il, manger sur l'herbe
ou dans un palais? — Sire, je n'en ai cure, pourvu que
je dîne... » Et cette franchise naturelle (que l'on retrou-
vera dans les récits de Villehardouin, de Joinville) est
sa meilleure sauvegarde. Quand il s'en va, Obéron
pleure. « Eh ! qu'avez-vous, mon pauvre sire? — Ami,
vous emportez mon cœur... » C'est sa manière : il
emporte les cœurs. Le nain lui a donné un cor dont il
ne doit sonner que dans les grandes occasions. A peine
parti, notre héros embouche la trompette, pour juger
de son bel effet. Obéron est navré de ces incartades,

(1) V. les *Grands Récits de l'épopée française*, par M. Roche.

mais comme il les préfère à la sagesse ! Il engage son
indocile élève à éviter le géant Dunôtre, qui est d'autant plus terrible qu'il s'est emparé d'un haubert magique. « Mais, riposte notre Français, je suis ici pour
chercher aventures et j'irai conquérir le haubert
magique. — Je ne te secourrai pas. — Oh ! que si ! Je
vous connais : vous viendrez. — Je n'irai pas. — Eh
bien, faites à votre guise. Moi, j'agis selon mon envie... »
Il pénètre chez l'ennemi avec l'aide d'une jeune fille.
C'est aussi sa manière. Le géant dort. Comment le
frapper endormi? — Vilain ! lui crie Huon pour le
réveiller. Et le voyant sans armes, il ajoute : « Va les
prendre... » Mais le géant, trop bête, lui prête son
haubert.

Gaudisse, roi de Babylone, fait notre héros prisonnier. Le roi a une fille, la belle Esclarmonde, qui, pour
sauver un si beau jeune homme, le cache et le fait
passer pour mort. Là-dessus, le royaume tombe en
grand péril. On ne sait à quel général se vouer. —
Ah ! si j'avais Huon ! soupire Gaudisse. — Le voici,
réplique Esclarmonde, qui le sort, gros et gras, de sa
cachette. — Vassal, approuve Gaudisse, la prison vous
a réussi. Débarrassez-moi d'Agrapart. Je serai l'homme
de Charlemagne, et ma fille vous appartiendra... Avec
l'aide d'Obéron, Huon tue le géant ; puis il ramène
Esclarmonde au pays de France.

L'amour des aventures, le courage spirituel et l'honneur, voilà de quoi composer un caractère que notre
histoire nationale connaît bien. Dosez ces éléments, et
vous en tirerez des variétés qui toutes se rattacheront
au type principal. Un Chateaubriand qui, de cette tour
ruinée, entendrait passer le vent dans la forêt et se

livrerait à des incantations héroïques penserait à son
Gesril. Ce Gesril, qui tient six pages dans le premier
volume des *Mémoires d'outre-tombe,* se fixe en quelques
traits dans le souvenir, tant ces traits sont accusés,
tant le portrait est *racé.* Avant d'avoir dix ans, il a
une personnalité, il est un chef. C'est lui qui invente les
jeux dangereux au bord de la mer, ou les rixes san-
glantes pour le point d'honneur. Ses camarades, d'un
consentement tacite, subissent son ascendant. Il aime
surtout à les exposer, à les mettre en posture périlleuse, pour les essayer, pour s'offrir un spectacle intéressant. Il les commande, et il les regarde. Lui-même
juge inutile de donner la mesure de sa valeur. Et, chose
surprenante, de tous ces gamins peu portés au respect
et au sentiment de la hiérarchie, pas un ne met cette
valeur en doute, pas un ne la conteste quand nul ne
l'a vue en action. Un instinct secret, cet instinct profond des âmes que l'habitude et les conventions n'ont
pas déformées, les avertit d'une force assez sûre d'elle
pour ne pas même éprouver le besoin de se prouver.

A quelques lieues de Vannes, près de la chartreuse
d'Auray, on montre un bout de lande que bordent des
sapins et qu'on appelle le Champ des Martyrs. C'est le
cimetière où furent ensevelis les prisonniers de Quiberon, après la fusillade du 10 fructidor. Ce qui reste
de Gesril est là, dans la fosse commune. D'un seul
coup, il a, pour mourir, révélé un héroïsme si magnanime que l'instinct de ses petits compagnons de jeux
devient un clair pressentiment. Après la capitulation
de Quiberon, comme les bâtiments anglais continuaient
de canonner l'armée républicaine, Gesril se jeta à la
nage, alla jusqu'aux vaisseaux et fit cesser le feu. On

lui lança une corde afin de le prendre à bord et de le sauver. « Je suis prisonnier sur parole, » répondit-il, et il regagna le rivage pour se livrer. Il fut exécuté avec Sombreuil. Dans le manuscrit de 1826 (1), Chateaubriand ajoute : « Je pense avec orgueil que cet homme a été mon premier ami, et que tous les deux, mal jugés dans notre enfance, nous nous liâmes par l'instinct de ce que nous pouvions valoir un jour, et que c'est dans le coin le plus obscur de la monarchie, sur un misérable rocher, que sont nés ensemble et presque sous le même toit deux hommes dont les noms ne seront peut-être pas tout à fait inconnus dans les annales de l'honneur et de la fidélité. »

J'ai pensé tout à l'heure que Tristan pouvait passer le Rhin. Un Chateaubriand, un Gesril donnent à l'honneur une marque française. C'est le même honneur dont témoignent la vie d'un Bayard ou les vers d'un Corneille. J'en cherche l'équivalent dans la poésie allemande. Fustel de Coulanges a dès longtemps prouvé que les anciens Francs se fondirent avec la tradition gauloise, et que l'origine de nos mœurs et la source de notre sensibilité ne sont pas germaines. L'honneur, qui est une façon de sentir, ne se confond ni avec l'honnêteté ni avec l'honorabilité. Ses limites ne sont définies que chez ses *loyaux serviteurs*.

... Le Drachenfels est une de ces collines sacrées où l'âme d'un temps s'élabore. Depuis que j'en suis descendu j'ai vu que l'Allemagne rajeunie prenait volontiers pour symbole Siegfried forgeant le glaive. Ainsi l'art donne à une nation les fortes images où elle mire son énergie.

(1) V. l'édition Biré.

VIII

UN CIMETIÈRE FRANÇAIS A COBLENCE

Coblence, 2 novembre (1905).

Au jour des Morts, le passé et la race viennent nous tenir compagnie, contrôler nos actes, mûrir nos résolutions. Où le 2 novembre pourrait-il être plus chargé de tristesse et plus stérile ensemble que dans une ville étrangère dont on connaît imparfaitement la langue, où l'on se trouve seul et sans emploi par une pluie qui supprime les paysages, les monuments et tous les plaisirs de la curiosité?

Ce matin, à Coblence, en ouvrant mes fenêtres qui donnent sur le Rhin, j'ai distingué à peine, sur l'autre rive, la forteresse d'Ehrenbreitstein, qui s'étage en gradins et dont les pentes sont recouvertes de quelques buissons d'or pâle qui font des taches dans la brume. Hier soir, déjà, en remontant le fleuve, je n'avais pu compter les sept montagnes; la ruine du château de Roland, sur son rocher de balaste, m'avait paru se fondre comme une légende que presse un historien dépourvu du sens populaire, et, sur la rive droite, Hammerstein, non moins démembré, se désagrégeait, se dissipait à la façon du fantôme que l'épée d'Hamlet va traverser sur la terrasse d'Elseneur. J'entends les cris des mouettes et les appels des remorqueurs invisibles. Il faut bien attendre la fuite bénévole de tant de brouillards. Sur le pont mobile de trente-six bateaux qui coupe le Rhin presque en face de moi, je vois des bonnes gens qui portent des couronnes. Ceux-là savent comment occuper leur jour des Morts. Mais je découvre dans mon guide qu'il y a à Coblence un cimetière des soldats français qui, pendant la dernière guerre, moururent prisonniers au camp du Pétersberg. Je m'informe de son emplacement.

— Oh! c'est bien loin, m'explique le portier de l'hôtel en me regardant avec commisération à cause de la pluie qui tombe toujours plus fort. Il faut passer la Moselle et marcher longtemps.

— Bien.

— Mais il n'y a rien à voir là-bas.

— Vraiment?

— Sauf le monument du général Marceau. Une grosse pierre noire qui va s'amincissant. Pas la peine de se déranger : la voici en carte postale. Tout le paquet pour un mark.

Il jette un coup d'œil au dehors et ajoute :

— Une journée est bien vite passée. Et, ce soir, Mlle Sigrid Arnoldson chante *le Barbier de Séville*.

Je ne suis pas venu en Allemagne pour entendre une chanteuse norvégienne interpréter un opéra italien. Je remercie donc le bienveillant portier, et je m'achemine vers la Moselle. Je passe devant la colossale statue équestre de Guillaume Ier qui se dresse au confluent des deux fleuves, merveilleux promontoire, avec sa moitié de cirque derrière elle. L'empereur ressemble

à un écuyer qui va parader : ce mort d'hier est déjà
traité comme un Charlemagne ou un Louis XIV, et
la grandeur du monument, sinon son art, atteste l'importance populaire du constructeur de l'empire. Je
franchis le pont et me trouve dans le vieux Coblence.

Après un tunnel sous la voie ferrée, le chemin tourne
à gauche et j'ai devant moi la campagne, un petit bout
de campagne que domine, qu'écrase le fort Constantin
avec sa longue muraille et ses bastions. Je dépasse un
jeune bois de hêtres dont les fûts minces et les branches
en fusées dessinent leurs formes élégantes sous le vête-
ment défait des feuilles rouges. D'après mes renseignements, je dois être arrivé, et je n'aperçois pas de cimetière. Je cherche des murs, des tombes blanches, un
amas de pierres, et je ne vois devant moi qu'un autre
petit bois plus clairsemé, placé directement sous le fort.
Je fais quelques pas encore. Je suis seul. Dans le
silence de la campagne, sous la pluie, j'entends les
roulements irréguliers d'un tambour : au-dessus de
moi, un soldat s'exerce. De plus près, je me rends
mieux compte des lieux. Le second bois est entouré
d'une palissade ; à demi recouvertes de lierre et de
feuilles mortes, les pierres grises de quelques mau-
solées — croix, dalles ou colonnes tronquées —
émergent à peine du sol. C'est là.

La porte n'est pas fermée. Cependant je doute qu'on
y pénètre souvent. Tout au plus quelques touristes de
passage, l'été, entre deux escales sur le Rhin, s'y pré-
cipitent avec le regret d'un si long détour. Aujour-
d'hui, jour des Morts, nul n'est venu déposer des fleurs.
Moi-même, je m'accuse de n'en pas apporter. La tristesse de l'abandon s'ajoute à celle de l'automne qui

de la dépouille des hêtres et des acacias jonche l'enclos, et qui incline davantage vers la terre les branches mouillées des saules toujours verts et pourtant sans jeunesse. La pluie qui clapote sur les feuilles répond avec douceur aux sempiternels roulements de ce tambour opiniâtre qui continue ses exercices.

Il y a une vingtaine de tombes. Chacune d'elles ne porte que des noms : dix, quinze, quelquefois vingt. On a réuni par escouades ces frères d'armes. Et comme ces noms sont bien de France ! Un Collignon, un Ménétrier, un Marchand. Voici, ô ironie ! un Joyeux Mathurin, — un Joyeux Mathurin mort à vingt ans, en exil ! Quelquefois le prénom est légèrement faussé : un Riquet s'appelle Émilie. Il y en a qui sonnent comme des fanfares : un Napoléon, un Clodomir, un César sont inscrits l'un sous l'autre. Un seul, de tous ces noms de jeunes gens, est accompagné d'une petite indication : il s'appelait de Fléville, il était du canton de Conflans dans la Meurthe, et il est décédé le 3 janvier 1871, à l'âge de vingt-deux ans. Vingt-deux ans : ce chiffre, qui est celui de tous les autres, achève de donner à l'enclos sa vertu de désolation.

Il est reproduit, ce même chiffre, un peu plus loin, à l'extrémité du petit bois que dominent un tertre et, sur ce tertre, une haute pyramide noire. C'est le monument de Marceau. *Ici*, dit cette inscription en lettres d'or qui s'effacent, *repose Marceau... soldat à 16 ans, général à 22, mort en combattant pour sa patrie le dernier jour de l'an IV de la République française. Qui que tu sois, ami ou ennemi, de ce héros respecte les cendres.*

Cette recommandation, d'une forme d'ailleurs surannée et déclamatoire, n'est-elle pas superflue ? Qui marchandera son éloge à ce général de vingt-deux ans? Cette vie très courte contient plus d'événements et de mouvements heureux que tant de longues carrières desséchées. Elle déborde comme ces vins pétillants dont quelques gouttes suffisent à remplir une coupe. Le temps ne compte pas : ce qui lui impose des limites, ce qui témoigne de sa durée, voilà ce qui importe véritablement.

A l'âge où Marceau dessinait à grands traits rapides les contours de sa vie immortelle, ces jeunes gens qui dorment dans l'enclos, à l'ombre de sa gloire, achevaient de mourir au camp du Pétersberg. C'est pour ceux-ci qu'il faut recommander le respect. Ils ont défendu vainement la terre de France envahie. Ils ont souffert obscurément, soustraits à leur pays, à leurs parents, à leurs amis, frappés en pleine jeunesse. Que sait-on aujourd'hui des lentes douleurs de leur exil et de leur agonie, et des tourments de ceux qui les savaient ou les pressentaient atteints et ne les pouvaient secourir?

Ils n'ont pas rempli toute leur destinée. Ils sont morts l'année où ma génération était appelée à la vie. S'il y avait des métempsycoses, ils auraient pu nous céder leurs âmes. Mais, précisément, l'âme d'un peuple est faite de ces communions des vivants avec les morts. Il n'y a pas de sacrifices inutiles, car les mérites conservent une vertu agissante, une puissance d'excitation. Ceux-là, dont le nom pour moi ne signifie rien de personnel, évoquent ici, auprès de Marceau, les foules anonymes sans lesquelles les héros sont inconcevables, ces réservoirs profonds où la force d'une race s'alimente, et aussi l'émotion particulière qui

s'attache à la jeunesse pour tout ce que ce mot contient
de mélancolïque et d'inachevé lorsqu'un tombeau la
rappelle.

La pluie continue de clapoter sur les feuilles mortes,
et le tambour, là-haut, s'obstine à ses roulements
maladroits. Je jette un dernier regard, comme un
voyageur qui compte ses bagages afin de ne rien
oublier, sur l'ensemble de ce bois triste, au sol à peine
soulevé par les tombes dont le lierre et les plantes
sauvages ont composé de petits jardins abandonnés,
et je regagne Coblence. La Moselle roule doucement
ses eaux qui viennent de France et vont se perdre, là,
dans le Rhin. Les brumes montent toujours du grand
fleuve romantique dont la poésie est faite sans doute
des jeux de la lumière sur ses eaux, des collines tour-
mentées, des bois, des burgs et des rocs qui l'accompagnent dans son cours, mais aussi de tous les fantômes qu'un désir individuel ou une volonté collective
amena, dès les temps reculés, sur ses bords disputés
sans cesse...

*
* *

... Peu de temps après mon retour en France, j'ai
voulu compléter mon pèlerinage au cimetière français
de Coblence par une visite à la tombe de Marceau. Car
la pyramide noire du petit bois ne recouvre plus
aujourd'hui les restes mortels du héros. En 1889, on
a violé ce sépulcre pour en retirer les ossements et
les transporter au Panthéon, qui est, comme chacun
sait, « destiné à la sépulture des grands hommes ».

Pourquoi ce transfert? Quel Panthéon peut se comparer à une terre conquise? Les monuments de Mar-

ceau à Coblence, de Hoche à Weissenthurm au pied du Frauenberg, de Kléber à Strasbourg, ce sont nos châteaux du Rhin. Ils ne sont pas moins romantiques que les vieilles ruines, cernées de forêts, au-dessus du fleuve. Là-bas où l'on respire des légendes, ils en suscitent d'héroïques, légères d'audace et lourdes d'honneur...

La visite des caveaux est publique. Cette autorisation générale ne date pas de longtemps. Elle a pour résultat de supprimer le recueillement et la solitude que réclament les morts pour se laisser interroger. A des heures réglementaires, on rassemble toutes les personnes éparses dans l'édifice, et sous la conduite d'un barnum officiel, on les précipite dans un escalier noir. En bas, ce sont les catacombes aux voûtes basses, aux lourdes colonnades. J'ai beau demeurer en arrière : la voix du garde m'arrive avec des boniments sur chaque infortuné grand homme, sur Jean-Jacques Rousseau *qui éleva un temple à la nature,* sur Voltaire *qui fut célèbre en prose et en vers,* sur Victor Hugo, *le plus grand poète du siècle.* Pourquoi cet enseignement gratuit, ces formules d'instruction primaire? La gloire est-elle si petite chose que ces noms ne signifient rien par eux-mêmes et qu'il les faille affubler d'épithètes homériques? Et de quelle voix étrange, cocasse, est doué notre huissier de la renommée ! Cyrano lui aurait prêté son nez pour nasiller qu'il ne produirait pas un bruit plus retentissant ni plus désagréable. Et le voilà qui renforce encore son organe par le moyen d'un écho.

Marceau n'occupe pas un caveau à lui seul. On lui a donné pour compagnons La Tour d'Auvergne tué à l'ennemi le 27 juin 1800, Lazare Carnot mort en exil à Magdebourg le 2 août 1823, Baudin frappé sur une barricade le 3 décembre 1815, et le président Carnot assassiné à Lyon le 24 juin 1894. Ce sont des morts bigarrés. Notre guide, qui aime sans doute l'unité, les rassemble aussitôt sous le titre commun de *victimes du devoir*. Le moyen d'écouter Marceau dans ce vacarme et de l'isoler de ses colocataires !

L'avenue qui mène à ces tombeaux est toute bordée de couronnes funèbres. Elles proviennent des obsèques du président Carnot. C'est le déchet de la cérémonie. Il y en eut trois mille, dont quelques-unes d'or et d'argent qu'on a emportées. Personne ne peut ignorer ces détails, tant notre cicérone vocifère. On ne laisse dans ce souterrain que les *ex-voto* sans valeur, dont on ne saurait tirer parti. Ils font de l'ombre le long des murs déjà mal éclairés. Pourquoi ne pas se contenter, aux enterrements, des fleurs naturelles qui joignent au parfum et à la couleur le mérite de ne pas durer, et qui, par là même, symbolisent avec grâce le prompt oubli? Ces colis qui encombrent le corridor, on dirait que la douane malveillante de la mort a refusé de les enregistrer.

Quand je reviens à la lumière, je fais hâtivement le tour des fresques. Mais je ne m'arrête que deux fois. Une première, devant la *Gloire* de Detaille : formidable tourbillon de chevaux cabrés, d'uniformes et d'oriflammes multicolores tournoyant en entonnoir autour de la blanche divinité qui, souriante, presque ironique, a mis son cheval blanc au petit galop et offre négligemment le laurier à ses adorateurs. La facture en est adroite, et le mouvement excellent. L'émotion manque.

Un Napoléon qui regarde mourir, n'est-ce pas, en chair et en os, le génie des batailles? Ceux qui prétendent faire de l'art une idéalisation de la vie, ignorent combien il est difficile d'atteindre seulement, de presser la puissante et diverse réalité.

Bâti sur le tombeau de Geneviève, le Panthéon était primitivement une église. Rien n'en donnerait plus, ni les plats cénotaphes des grands hommes, ni la froide ornementation des murs, l'impression religieuse, si Puvis de Chavannes n'était venu, d'un geste sûr et si simple, restituer au temple son origine en y inscrivant la merveilleuse histoire de la patronne de Paris. La dernière fresque, c'est une vieille femme qui s'appuie à une terrasse de pierre et qui, de là, regarde au-dessous d'elle sa ville éclairée par la lune dont les lueurs jouent dans la nuit bleue sur les toits des maisons et sur la lointaine plaine. La cité dort, mais la sainte veille et prie. Elle est droite et mince comme un grand lis. Elle ressemble à la lampe ancienne qu'elle a laissée à l'entrée de sa maison, et dont la longue tige aboutit à une flamme. Son corps émacié conduit ainsi à l'expression vivante du visage qui regarde, qui domine, qui protège. Elle est sereine malgré l'âge et la mort prochaine, car son œuvre est accomplie : Lutèce est paisible, et l'on n'entend plus le pas d'Attila. Le même silence et la même paix, si Geneviève revenait sur sa montagne, les retrouverait-elle? Ou ne s'étonnerait-elle pas du bruit de nos discordes comme de notre oubli des choses étrangères?...

IX

LES ARBRES

Novembre.

Il faut bien abandonner les châteaux du Rhin à Victor Hugo qui nous les décrit longuement *remplis de gloire, de renommée, de néant et d'ennui, rongés par le temps, sapés par les hommes, versant aux vignobles de la côte une ombre qui va s'amoindrissant d'année en année, et laissant tomber le passé pierre à pierre dans le Rhin et date à date dans l'oubli.*

Ces ruines ne sont pas si abandonnées que l'on pourrait croire. Toute pierre qui s'écroule est pieusement ramassée et remise en place. Des pans de murs disjoints reçoivent un étai dissimulé. Même Schœnbourg, l'un des plus dévastés, ne parvient pas à s'effondrer tout à fait. Rheinfels exhibe des créneaux tout neufs. On surveille, on répare ces branlantes façades. Rien n'en disparaît sans permission. Car il faut au touriste son compte de châteaux, tandis que, sur les bateaux de la Compagnie, il vide les flacons effilés de vin du Rhin et se gave d'une cuisine dont la réputation est européenne. Notre temps utilitaire ne permet **pas aux vieilles tours féodales de s'effriter** dans le

silence et la paix. Il les condamne à être des ruines à
perpétuité. Elles n'ont pas droit à la mort, car elles
font recette. Et de là vient qu'elles grimacent parfois
sous leur fard comme ce vieux général boer qui, après
la guerre, s'exhibait dans les cirques et, pour gagner
sa vie, simulait les batailles dont il avait été le héros.
Après avoir été historiques, elles servent de lieux
communs littéraires. Leur vétusté parade comme la
jeunesse des femmes.

Je ne les ai point vues, comme notre Victor Hugo,
revêtues par la lune d'un linceul blanc. Mais le soleil
d'automne était suffisamment propice à leur genre de
pathétique. Surtout il donnait aux arbres qui les
entourent, qui les assiègent, cet allégement des feuillages qu'ignore l'été. Les branches, après les premières chutes de feuilles, débarrassées d'un poids trop
lourd, se relèvent, se tendent avec cette aisance
flexible des bras nus qui, découverts, consentent sans
résistance au servage des bracelets. Elles laissent
deviner leurs formes sveltes, leur grâce élancée. Et
leur parure a toute la riche diversité de l'or dont la
gamme va du vert décoloré aux feux de la pourpre
sombre. Parure délicate et précaire que le vent menace et que l'humus des bois convoite.

A la forêt de Stolzenfels j'ai adressé des strophes
lyriques. Celui qui aime les arbres trouve à exercer
son amour en traversant la Lorraine, l'Alsace, et en
suivant ces rives peuplées d'hamadryades. Il se souvient avec orgueil que le chêne fut vénéré aussi des
Gaulois, et que nos poètes ont tressé des couronnes à
toutes les divinités végétales, depuis le magnanime
Ronsard qui défendit contre les bûcherons la forêt de

Gâtines, jusqu'au bon Lorrain André Theuriet qui nous invite à reboiser avec désintéressement.

> ... Amis, n'attendons pas que le sol forestier
> Aux mains des défricheurs soit livré tout entier,
> Et restaurons le vieux royaume héréditaire :
> La Forêt, poésie et parfum de la terre.
> Au plus profond des bois la patrie a son cœur;
> Un peuple sans forêt est un peuple qui meurt.

Oui, mais en attendant, les propriétaires particuliers, en France, déboisent.

Chaque automne, avant de quitter la campagne pour regagner Paris, je fais avec mon fermier le tour du domaine. Et chaque automne ce sont les mêmes cérémonies.

— Il faut abattre celui-ci, et celui-là, et cet autre pareillement.

— Diable ! mais vous êtes terrible. Et pourquoi ces condamnations?

— Ici, ils sont trop serrés. Là, ils ne servent à rien. Tenez, ils ont de la *roulure*. Dans un an, dans deux ans, ils ne vaudront plus un centime.

— Mais ils donneront encore de l'ombre en été.

— Ils ne feront plus d'argent.

On devine qu'il s'agit des arbres. Ce sont des amis que je protège. Pour le bon entretien et pour les nécessités de la vie, il faut bien en sacrifier quelques-uns. J'en sauve tout de même, au moins provisoirement, un certain nombre, et c'est aux dépens de ma réputation. Les marchands de bois me maltraitent. Ou bien je dois plaider l'agrément, la beauté, tous arguments qui me discréditent.

Je me rends compte de l'étrangeté de cette manie

conservatrice. Chaque année, quand je reviens à la campagne, je constate les dégâts de mes voisins. On me transforme mes paysages sans me consulter. Jadis les poètes ne manquaient guère d'opposer la pérennité de la nature à la fragilité de nos sentiments. Une grève, un bois, une rivière servaient généralement de points de comparaison. Aujourd'hui, en moins de temps qu'il n'en faut pour changer de passion, une grève devient un port, un bois devient un champ, et une rivière une force motrice. Nous ne pouvons plus nous appuyer sur l'immuabilité de la nature, ni prendre les lieux pour confidents ou pour témoins. Car les lieux se modifient avant nous, et la nature est aussi remuée que nous le sommes, sinon aussi remuante. Il nous faut rouler nos décors, comme des accessoires de théâtre, avec nos sensations, afin de les déplier à notre guise pour les représentations intimes que nous nous donnons à nous-mêmes de notre passé.

C'était un instinct secret qui me poussait à défendre mes arbres. Comme il en est de nos amours, je n'en cherchais pas les raisons. Mais j'ai appris récemment que je contribuais pour ma part à ce déboisement général qui est, par surcroît, un danger économique à cause des changements climatériques qu'il provoque. J'y contribue par le seul fait que j'écris. Nous tous qui écrivons, journalistes, romanciers, critiques, historiens, nous y contribuons, même lorsque nous croyons prononcer à son encontre d'utiles réquisitoires. Car c'est le bois qui fait le papier. Des procédés chimiques, que l'on déclare ingénieux, ont extrait du bois la pâte à papier. Mes chers arbres seront un jour

imprimés. N'y a-t-il pas dans cette affligeante méta-
morphose de quoi décourager tant de personnes
atteintes de la fureur d'écrire? Si je n'avais commencé
autrefois, peut-être hésiterais-je devant cette divulgation. Mais l'habitude est prise. Eh quoi! ces arbres
d'un si bel essor, qui montent avec confiance vers la
lumière, dont toutes les branches, d'un mouvement
spontané, se tendent vers le soleil, dont la beauté
varie à chaque saison, qui portent au printemps de
petites feuilles vert clair semblables à une nuée d'in-
sectes, d'épaisses frondaisons en été, des voûtes légères
en automne, et qui, l'hiver, se découpent en noir sur
le fond du ciel jusque dans leurs moindres branchilles
ou se revêtent de givre comme de mille pierreries, ces
arbres seront un jour abattus, sciés, soumis à je ne
sais quel traitement infamant qui ne laissera rien
subsister de leur essence, et ils porteront des nouvelles,
des faits divers, des feuilletons! Quelles fortes pensées, quelles grâces de style les vaudront? Quelles
phrases remplaceront les gestes de leurs bras levés,
l'ombre de leurs feuilles, la paix de leurs conseils? En
vérité, nous ne manquons pas d'impertinence, nous
qui exigeons qu'on abatte des forêts pour la publication de nos ouvrages. Et, par un tour singulier du
sort, nous ne pouvons plaider en faveur de ces pauvres
arbres sans leur nuire. Leurs amoureux eux-mêmes
leur font du mal. Mais il en est souvent ainsi dans
l'amour.

A ces nouvelles exigences de l'industrie correspon-
dent les nouvelles exigences du propriétaire. Il faut,
pour administrer une forêt, écarter les nécessités
immédiates, disposer du temps. Car les revenus en

sont lents et réclament beaucoup de patience. Avant l'extrême division des héritages, le grand propriétaire pouvait attendre. Le petit ne le peut plus, et coupe ses arbres. Il préfère telle autre culture dont la production même modeste est annuelle.

En outre, il n'y a plus entre les générations le lien de solidarité qui les unissait autrefois. La solidarité dans l'espace se substitue à la solidarité dans le temps. Personne ne consent plus à planter pour un avenir éloigné. Chacun entend profiter lui-même de ses œuvres.

Mes arrière-neveux me devront ces ombrages,

s'écrie le vieillard de La Fontaine. Qui songe à réjouir les yeux de ses petits-enfants? L'homme qui ne se rattache plus à ses morts n'a pas de vues sur l'avenir. Si l'on coupe ses racines, où l'arbre puisera-t-il sa sève? La conservation des bois convenait à une société traditionnelle ; elle ne répond plus aux besoins d'une société qui vit au jour le jour. Et les propriétaires privés ne tiennent plus à leurs arbres, parce qu'ils n'entrevoient plus la durée du patrimoine de famille.

L'État a dû se substituer aux particuliers. Il a commencé cette entreprise sous Louis XIV, c'est-à-dire lorsque les grands propriétaires se déracinaient pour venir à Versailles, et remettaient à des mercenaires sans tradition le soin d'administrer leurs terres. Les conséquences de cet exode à la cour ont été, dans notre histoire, incalculables. A l'ordonnance de Colbert a succédé notre Code forestier. L'administration des forêts — je l'ai vue opérer sous mes yeux lorsque j'étais maire de village — protège avec beaucoup d'efficacité notre domaine public et souvent le reconstitue, l'étend. Mais la protection de la loi sera-t-elle suffisante pour lutter contre les besoins croissants de l'industrie? Répandons toujours, à l'aide de la pâte à papier extraite du bois, l'amour et le respect des arbres.

... Là-bas, en arrière du bateau, la forêt de Stolzenfels s'éloigne. Un tournant du fleuve va, dans un instant, la supprimer. Le soleil qui descend, la saison qui s'incline, elle les invite à ne pas l'abandonner. « Voyez, leur dit-elle, mon souci. Mes feuilles sont clairsemées. Elles tiennent à peine à leurs branches. Un souffle suffira à les détacher. Cependant, elles sont d'un or splendide, sauf celles des chênes, qui, recroquevillées et prêtes à la défensive, ont des teintes lie de vin et violettes moins délicates, plus farouches. Ma beauté est soumise à l'indulgence de l'air. Laissez-moi jouir de cette beauté suprême. Regardez-moi : je n'ai jamais été plus séduisante. Les hommes attendent ainsi d'être à l'extrémité de leur jeunesse pour comprendre, au moment de la perdre, la douceur mortelle de l'amour. »

Ce charme angoissé de l'automne, il émane de tout le paysage comme un arome subtil et grisant. Des coteaux il descend vers le fleuve et le fait prisonnier. Les vignes d'or pâle, les peupliers d'or vert, les buissons d'or rouge, et toute la forêt d'or clair et d'or vermeil entremêlés le distillent et le répandent. On respire ici une exaltation qui donne l'illusion de la force de vivre et qui, dans son excès, confine au malaise. Mais sur tous les sommets on distingue des ruines.

C'est déjà le soir, c'est déjà l'automne.
Pourtant le soleil sur nous brille encor.
Avant de mourir, voyez comme il donne
Aux vignes, aux bois sa pourpre et son or.

Il garde à ces jours de grâce dernière
Son plus vif éclat, ses plus doux rayons.
L'été, le printemps ont moins de lumière
Que ces soirs divins que nous respirons.

Ainsi la jeunesse en nous est plus belle
Quand nous la sentons menacée et frêle :
Nous goûtons l'amour avec plus de choix.

Mettez votre main sur mon cœur et dites,
Aux chocs de mon sang courant sous vos doigts,
Si, plus jeune, un cœur peut battre aussi vite...

X

UNE LEÇON DE POLITESSE

Saint-Goar, novembre.

Le bateau me dépose à Saint-Goar, où l'on s'arrête pour visiter les ruines de Rheinfels et le rocher de la Lurlei. J'ai la curiosité de chercher des renseignements sur ce saint Goar dont le nom ne figure dans aucun calendrier, et je découvre un compatriote. Saint Goar vint de France, et même de Gascogne, sur ces rives du Rhin, pour y prêcher la parole de Dieu et aussi la politesse. Il recrutait les âmes par sa courtoisie autant que par ses enseignements. Il se montrait si hospitalier et généreux que l'évêque de Trèves prit ombrage de sa popularité et le manda dans son palais pour le molester. Le saint fut très mal accueilli. On ne lui offrit même pas de se débarrasser de son chapeau, de son manteau et de son bâton. Alors, en présence de l'évêque, il les suspendit à des rayons de soleil.

Ce saint qui apprit les usages à son évêque me fait souvenir d'un brave curé de chez moi qui, sans miracle, parvint au même résultat. C'était le très vieux desservant d'une misérable paroisse de montagne. Il montrait plus de charité que de science, et ses sermons ne valaient pas ses pratiques. Un jour, un petit abbichon

frais émoulu du séminaire, qui passait par là, le surprit
dans une homélie, en fit des gorges chaudes, et le
dénonça à l'évêché pour son mépris de la théologie.
L'évêque, qui était d'une grande promptitude, fit sans
retard comparaître l'ignare curé. Voilà notre homme
en présence de son terrible supérieur.

— Asseyez-vous, monsieur le curé ; j'ai à vous parler.

Respectueux, le vieillard demeure debout.

— Asseyez-vous donc, répète Monseigneur avec violence.

— Pas avant Votre Grandeur, murmure doucement
l'humble prêtre.

— Je suis chez moi, je fais ce que je veux.

Et du même ton irrité, l'évêque commence son inter-
rogatoire :

— On m'assure que vous avez oublié votre théologie. Nous allons en juger immédiatement. Que faisait Dieu avant la création du monde?

Le vieillard regarde Monseigneur qui allait et venait
avec fracas, esquisse un mince sourire de détachement,
et négligemment répond :

— Il était chez lui ; il faisait ce qu'il voulait.

On ne poussa pas plus avant l'examen théologique.

Tout de même, la légende de ce saint Goar qui vint
de France sur le Rhin au sixième siècle, conquit les
populations par la politesse et prit les rayons du soleil
pour porte-manteau flatterait l'amour-propre de mon
étudiant français de Cologne. Je la lui enverrai sur une
carte postale de la forteresse de Rheinfels qui, elle,
maintient le souvenir de nos dévastations, tandis que
saint Goar nous conserve une fraîche réputation de
poétique civilité.

XI

LA LURLEI

Novembre.

La Lurlei est un rocher de basalte que la légende et l'industrie se disputent. Elle se dresse à pic sur le Rhin, haute de cent trente mètres, et les buissons dorés qui l'escaladent collaborent avec le soleil couchant pour assurer le triomphe de la légende. Clément Brentano et Henri Heine en ont fait le domaine de la sirène aux blonds cheveux dont les chants suspendaient la navigation des bateliers. Ceux-ci amarraient tant bien que mal leurs barques au rivage, et ils tentaient de monter vers l'enchanteresse. A mesure que l'entreprise devenait plus rude, elle flattait davantage leur désir par les modulations de sa voix ; et, quand ils l'avaient aperçue au sommet, la chevelure dénouée et les lèvres moqueuses, vaincus, ils retombaient à l'abîme. Son tour vint : elle ressentit l'amour, et de désespoir se jeta dans le Rhin.

Aujourd'hui, un tunnel a été percé dans sa montagne. Elle a bien fait de se précipiter avant que le sifflet des locomotives n'interrompît ses incantations et ses sortilèges. C'est un mauvais voisinage pour une sirène qu'une voie ferrée où roulent sans cesse des trains de marchandises. Et quel empire exercer sur des voyageurs qui vous traversent sans vous voir ! Même les pêcheurs de saumon ont installé sans gêne un port au pied du roc pour les facilités de leur commerce.

Mais la Lurlei a été une créature vivante. A vrai dire, elle est née après ses poètes. Elle a suivi sa légende au lieu de la précéder. Elle a été tour à tour indifférente et passionnée, et s'est jetée de si haut dans l'amour qu'elle aurait bien pu en mourir. Nous connaissons quelques détails sur sa beauté. *Son cou, d'une blancheur mate, fléchissait sous le poids de sa chevelure d'or.* Cette chevelure et sa pâleur faisaient d'elle un être de rêve, une princesse des ballades de Schiller. Son premier page la déclarait déjà *blanche comme du sucre.* Plus tard, ceux qui la voyaient recevaient de son visage une sensation de lumière. Rossini, dans un bal, admira sa joue unie et claire comme un satin. Sous cette neige, disait-on, coulait une lave invisible, — au contraire de ces entremets qu'on sert aujourd'hui et qui dissimulent une glace à l'intérieur d'un soufflé brûlant. Dans le monde, elle passait pour froide et distinguée. Nul cerveau n'était plus ardent à la poursuite de la culture intellectuelle, nul cœur plus exalté en présence du beau. Elle reconstruisait la réalité. Il lui arriva une fois de reconstruire celle de l'amour, et ce fut immensément douloureux. La sirène du Rhin est la plus touchante figure du romantisme. La Lurlei, c'est le surnom de Mme d'Agoult.

Mme d'Agoult, en littérature Daniel Stern, a laissé de grands ouvrages d'histoire et de politique, une

Histoire des commencements de la République aux Pays-Bas, un *Essai sur la liberté*, qui ne sont pas sans vigueur ni sans un certain mouvement oratoire. Elle attachait à ses travaux plus d'importance que nous ne pouvons leur en prêter. Pour les femmes, l'univers, c'est elles-mêmes. Ainsi nous la cherchons dans ses livres, et nous la trouvons dans ses *Souvenirs* et dans *Nélida*. Ses *Souvenirs* sont incomplets. Ils s'arrêtent à 1833 : elle avait alors vingt-sept ans. *Nélida* en est la suite sous la forme d'un roman. Et c'est une destinée captivante par sa franchise et sa dignité dans la passion. « Soit fierté, a-t-elle écrit, soit besoin impérieux de tenir debout mon courage, je n'ai jamais cherché dans mes chagrins cette compassion attendrie qui vous invite, en quelque sorte, à vous plaindre des injustices du sort, *la tendance de mon esprit étant de me considérer dans l'ensemble et non à part des communes tristesses.* » Voilà qui nous change des George Sand, comme aussi de tant de femmes et même de tant d'hommes d'aujourd'hui, enclins à transformer leurs petites douleurs en calamités publiques et à exiger des transformations sociales parce qu'ils furent malheureux en amour. Tandis que Lélia et Jacques accusent la société sans répit et invectivent contre elle au beau milieu de leurs transports, Nélida nous prend le cœur par la profondeur et la discrétion de sa tendresse, par la grâce pudique et fière qu'elle garde hors du monde, dans l'amour, puis dans l'abandon. C'est une rebelle, une révoltée, mais qui montre sa race. Elle agit et ne déclame pas. Trop ingénue et sincère pour bafouer, comme tant de romantiques passés, présents et futurs, les contraintes sociales tout en les utilisant, trop intel-

ligente pour imaginer le changement ou l'arrêt du
monde parce qu'elle s'affranchit, trop orgueilleuse et
passionnée pour accepter le mensonge, elle donne à
sa vie la beauté de la vérité intérieure, celle qui naît
de l'harmonie entre nos sentiments et nos actions.

Elle eut, tout enfant, le sens de la grandeur. Tant
de gens l'ignorent toujours et s'imaginent supprimer
la supériorité rien qu'en la niant. Ceux-ci, quand ils
approchent un Napoléon, ne voient qu'un homme gros
et petit, et, s'ils rencontrent un Gœthe ou un Chateaubriand, ils s'étonnent d'une insignifiance qui n'est que
dans leurs propres regards. Il est vrai qu'aujourd'hui
ces surprises ne sont pas à craindre : mais si peu
savent mesurer la distance qui sépare du commun les
hommes de valeur ! Mlle de Flavigny, qui fut plus tard
Mme d'Agoult, avait neuf ou dix ans lorsqu'elle fut
présentée à Gœthe. C'était un dimanche de septembre,
à Francfort. Elle jouait avec ses compagnes dans une
large allée droite, quand elle aperçut de loin un vieillard que sa famille accompagnait avec de grandes
démonstrations de respect. Les petites filles s'arrê-
tèrent de jouer. — Qui est-ce? — C'est M. de Gœthe. —
Au même instant on l'appela. Le vieillard la prit par
la main et la garda près de lui, tandis qu'il s'asseyait
sur un banc et continuait de causer. Peu à peu, l'enfant s'enhardit et leva les yeux, ce qu'elle n'avait pas
encore osé faire. Elle fut éblouie par le beau front
lumineux, par la flamme qui jaillissait des prunelles.
Gœthe posa sa main sur la petite tête, caressa les
boucles blondes. Elle respirait à peine, elle avait envie
de s'agenouiller sous cette bénédiction. Elle pressen-
tait confusément la force humaine, la puissance du

6

génie, le prix de la vie. « Plus d'une fois, ajouta-t-elle après avoir rappelé ce souvenir, je me suis inclinée en esprit sous cette main bénissante, et en me relevant je me suis toujours sentie plus forte et meilleure. »

Quelques années plus tard, ce fut Chateaubriand. Il traversait Francfort, qui était sur le chemin de Berlin où il allait occuper le poste d'ambassadeur. Gœthe, pour la petite fille, n'était qu'un grand nom mystérieux. Elle avait maintenant quinze ans. Elle avait lu le *Génie du christianisme* et *les Martyrs*. Elle avait pris les fièvres du désir en s'imprégnant de cette poésie magnifique et désenchantée, qui élargissait l'univers et le déclarait trop étroit, qui divinisait la passion et lui refusait le bonheur. Elle était *chateaubrianisée* à souhait. Une fête fut donnée en l'honneur de l'ambassadeur chez le comte de Reinhardt, ministre plénipotentiaire de France à la Diète germanique. Quand Mlle de Flavigny vit sa mère se préparer sans l'inviter à la suivre, elle pleura. On s'étonna de ces larmes, mais on céda. Ainsi fut-elle mise en présence du demi-dieu. Le demi-dieu ne lui adressa pas la parole, mais se laissa regarder. « Moi, dit-elle, je n'avais pas vu qu'il ne me regardait pas, tant je m'étais oubliée à le contempler. »

Elle le revit plus tard, à Paris, et une dernière fois à l'Académie française, où il se traînait pour assister à la réception de son ami Ballanche. Il avait subi tous les désastres des ans, lui qui avait donné au mot *jeunesse* une splendeur inusitée et un prolongement dangereux. On soutenait, on portait à demi ce vieillard irrité et désagréable. Ballanche, complaisant, l'ayant nommé dans son discours, il s'en émut comme un débutant qui, pour la première fois, lit sa signature imprimée, et devant cette publicité dont la domination physique ne savait plus cacher l'avidité, il se donna en spectacle, fondit en larmes et dut déployer un immense mouchoir à carreaux pour y enfoncer ce visage que tant de femmes avaient adoré. Nélida se hâta d'oublier cette vision sans gloire. A l'académicien caduc, elle substitua, elle voulut substituer l'ambassadeur orgueilleux qui jouait dédaigneusement avec une rose et non pas avec un mouchoir à carreaux. Elle lui devait tant d'exaltation et comme un surcroît de rêves : sa gratitude fut précisément celle qu'il eût préférée, puisqu'elle supprima pour lui les déchéances de l'âge.

Une petite fille qui s'exalte sous la main de Gœthe, une adolescente qui fait une scène pour voir Chateaubriand, c'est la promesse d'une belle sensibilité. Des incertitudes de race, de milieu, de religion excitèrent cette sensibilité jusqu'à la rendre accessible au désordre en la détachant de toutes les harmonies régulières. Nélida était une *enfant de minuit*. On appelle ainsi, en Allemagne, ceux qui naissent dans la dernière nuit de l'année, et la tradition germanique veut qu'ils soient familiers avec les songes et les apparitions. Mlle de Flavigny était née dans la nuit du 30 au 31 décembre 1805. Elle aima toujours à lâcher les rênes à son imagination, qui pouvait alors, comme un cheval libre, se livrer à d'épuisantes courses sur des champs sans limites. Quand nous fermons les yeux aux réalités, nous animons en nous-mêmes un nouvel univers, comme un aveugle qui croit asservir les couleur . Né d'un père français et d'une mère allemande, elle fut ballottée entre deux influences ataviques. Elle

adorait son père, qu'elle perdit à treize ans, et ne se
sentit jamais en confiance auprès de sa mère. Des
Flavigny elle tenait son goût ardent de la vie, sa
générosité qui excluait le sens pratique, et cette grâce
indéfinissable qui la classait à part à Francfort. Lorsqu'elle fut transportée, après son enfance en Tou-
raine, chez les Bethmann qui étaient de riches banquiers allemands, elle les stupéfia par son ignorance
des choses usuelles et spécialement des choses matérielles de l'existence. Un jour, à table, comme on servait un lièvre, on lui demanda le prix des lièvres en
France. Or, elle savait comment on les chasse, et non
ce qu'on les paye. Pourtant, son aptitude à recom-
poser la nature, sa vision subjective des choses, son
sentiment du mystère, sa passion du rêve, de la poésie
qui, sous les apparences, se découvre, et d'autant plus
aisément qu'on la projette soi-même, sa recherche de
l'absolu, enfin, dénotent aussi la filiation germanique.
Mais, en Allemagne, Charlotte et Dorothée cultivent
l'idéal en préparant les confitures, en échenillant les
arbres fruitiers. Elles sont positives sans aucune gêne.
Leur vie passionnelle n'est pas impérieuse : elle se
subordonne passivement aux circonstances. Que serait
cette jeune fille qui, plus exigeante, prétendait donner
une consistance à ses fantômes?

Le souvenir d'une petite chienne, du nom de Diane,
qui ne reconnaissait et ne caressait qu'elle, a inspiré
à Mme d'Agoult cette réflexion qui explique son caractère : « Ce besoin d'exclusion, ce besoin d'être aimée
sans partage a dominé tous les sentiments de ma vie.
Je n'ai jamais joui pleinement d'une affection, amour,
amitié, maternité même, dès qu'il m'a fallu voir avec

certitude que je ne la sentais pas, que je ne l'inspirais pas absolue. » Quelle insécurité de bonheur est contenue dans un tel aveu ! Le bonheur humain est fait de concessions, de compromis, de marchandages, — ou d'illusions. Et voici une jeune fille qui le convoite sans alliage. Si, du moins, elle avait eu la force de s'enfermer dans ses rêves comme dans un château d'Espagne ! Mais elle promenait sur le monde le regard fixe, troublé, inquiétant dans sa beauté mélancolique, de ses grands yeux interrogateurs. Où s'attacherait-elle ? Elle n'avait pas de patrie ; au hasard des conventions familiales, on l'implantait tour à tour en France et en Allemagne. Pas de religion : du protestantisme elle avait passé au catholicisme, et, d'une crise d'ardeur mystique où elle trouvait du moins à épancher le trop-plein de son âme alourdie de désirs, elle s'était réveillée religieuse sans dogmes, croyante sans foi, le cœur vide et avide, dans l'état inerte et menaçant des piles voltaïques qui attendent le courant électrique pour se développer avec toute leur force.

Après s'être analysée, Mme d'Agoult accuse la société, car celle-ci rend le bonheur impossible aux jeunes filles qui l'attendent d'un amour légitime. Une tirade vient à point contre les mariages de convenance. Mais, cette jeune fille-là, quelle union l'eût satisfaite ? Ils ne peuvent être heureux, ceux qui ne conçoivent le bonheur qu'absolu et sont pourtant incapables de se maintenir eux-mêmes en état d'esprit lyrique. Ils changent de nature à ne pas se reconnaître d'une heure à l'autre, et leurs exigences ne changent pas. Mlle de Flavigny s'éprit d'un homme de mérite, beaucoup plus âgé qu'elle, à qui un passé héroïque et une grande élévation de caractère composaient une figure intéressante. Devant tant de jeunesse et de beauté, il douta de lui-même. Un mot d'elle eût décidé de leur avenir. Par une instinctive cruauté, elle ne le prononça pas. « Je n'étais pas appelée à une telle destinée, conclut-elle. Je ne devais connaître le repos qu'à l'autre bout de la vie. Il me fallait chercher, douter, lutter, souffrir, être misérablement déchirée dans toutes les fibres de mon cœur, inquiétée, déconcertée dans toutes les aspirations de mon esprit ; trouver enfin la paix, mais la paix des solitudes, la tardive sagesse qui croît sur les tombeaux, comme le lierre sans parfum, au fruit inutile. »

Le 16 mai 1827, Mlle de Flavigny épousait à la Madeleine le comte d'Agoult. Mais Mme d'Agoult arrête là ses mémoires. Elle remplit la suite avec des notes sur les salons de la Restauration et de la monarchie de Juillet, quand on attendait l'histoire de sa révolte. Elle ressent quelque vanité à dénombrer les diverses catégories du monde, et à rappeler que par sa naissance et ses alliances elle se trouvait rangée dans la première, celle qui appartenait à la cour. Dans *Nélida*, nous la verrons apostropher avec éloquence les préjugés mesquins de la société. Mais elle écrivit *Nélida* dans le feu de l'exaltation, tandis qu'elle rédigea ses souvenirs bien plus tard, et lorsqu'elle était apaisée. Et quelle réserve de ton dans la seule allusion qu'elle fait au bouleversement de sa vie ! Elle rappelle simplement qu'en 1835 elle quitta la France. « Lorsque j'y revins cinq ans après, ajoute-t-elle, je n'allai plus dans le monde et je ne vis que de loin ce qui s'y passait. »

Pourquoi ce départ en 1835? *Nélida*, qui est son

premier roman, nous en livre le secret. Le premier roman d'une femme est presque toujours une auto-biographie. Nélida est une jeune fille qui ressemble à Mlle de Flavigny trait pour trait. Sans prendre garde à la flamme inquiétante qui brille dans ses yeux, on la fiance à M. de Kervaëns quand elle aime, sans bien s'en douter elle-même, un compagnon de ses jeux enfantins, Guermann. Ce Guermann est un artiste qui a le don de tout animer autour de lui, de créer une atmosphère d'exaltation où les pensées et les paroles accélèrent leur cours comme une molle rivière qui se transforme en torrent : don périlleux, car il ne cor-respond pas toujours à la véritable supériorité dont il est l'illusion. Guermann dédie avec une violence autoritaire sa vie et son art à sa première passion retrouvée, à Nélida. Et celle-ci, indignement trahie et momentanément quittée par son mari, comment résis-terait-elle à la fièvre de contagion que répand un tel amour? Mais son caractère se retrouve dans sa déci-sion. Elle n'est pas de celles qui prétendent cumuler, par les mille moyens de l'hypocrisie, les avantages sociaux et le bénéfice de la passion. « Je me sens tous les courages, dit-elle à Guermann, hors celui du men-songe. » Et elle part avec lui.

Mme Sand, avec sa facilité coutumière, eût, en délayant cette aventure, composé un roman en l'hon-neur de la liberté. Nélida, favorisée de la naissance, de la fortune, choyée, gâtée par le monde, rejetant tous ces faux biens pour s'enfuir avec un amant, devenue volontairement, pour conquérir l'indépen-dance du cœur, — la seule qui compte aux yeux d'une femme, — une hors la loi, une déclassée, mise par

elle-même au ban d'une société pharisienne qui ne
tolère pas la franchise de l'amour, quel beau lieu
commun romantique ! Mme d'Agoult avait trop le
culte de la sincérité pour couper son histoire au milieu
dans le but de flatter une théorie. Elle se souciait de
vérité, non de déclamations de révolte. Nélida est donc
partie avec Guermann. Ils s'installent dans la montagne, puis à Genève. Et Guermann commence de
sentir l'entrave dans sa vie. Quelques portraits heureux — d'ailleurs exigés par les nécessités matérielles
— le mettent à la mode. On l'invite, seul. Les femmes,
que la curiosité pousse à le connaître, caressent sa
vanité, pénètrent avec effraction dans ce jardin clos
que doit être le souvenir de l'amour quand nous avons
accepté de tout subordonner dans notre vie à notre
amour. Il les écarte d'autant moins que les yeux clairs
de Nélida ont percé à jour la surface de son prétendu
génie, et qu'il le sait. Il ne fait plus *d'effet* sur elle,
parce qu'elle le connaît enfin, trop tard, et qu'elle a
démêlé l'exubérance artificielle de sa nature et l'ari-
dité foncière de son cœur. Or il ne peut se passer de
produire de l'effet. Ah ! quel portrait, impitoyable dans
son impartialité, Daniel Stern trace de ce merveilleux
cabotin ! Songez — s'il vous arrive de le lire — à celui
auquel il s'applique, à tous ceux auxquels il s'applique
dans tous les domaines où de brillants dons extérieurs
et l'excitation de l'orgueil peuvent donner le change
sur une profondeur née du vide.

Guermann, c'est le faux grand homme. Or Nélida
avait cru se donner à un homme de génie assez puissant pour la maintenir sur les sommets où, par l'amour,
elle avait pensé le rejoindre. Elle attendait de son com-

pagnon l'aliment quotidien de son âme qui avait faim
de nobles émotions. Et son compagnon, incapable de
supporter la solitude, avait besoin d'une galerie pour
faire la roue et parader. A ce divorce intime
Mme d'Agoult ajoute des trahisons inutiles. Il est
des désaccords plus importants, plus essentiels que des
infidélités, qui peuvent n'être dues qu'à de fragiles
caprices et ne pas intéresser le cœur même ni le cerveau. Comme après sa crise religieuse, comme après
son mariage, Nélida, après l'amour, réclame l'isolement. Elle ne demandera plus à la vie de répondre à
son désir. Elle accepte sa destinée. Passionnée, elle a
connu la passion. Elle en a pressé les ivresses et épuisé
les douleurs. De quoi, dès lors, se plaindrait-elle?
N'a-t-elle pas été jusqu'au bout des chemins de la
vie? N'en a-t-elle pas exploré tout le mystère? Si ce
mystère a deux visages, l'un d'enthousiasme, l'autre
de désespoir, et si elle les a baisés tous deux sur la
bouche, et même confondus dans son erreur, ne pré-
fère-t-elle pas encore ses joies et ses dégoûts à l'immobile indifférence des réguliers qui, soumis aux lois,
n'ont jamais été tentés de faire dériver en eux par
l'amour, ne fût-ce qu'un instant, la divine et terrible
force de l'univers?

« Elle avait subi la grande épreuve de la destinée
humaine; l'épreuve qui brise les cœurs faibles, qui
dégrade les âmes communes, mais qui initie à la
sagesse les caractères véritablement vertueux : elle
avait failli. Nul homme ne saurait concevoir dans toute
son étendue ni la vraie justice ni la vraie bonté, s'il
n'a senti au moins une fois en sa vie les contrastes de
sa nature et la fragilité de son être. Dans toute faute

reconnue, portée avec courage, il y a un germe
d'héroïsme. » Ainsi Nélida supportera-t-elle noblement
sa défaite. On voit la distance qui sépare Mme d'Agoult
de George Sand. Beaucoup plus réaliste malgré une
distinction dans les termes qui peut égarer le lecteur,
elle ne célèbre pas la révolte, elle ne renverse pas
l'ordre social. Elle comprend cet ordre social que pour
sa part elle a repoussé. Aux âmes trop ardentes, trop
exigeantes comme la sienne, il faut une foi, la chance
difficile, impossible presque, d'un bonheur légitime, ou
l'amour avec sa pathétique expérience, pour qu'elles
remplissent leur vie.

Dans la réalité, Guermann s'appela Frantz Liszt.
En 1827, après la mort de son père, il était venu se
fixer à Paris, qui avait été le théâtre de ses premiers
succès. Le 8 mars 1824 (il avait alors treize ans), au
Théâtre-Italien, il avait exécuté un solo de telle façon
que les musiciens charmés en oublièrent d'attaquer la
ritournelle orchestrale. Quelques années plus tard, sa
réputation grandissante lui ouvrait tous les salons.
Une beauté alanguie qui dissimulait chez un si
jeune homme l'impérieuse volonté, la divulgation
d'un amour trop précoce et malheureux, l'interprétation unique des dernières sonates de Beethoven,
jusqu'alors interdites aux virtuoses, une éloquence
naturelle qui donnait un tour séduisant aux conversations exaltées mais embrouillées des saint-
simoniens et des cercles littéraires où il fréquentait,
c'était de quoi le signaler à la sympathie d'une jeune
femme qui respirait les émotions d'art comme son
atmosphère naturelle et qui déjà passait pour mépriser
un monde auquel elle se sentait supérieure. Qu'on

imagine le scandale de leur amour et de leur fuite.
Mais, tandis que l'une se précipitait hors de la société
avec cette joie du martyr qui s'immole, l'autre voyait
sa renommée grandir de toute l'importance de sa
bonne fortune. Il bénéficiait de ce qu'elle perdait. Le
rang qu'elle occupait, sa beauté de sphinx, le prestige
qui l'entourait allaient devenir les accessoires de ce
pianiste errant pour qui les applaudissements du
public auraient toujours plus de charme que la solitude la plus exaltée. La partie n'était pas égale. Sur
la montagne où ils se retirèrent pour oublier le monde,
Liszt fit monter à grands frais un piano et donna des
concerts. Il jouait pour elle seule : quelle faveur
insigne ! En peu de temps il fut rassasié d'isolement.
Genève les recueillit et le rêve s'écroula. Il s'écroula
lentement, comme un mur ruiné qui résiste et tombe
pierre à pierre. En 1836, déjà, Liszt revient à Paris
en ouragan pour écraser Thalberg, l'audacieux rival
qu'en son absence on lui suscitait. La chaîne commençait à lui peser. Ils devaient la porter longtemps
encore. Ils ne s'étonnaient plus l'un l'autre, et tous
deux avaient besoin d'étonner. Dans *Nélida* elle a
enseveli leur bonheur avec cette phrase qui va si loin :
« Celui que j'aimais n'a pénétré qu'à la surface de
mon amour. » Vaincue, elle s'accommoda de survivre
à son désespoir. Elle écrivit, elle reprit goût à la
société, elle cultiva l'intelligence de ses enfants, des
enfants qu'il lui avait laissés. Mais ses nerfs demeurèrent ébranlés. Un ami qui l'avait silencieusement
adorée tâcha par des soins assidus de donner quelque
douceur à sa vieillesse. Liszt avait repris le cours de
ses voyages triomphants.

**
*

... Près de la Lurlei, comme les eaux sont basses, on me montre dans le fleuve un groupe de sept rochers. Par leur forme mince et droite, ils ressemblent à une ronde enfantine. Ce sont les sept jeunes filles de Schön-burg que la sirène pétrifia parce qu'elles résistaient à leurs amoureux. Pourquoi vivre si l'on n'aime pas? L'avertissement que l'on reçoit ici de la légende et de l'ardent paysage doré, c'est de préférer à l'inertie le danger, c'est de savoir interrompre le commerce des jours pour cueillir, fût-ce au prix d'escalades, les émo-tions qui font sentir la vie, comme les bateliers du Rhin qui s'agrippaient au roc pour monter vers l'en-chanteresse. Prenons garde à la pétrification...

XII

GŒTHE A MAYENCE

Mayence, novembre.

Pour des nécessités matérielles, Mayence a déposé la ceinture de forteresses qui la protégeaient autrefois, comme une femme qui se rend, et qui se rend pour de l'argent. De la romaine, de la féodale Mayence, il reste quelques débris pittoresques, la noire tour de Drusus, le lourd château de grès rouge, et cette cathédrale confuse, mélange de roman et de gothique, qui émerge à grand'peine des maisons polychromes accrochées à ses flancs. Aujourd'hui, de la magnifique Rhein-pro-menade, le voyageur contemple avec surprise un véri-table port de commerce et le trafic de bâtiments innom-brables. Doublée en qurante ans, la ville est devenue le marché vinicole du Rhin moyen. Liebfrauenmilch, Oppenheimer, Nackenheimer, Laubenheimer, Bin-ger, etc., tous ces crus qui, pour mûrir, sollicitent sur la rive gauche du fleuve le soleil dont ils convoitent la lumière d'or, remplissent les caves spacieuses en attendant l'exportation. C'est ici la porte de tout le Rhingau.

Gœthe ne vit pas cette Mayence-là lorsqu'il y

débarqua le 23 août 1792. Ce n'était alors qu'une place
forte où se formait péniblement une armée. On s'y
préparait à la guerre contre la Révolution, on y attendait des nouvelles des alliés en marche. Soldats et
émigrés la remplissaient de cette sorte d'agitation,
fréquente aux heures de troubles, qui tient le milieu
entre un mouvement de fête et le désarroi de la panique.
Il employa ses premiers jours à fleurter avec la princesse de Monaco, maîtresse en titre du prince de Condé
et ornement des beaux jours de Chantilly. Autour
d'eux, il n'était question que de politique. Seul, parfaitement libre d'esprit, Gœthe s'amusait aux manèges
d'une jolie femme.

Il venait suivre la campagne de France en qualité
de représentant du duc de Weimar. En pleine ascension intellectuelle, il allait atteindre sa quarante-troi-
sième année. Après les aventures passionnées de Goetz
de Berlichingen et de Werther, il était parvenu à
dominer sa vie et celle de ses personnages. Pareille
supériorité lui apparut au cours de son voyage d'Italie
(1786-1788), dont il rapporta *Iphigénie en Tauride*,
Torquato Tasso et les *Elégies romaines*. Lui-même a
expliqué le travail qui se fit dans son esprit, et dont
témoignent ses œuvres, toujours en étroit rapport avec
les évolutions de sa pensée et les changements de son
cœur. Sa première jeunesse avait été remplie par le
désir de l'amour. Son séjour en Italie l'éleva au-dessus
d'une vue aussi rétrécie de l'existence. Il décida de ne
plus subordonner à autrui son bonheur, mais de
respirer ce bonheur quotidien tel qu'il est épars dans
l'univers pour qui sait le découvrir et le sentir. Il le
cueillit en lui-même, dans la solitude des forêts et des

jardins, dans la science qui cherche la cause des phénomènes et y trouve, en attendant mieux, son plaisir,
et surtout dans l'art qui donne à la nature un cadre
fixe et lui impose un choix. Sa curiosité, toujours en
éveil, favorisait une telle détermination. « Le nouveau
ne m'était jamais étranger, » a-t-il pu dire sans vantardise. Cette curiosité sans limites s'exerçait aussi
bien sur les métamorphoses des plantes et des animaux
ou sur la théorie des couleurs que sur les mœurs particulières des sociétés ou sur les sentiments généraux
des hommes. Dès lors, il s'avançait avec aisance, et
non plus timide ou téméraire, dans la vie, dont il
savait enfin utiliser toutes les manifestations, et les
plus diverses, parce qu'il avait acquis le sens de leurs
proportions et le pouvoir de les situer à leur place.
Et des passions, jadis encombrantes, il faisait de délicats motifs d'ornementation. Considérer tous les actes
dans leur rapport avec l'univers, et négliger de s'émouvoir des choses contingentes, c'est s'assurer une autorité lucide et la direction de ses jours.

Le danger d'une telle entente de la vie, ce serait
l'indifférence. On étreint mal un trop grand nombre
de sensations. Et le souci de se posséder soi-même en
toute occasion supprime l'élan. Mais pour Gœthe, l'activité est la raison de vivre, l'activité qui permet le
développement intégral de la personne humaine.
« Celui-là seul mérite la liberté aussi bien que la vie,
dira-t-il dans *Faust*, qui sait la conquérir chaque
jour. » Et il remplira ses jours jusqu'au bord. Il ne
sera jamais l'esclave de ses actions parce qu'il assistera,
conscient, à leur spectacle.

Tel était l'homme qui débarquait à Mayence pour

suivre en historiographe une campagne militaire.
J'imagine qu'il fut regardé de travers par les officiers
d'état-major qui allaient devenir ses compagnons.
Rien, en somme, ne le préparait à ce rôle : sa réputation littéraire et sa place de conseiller à la Cour le
devaient faire prendre pour un homme de cabinet
sans résistance physique ni morale. Sans doute, il cri-
tiquerait, il se plaindrait, il se moquerait. Triste
recrue pour une existence difficile qui réclame de la
bonne humeur, des forces, du courage et le goût de la
lutte. Pour dissiper ces préventions, il avait tout
d'abord sa taille. Au retour, à Manheim, un M. de
Bietz, camérier du roi de Prusse, homme gros et gras
et quelque peu embarrassé de sa corpulence, se préci-
pitera sur lui pour le féliciter de sa mine prospère,
montrant une satisfaction personnelle à constater
qu'on peut avoir du génie sans être rabougri. Et même
il ne soupçonnera pas le mépris de Gœthe pour les
êtres chétifs et de médiocre santé.

Cette bonne impression première, Gœthe ne tarde
pas à l'accentuer. Se plier aux circonstances, s'adapter
au milieu, cela fait partie de son programme. Comment comprendrait-il la diversité et le mouvement de
la vie, celui qui emploierait de précieux instants à se
rebiffer contre elle, à se contracter devant ses atteintes?
Non, il faut au contraire lui ouvrir toutes grandes les
portes des cinq sens, pour qu'elle entre à loisir en se
devinant bien accueillie. Le changement même aide
la personnalité à explorer sa propre étendue, à utiliser
des richesses inconnues. Et voilà notre littérateur, en
rupture d'écritoire, acceptant gaiement les épreuves,
composant des repas imaginaires quand le convoi de

vivres a manqué, habile à se tirer d'embarras, débrouillard même, et tirant parti de son adresse pour ravi-
tailler ses camarades et pourvoir l'ordinaire tantôt de
quelques bouteilles de bon vin, tantôt d'un beau
cochon bien nourri qu'un hussard découpe et taille
avec dextérité. Pendant la canonnade de Valmy, il
va chercher le danger, comme un jeune lieutenant,
pour connaître la *fièvre du canon* dont il a trop entendu
parler. Il dirige son cheval vers l'endroit des boulets
et à mesure qu'il approche, sa sensibilité surexcitée,
il la soumet à son analyse. Il croit traverser une région
chauffée et il voit le paysage comme s'il était teint
d'un rouge brunâtre. Tout son être est comme répandu
dans le brasier qui l'entoure. Au sortir de cette région,
la chaleur disparaît subitement. Cette sensation,
ajoute-t-il, n'a rien qui puisse la faire désirer. Et le
soir de la bataille il se cache, comme les autres, dans
une sorte de caveau creusé dans la terre, afin d'éviter
le vent. Une batterie ennemie peut les atteindre, mais
personne ne bouge, et Gœthe se contente d'observer
que pour se procurer un petit bien-être on s'expose
étourdiment à un grand danger. Enfin, dans la retraite,
il partage sans haut-le-cœur un chariot de cuisine avec
une servante incommodée et atteinte d'une maladie
infectieuse.

Un officier de troupes aurait pu noter tous ces détails,
dont l'écrivain se souvient d'ailleurs avec complaisance.
Car Gœthe s'admire le premier et compose son personnage. Mais il sait voir et ses tableaux de guerre sont
d'un observateur précis qui s'intéresse à autre chose
qu'aux objets de son entourage immédiat. Entre
Mayence et Bingen, il décrit en quelques lignes la

calèche d'une émigrée française, avec sa pyramide de
cartons, et tout de suite on pressent la frivolité et les
misères de l'émigration. A Yzel, c'est la boîte aux
lettres, devant laquelle ces mêmes émigrés défilent,
car leur pensée continue d'habiter le pays qu'ils ont
quitté. Ou bien ce sont les paysans de Lorraine à qui
l'on a pris leurs troupeaux et dont les visages ravagés
expriment la colère impuissante ou le désespoir. Et
c'est encore la promptitude de l'homme à se rassurer,
résumée dans la course de ce boulet qu'on poursuit à
travers champs, avec des cris de joie, dès qu'il a cessé
d'être redoutable. Jamais chez Gœthe de fausse pitié,
ni de considérations superflues. Dans une même
phrase, il parle de la mort du commandant Beaure-
paire qui se tua pour ne pas voir la reddition de Verdun, et de la réputation des vins de Chalon. De Verdun,
il envoie en Allemagne des confitures et des bonbons,
comme on fait en manœuvres lorsqu'on traverse quelque ville pourvue d'une spécialité. Il se révèle excellent soldat, et montre son humanité dans les circonstances où elle est utile, non en déclamant.

A peine quelques traits de snobisme déparent-ils
cette *Campagne de France*, qui est d'une si belle réalité.
Mais Gœthe fut toujours rougissant et flatté devant
les grands personnages. Il se montre lui-même tout
ému d'être interrogé par le roi de Prusse. Il étonne le
prince de Reuss XI, qui lui parle avec bonté de ses
romans, en répondant par l'exposé de la théorie des
couleurs. La défaite rapproche de lui le duc de Brunswick qui, jusque-là, ne lui donnait pas sa sympathie.
Mais il s'élève à la grande histoire lorsqu'il brosse à
larges traits le tableau du pont de l'Aisne que passe

l'armée en retraite, et qu'il voit successivement le roi de Prusse et le duc de Brunswick s'arrêter, se retourner et regarder du côté de Paris. La fortune a changé, et il ne s'agit plus de mater la France, mais de lui résister. Le soir même de Valmy, il en a eu l'intuition, en répondant à ceux qui lui demandaient son avis sur la journée : « Je pense que sur cette place, et à partir de ce jour, commence une nouvelle époque pour l'histoire du monde et nous pourrons dire : « J'étais là. »

Cependant, il tient à ce que nous sachions que cette vie historique n'absorbe pas toutes ses facultés et que son intelligence, toujours active, sut encore s'intéresser, tantôt à des phénomènes de physique et tantôt à la beauté de la nature. Nous l'en croyons sur parole : une campagne, même tragique et pénible, laisse à l'esprit des loisirs.

Au retour, il rendit visite à Duisburg au jeune Plessing qui, touché par *Werther*, lui avait écrit pour lui peindre le mal de son âme. Seulement, par un excès de prudence, il se donna pour un peintre de Weimar, ami de Gœthe. Le jeune homme, dont le regard était tourné vers le dedans, ne devina pas la supercherie. Mais il se confia à son visiteur et ne lui parla que de Gœthe, dont l'action sur son cœur avait été si puissante. Ce disciple n'excita que le mépris du maître qui, depuis *Werther*, avait fait du chemin et qui estimait que si l'on concentrait toutes ses forces sur la vie intérieure, on se précipiterait au fond d'un abîme obscur et improductif. Au nom de Gœthe, Gœthe lui expliqua que « pour s'arracher aux sombres et douloureuses dispositions de l'âme qui empoisonnent la vie, il fallait s'attacher à l'étude de la nature, et s'intéresser sincèrement au monde extérieur au lieu de s'en isoler. »

Quelques mois plus tard, Gœthe assistant à la reddition de Mayence par les troupes françaises qui, depuis son départ, s'en étaient emparées, intervenait avec vivacité en faveur d'un pillard à qui la foule voulait faire un mauvais parti, et prononçait sa fameuse phrase : « Je préfère l'injustice au désordre ; c'est dans ma nature. » Sa nature, dressée à tout comprendre, maîtresse d'elle-même et aspirant à l'être par la pensée de tout l'univers, ne pouvait rien concevoir de pire que l'anarchie. Si, pour sa campagne de France, on lui avait décerné des notes, comme il est d'usage sur les livrets militaires, celle-ci eût été la première : *aptitude au commandement*.

XIII

VICTOR HUGO A HEIDELBERG

Heidelberg, novembre.

Heidelberg est bâtie en longueur au bord du Neckar, dans une vallée étroite que contiennent des montagnes boisées. Son accueil est avenant, ou plutôt semble avenant, comme il convient à une cité d'étudiants. Car Heidelberg est le siège de la plus ancienne université allemande, dont les constructions massives bordent la Ludwigsplatz. Des brasseries en l'honneur du buveur Perkeo, bouffon de l'électeur palatin, des enseignes pittoresques, un vieux pont avec porche et tourelles, quelques monuments : l'église Saint-Pierre, celle du Saint-Esprit, l'hôtel de ville, et surtout l'hôtel du Chevalier, seule maison échappée aux incendies de 1635, de 1689 et de 1693, lui donnent une physionomie de tranquillité bourgeoise, après des traverses oubliées. Mais il ne faut pas lever le nez en l'air. Si l'on a cette imprudence, on aperçoit les ruines du château des Hohenstaufen, et de la ville engageante, des coteaux harmonieux qui descendent au fleuve, on ne voit plus rien. Ces ruines dominent, écrasent, détruisent tout le reste du paysage.

Le Rhin, que gardent les vieux burgs, et toute l'Allemagne féodale n'en offrent pas de comparables. C'est à se demander si, comme il arrive à certains hommes qui apparaissent plus grands couchés que debout, et morts que vivants, ce palais des électeurs palatins n'a pas attendu l'écroulement pour exercer toute sa force d'émotion. Il est si chargé d'histoire qu'il n'a pu en supporter le poids. Toutes les secousses de l'Europe en formation, il les a ressenties, comme un corps puissant sur qui s'acharnent les fièvres. Il résume les agitations de plusieurs siècles, et son effort ne tend plus qu'à subir les injures de l'air. Ses murs de défense, ses tours, les unes droites et altières, les autres décapitées, ou tombées d'un seul bloc dans le ravin, les façades Renaissance, merveilleusement ornées, dont les ouvertures révèlent la profondeur des bâtiments inutiles, couvrent un espace prodigieux. Toutes les tombes d'Heidelberg juxtaposées n'occuperaient pas tant de place que ce cimetière de pierres. Mais aussi démontreraient-elles la vanité de la grandeur humaine avec tant d'efficacité?

Je me suis promené tout un jour d'automne sur les pentes du Kœnigssthul qui portent le château mort. A demi submergé par la mer des bois dont les vagues dorées le heurtaient, il semblait flotter comme une épave de navire. Je me décidai à pénétrer dans son enceinte. Le long des murs de défense, au pied des tours, les ravins se comblaient à demi de lourdes feuilles de platane. Et ces feuilles encombraient aussi l'allée où je marchais, se froissaient en gémissant sous mes pas. Dans les intervalles des ruines, je ne voyais que des branches cuivrées. Aux pierres de grès rouge, aux frondaisons allégées, le soleil donnait une chaleur de ton, une palpitation de vie intense mais précaire. Et je ne rencontrai personne.

Quand je parvins dans la cour intérieure, je fus la proie d'un gardien. Cette cour, après la tour du guet, donne sur les deux palais d'Othon-Henri et de Frédéric. « Depuis 1891, dit le guide, on répare l'édifice et on renouvelle les sculptures. » Qu'on pèse chaque mot de cette phrase négligente ! Ne pouvant ressusciter un cadavre, on le maquille. On lui met du rouge aux lèvres, et on lui soulève les paupières pour lui poser des yeux de verre. On lui passe des vêtements à la mode. On ne réussit pas à lui rendre la parole, ni la vue, ni la marche, mais on le rend grotesque. Il grimace, au lieu de montrer le calme et la dignité de la mort.

Le Friedrichsbau est ainsi déshonoré. On y a construit des appartements si reluisants qu'on vous oblige, si vous voulez les visiter, à introduire vos pieds en de vastes chaussons d'un usage incommode, pour ne pas souiller les parquets. Et de pièce en pièce je me traîne pesamment dans la crainte de perdre mes chaussons d'une ampleur tout allemande. Des poêles de faïence et une ornementation de mauvais goût, c'est tout ce qu'on me montre au prix de tant d'efforts. La façade portait dans ses niches seize statues : Charlemagne, Othon de Wittelsbach et les princes palatins. Les boulets de Tilly, de Mélac et du maréchal de Lorges les avaient mutilées sans les abattre. Elles demeuraient à leur place, blessées mais debout, comme de glorieux témoins du passé. Plus

forte que la guerre, le pillage et l'incendie, l'imbé-
cillité d'un architecte a fait sans difficulté ce que trois
ou quatre sièges n'avaient pu réaliser. On les a démé-
nagées et remplacées par des copies. Elles sont rassemblées dans une petite salle qui sent le plâtre, et
là, cet empereur et ces princes, pressés les uns contre
les autres, inutiles et gênés, se montrent leurs blessures comme des généraux en retraite qui rappellent
leur héroïsme au fumoir. Dans les niches réparées se
prélassent des collègues tout neufs.

L'Otto-Heinrichsbau a été épargné jusqu'ici dans
sa dévastation. Sa charmante façade italienne donne
par toutes les fenêtres ouvragées et libres sur le ciel.
Elle est, au soleil couchant, rougissante comme une
chair émue. Les statues de héros et de dieux qui lui
servent d'ornements sont, par un privilège singulier
et divin, restées intactes à travers toutes les vicissi-
tudes. Elles doivent à cette résistance de n'être pas
remplacées. Je gravis le perron, je franchis la porte
dont l'entablement est porté par des cariatides. A
l'intérieur, le jour entre partout, car le toit a été arra-
ché. Et voici des colonnes brisées. Je cherche la végé-
tation qui pousse dans les ruines quand le temps peu
à peu a descellé les pierres. Mais, au lieu des plantes
sauvages et du désordre, je découvre un musée nouvellement installé dans une partie du corps de bâtiment.

Je me souviens d'avoir visité à Gand les ruines de
la vieille abbaye de Saint-Bavon. Quelques arceaux
de cloître, une petite chapelle octogone, un puits,
c'est à peu près tout ce qui subsiste d'intéressant
sur un emplacement assez vaste. On a comblé les
vides avec des pierres tombales. Les unes sont cou-

chées et les autres droites. Elles portent des inscriptions illisibles. Elles sont devenues anonymes. Et
leur collection rappelle simplement les formes peu
variées des honneurs que l'homme rend aux morts.
Le regard, dont les murs d'enceinte circonscrivent
le champ, ne se heurte qu'à des choses funéraires.
Ainsi ramené bon gré mal gré à une méditation
unique, le promeneur n'aperçoit que des images de
fin et de désagrégation. Il croit sentir sa propre vie
s'écouler goutte à goutte. Cet instant même qu'il
occupe à sonder la durée, il ne le revivra pas. Et,
quand il sort enfin de l'enclos, il trouve un agrément
de nouveauté aux pavés des rues qu'ébranlent des
charrettes chargées d'objets d'alimentation.

Les ruines excitent notre sensibilité différemment,
selon nos dispositions d'esprit et notre santé. Victor
Hugo vint à Heidelberg en 1839. Il avait alors trente-
sept ans. *Les Chants du crépuscule* avaient paru en 1835,
et *les Voix intérieures* en 1837. Je cite ces deux recueils,
parce qu'ils indiquent une certaine fêlure dans une
inspiration jusque-là droite et harmonieuse dans son
abondance verbale. Il portait des ruines en lui,
comme tout homme qui a vécu, mais il les portait
allégrement. La Révolution de 1830 avait balayé ses
premières convictions politiques. C'était donc un
homme éprouvé, et non pas un de ces jeunes gens à
qui leur jeunesse bouche l'univers, qui errait dans le
vieux château brisé des électeurs palatins. Il a laissé
de sa visite un récit épique. On le voit multipliant
les promenades et les descriptions de jour et de nuit.
Il attend le lever de la lune pour en voir l'effet sur

des pierres mortes. « La lune dans les ruines, dit-il, est mieux qu'une lumière, c'est une harmonie. Elle ne cache aucun détail et elle n'exagère aucune cicatrice ; elle jette un voile sur les choses brisées et ajoute je ne sais quelle auréole à la majesté des vieux édifices. Il vaut mieux voir un palais ou un cloître écroulé la nuit que le jour. La dure clarté du soleil fatigue les ruines et importune la tristesse des statues. » Malgré tant de louables efforts, et cette exaltation nocturne, sa nature est si contraire à la pensée de la mort qu'il emploie tout son temps et toute son érudition à rebâtir les murs démantelés, à organiser dans les deux palais des cérémonies historiques et à disposer aux créneaux et aux tours le personnel de défense qui résistera aux assaillants dont il dénombre les forces et les positions. Il évoque la guerre de Trente ans et celle du Palatinat, il ordonne la dynastie des électeurs palatins, et il oblige Charlemagne lui-même à comparaître, parce que les ogives qui abritent le puits de la cour ont pour supports quatre colonnes de granit arrachées au palais de l'empereur à Aix-la-Chapelle. « Rien n'est plus grand que ce qui est tombé, » affirme-t-il. Je crois bien, quand on superpose les siècles pour remplacer l'écroulement des murs. Et il va de ruine en ruine, ranimant de sa grande voix le passé qui se croyait en repos, et qu'il oblige à fournir une nouvelle course. Et il continue ses interminables énumérations où il est question de tout, excepté de la mort.

Cette image de Victor Hugo agité et bruyant au milieu des ruines, nous la retrouvons dans sa *Correspondance*, où il se livre à nous ingénument. Les infortunes et les adversités ne l'ébranlent pas. Il a le magnifique optimisme des hommes robustes et actifs. Sa santé morale est florissante. Pendant les journées de Juin, à Bruxelles après le coup d'État, à Jersey pendant ses vingt ans d'exil volontaire, nous le voyons dans le même état de confiance et presque de gaieté. Ce n'est pas d'une âme ordinaire. Le 1er janvier 1852, il songe que l'année commence mal : ses deux fils sont en prison, et lui-même est proscrit : « Cela est dur, mais bon, écrit-il à sa femme ; un peu de gelée améliore la moisson. Quant à moi, je remercie Dieu. » Jamais il ne se plaint du sort. Ses lettres datées de Jersey sont sans acrimonie. Il croit à la vie, il a confiance dans le Dieu-Providence que, sans doute, il imagine pareil à quelque Hugo plus grand encore.

Le malheur n'a pas de prise sur un homme aussi bien organisé pour la vie. Il aime la joie, mais il lui suffit de travailler pour la rencontrer. Connaît-il des jours pénibles ? il s'écrie : « Nous traversons de bonnes et magnifiques adversités. » Cependant ne croyez pas qu'il ignore la douleur. Sa puissante sensibilité s'imprègne avidement des épreuves que l'existence ne lui épargne guère. A Jersey, il regrette sa douce patrie, dont il imagine en poète les charmes physiques. Sa tristesse est celle d'un homme fort et d'un simple : il ne se révolte pas, il s'incline devant Dieu et devant la nature, et il a le courage de compter sur l'avenir même lorsqu'il a le cœur en lambeaux. « Cher ami, vivons dans les morts, » écrit-il à Lamartine qui vient de perdre sa femme. Mais lui-même ne peut vivre dans les morts. Il leur rend plutôt une vie nouvelle mêlée à la sienne. Car il ne peut vivre que dans la lumière et l'activité, sans regarder en arrière, emmenant avec lui, d'un geste de possession, tous ceux qu'il a aimés et que son imagination ressuscite.

Sa psychologie est rudimentaire. Il a les ardeurs, la spontanéité et la sensibilité des races neuves. Comme les conquérants, il est égoïste, pratique et peu sentimental. La nature le renouvelle et le vivifie : elle lui communique sa sérénité. La source de son bonheur est dans son incessante activité. Il invente, il crée, il dispose de la terre et du ciel et s'amuse ainsi prodigieusement. Dix-huit ans de solitude à Guernesey ne parviennent pas à lui apporter un instant d'ennui.

Imaginez, à Heidelberg, la rêverie d'un Chateaubriand. De la plus haute terrasse il eût jeté à l'abîme, avec une volupté cruelle, les siècles d'histoire qui tiennent encore à ces murs saccagés, pour ne plus laisser subsister que la majesté du néant. Il eût tiré parti de ces vestiges de tant de luttes pour accabler l'homme sous la vanité d'une action que la mort termine. Mais ce charme d'automne, ce silence et cette désolation, il les eût goûtés jusqu'à l'angoisse, et jusqu'à nous donner avec une sensation de pathétique une nouvelle exaltation de cette vie à qui la mort peut servir d'ornement.

XIV

AMIEL A HEIDELBERG

Novembre.

Le 10 octobre 1843, quatre ans après Victor Hugo, un jeune étudiant débarquait à Heidelberg pour y suivre les cours de l'Université. C'était un petit homme mince, gentil, discret, avec des cheveux bouclés et des yeux bruns dont le regard un peu brumeux ôtait aux objets leurs contours. Il arrivait de Genève, où son grand-père et son père avaient été de méticuleux horlogers, mais sa famille, de religion protestante, était originaire du Languedoc, qu'elle avait quitté après la révocation de l'édit de Nantes. Orphelin de bonne heure, il avait connu, enfant, non pas la tristesse, mais la sensation d'être isolé, dépaysé, de trop. C'est une mauvaise préparation à la vie. Un voyage en Italie avait exalté son imagination qui s'ébranlait au moindre choc, et qui désirait, pour ses courses, les espaces sans limites au lieu des solides réalités. *Le Penseur* de Michel-Ange, les tableaux de Léonard de Vinci, voilà ce qu'il préférait en art, à cause du prolongement métaphysique qu'il était libre de donner à

son émotion. Il avait alors vingt-deux ans. Il s'appelait Henri-Frédéric Amiel.

J'ai dit qu'à Heidelberg, il suffisait de lever le nez
pour subir immédiatement la fascination du château
ruiné des Hohenstaufen. Amiel vivait le nez en l'air.
Sa curiosité interrogeait le ciel et la nature plutôt que
le remue-ménage des villes où les hommes courent au
plus pressé et s'inquiètent avant toutes choses des
mille tracas de la vie. N'avait-il pas, un méchant jour
de son adolescence, pris en dégoût ses cousines, qui
étaient jolies, parce qu'il les voyait manger et boire et
qu'il n'avait jamais pensé qu'elles pussent se livrer à
des exercices aussi vulgaires? Il arrivait à Heidelberg
prédisposé à subir l'attrait romantique des ruines
qui, du passé, ne laissent subsister qu'une poésie
d'oraison funèbre. Il y arrivait un jour d'octobre, dans
la saison des feuilles mortes. Le château écroulé est
assailli par les bois, et son intérieur est comme un
parc abandonné. Dans les fossés, sur leurs pentes,
dans l'espace découvert, et jusque sur les murs, les
arbres, les buissons, la mauvaise herbe ont poussé
librement. Cette liberté forestière, la dévastation
héroïque et l'automne composent ensemble un de ces
accords graves et profonds par quoi l'on se sent ébranlé
jusque dans la moelle des os. Amiel, le jour même de
son arrivée, visita son nouveau domaine. Il ne connaissait personne encore, il ajouta la solitude à toutes ces
puissances qui l'exaltaient en le détruisant. Peut-être
faisait-il un beau soleil, et peut-être le promeneur se
plut-il à constater que la lumière joue plus facilement
dans les demeures des hommes lorsqu'elles sont privées
de toits, lézardées, fendues ou démolies à moitié : les

carrés des fenêtres se découpent en clair, et le jour vient de partout. La tour du guet, les façades du Friedrichsbau et de l'Otto-Heinrichsbau ont des pierres rouges qu'il importe de mettre en valeur. Quand il marchait, il remuait des amas de feuilles dorées dont le bruit de soie qu'on déchire l'accompagnait. Et sans doute il s'arrêta devant cette tour qui est fichée dans le ravin comme un pieu dans la terre, et dont le ciment était si solide qu'on a pu la faire sauter et crouler sans la désagréger : suprême leçon pour apprendre à rester intact dans la démolition et l'inutilité.

Dix mois il demeura sous ces ruines, à respirer un air qu'avait glacé ce tombeau de l'héroïsme et de l'histoire. En outre, il suivait les cours du professeur Gervinus et achevait de donner à son esprit le goût de l'abstraction, des idées générales, de la métaphysique. Il vivait dans la fièvre intellectuelle. Il découvrait la patrie de ses idées, qui fut toujours l'Allemagne. En quittant Heidelberg, il devait passer quatre années à Berlin. Mais ce plus long séjour n'effaça pas le premier. Notre expérience nous apprend que nous ne retrouvons jamais chez les autres œuvres postérieurement connues, qu'elles soient ou non plus belles, la sensation d'éblouissement que nous cause le premier contact avec un génie, qu'il soit Shakespeare, Beethoven ou Michel-Ange. Notre raison pourra les préférer et non pas notre cœur. Amiel s'enivra de philosophie allemande à Berlin plus qu'à Heidelberg ; mais la conquête définitive de son âme était déjà faite quand il quitta les bords du Neckar. Il était à jamais dégoûté de l'action. Comme il avait voulu ses cousines toutes célestes, il ne concevait plus la vie qu'intellectuelle.

On connaît cette vie, qu'il a retracée dans son journal, et qui est un drame d'autant plus poignant que, seul acteur, c'est lui-même qui se procure tous les maux en s'auscultant, qui *s'annule par l'analyse*. Dès les premières lignes de ce journal, je relève la trace du séjour à Heidelberg. Ce jeune homme de vingt-sept ans (1848) n'a qu'une ambition : posséder Dieu. Tout de suite il se heurte à l'infini. Il ne veut pas d'abri, pas de toit : cela lui cacherait la vue des nuées. Et pareillement il se refuse à toute activité qui n'est pas purement cérébrale : « Laisse les vivants vivre, et résume tes idées, fais le testament de tes pensées et de ton cœur... Fais descendre Dieu en toi, embaume-toi de lui par avance... » Mais presque à la même date il définit l'héroïsme « la concentration éblouissante et glorieuse du courage », et c'est le bruit du vent dans les ruines historiques. L'idéal lui empoisonne toute possession imparfaite. Sa convoitise poursuit la science, l'amour, la force d'agir, au lieu de se concentrer sur un point. Il ne menace rien de son désir, celui qui réclame l'univers entier.

Toute sa vie, il écoutera ses jours tomber à l'abîme heure par heure, au lieu de les vivre. « Il me semble, écrira-t-il, que je suis devenu une statue sur les bords du fleuve du temps... » Il se laissera ronger par son mal intérieur : l'impossibilité d'accepter l'accessoire quand on a imaginé le principal, d'aimer la changeante Maïa qui se pare sans cesse de vêtements nouveaux quand on s'est épris de l'unité. Il aura la terreur de l'amour, la terreur de l'action.

De l'amour auquel il donnait ses pensées, et non son cœur, il écrivait avec désespoir : « J'ai tant mis sur cette carte que je n'ose la jouer. » Il se fiança cinq ou six fois. Il encourageait des espérances longtemps, très longtemps, et c'était tout ce qu'il pouvait faire. Il se réservait pour la passion totale, ou bien il aimait un peu toutes les femmes, comme si toutes retenaient en gage *une parcelle de son idéal*. Et par une ironie du destin qui se plut à le tourmenter par surcroît, il habita longtemps à Genève une rue qu'on appelait rue des Belles-Filles à cause de sa mauvaise réputation et que la pudeur genevoise a débaptisée.

« Ma croix, c'est l'action », a-t-il confié à son journal. Il ne pouvait se décider à rien. De ses ancêtres commerçants il avait hérité l'habitude des bilans. Il en dressait sans relâche, et pour la moindre question. Sur un papier qu'il divisait en deux colonnes, il inscrivait le pour et le contre, le doit et l'avoir, faisait la balance et... s'en tenait là. « Qui veut voir parfaitement clair avant de se déterminer ne se détermine jamais. » Or, il n'abandonnait rien au hasard. Il n'acceptait pas d'être dupe, ni de risquer quelque chose. Ainsi retiré de l'action, il n'était pas heureux, car il était avide d'agir et ne le pouvait pas. Il utilisait toutes les philosophies pour s'écarter de la vie, et le résultat, c'était une plainte comme celle-ci, singulière dans sa détresse : « Un système est impassible, et je souffre. » Sa raison ne lui construisait que des ruines. Seuls, l'instinct, le sentiment, la volonté achèvent des demeures habitables. Écrire même le torturait, car « il faut brutaliser son sujet et non trembler de lui faire tort », et il redoutait de lui manquer d'égards en le limitant. La limite fut son éternelle ennemie. Elle le fascinait, tant il en avait peur. Il aimait les vers parce qu'ils donnent un contour à la pensée, comme un récipient au liquide. Il en a composé de très beaux sur le mal de l'irrésolution :

> L'homme trop circonspect manque sa destinée...
> Plus un sens est exquis, plus il est vulnérable,
> Car la perfection fait la fragilité...
> Des jours que nous perdons par négligence pure
> On ferait une vie, et nous n'y pensons pas...

Et même il s'égarait volontiers dans des recherches de prosodie. De même, cet homme qui n'avait aucune aptitude à se tirer d'embarras dans les circonstances les plus ordinaires en sachant choisir excellait à table dans les tours d'adresse. Equilibre de cuillers et de fourchettes, couteaux sautant dans le col des carafes, assiettes retournées par la seule adhérence des doigts, il étonnait les convives par sa dextérité. Il trompait son besoin d'action en jonglant avec les mots ou avec les couverts. Et il administrait excellemment sa fortune, car administrer n'est pas agir, mais préparer un cadre à l'action.

Pour le compléter il convient de rappeler qu'il fut et demeure le Tyrtée suisse. Il chanta en vers laborieux les défaites du Téméraire. Nous le connaissons pour un malade de l'analyse. En Suisse, il est plutôt connu pour l'auteur de *Roulez, tambours*, qui est la *Marseillaise* des Cantons. Il la composa en 1857, lors de menaces de guerre avec la Prusse. Naturellement, le lendemain la paix était conclue. Il était dans la destinée d'Amiel de chanter les sacrifices reportés, les devoirs remis et le courage à venir.

« Nous sommes et devons être obscurs pour nous-mêmes, disait Gœthe, tournés vers le dehors et tra-

vaillant sur le monde qui nous entoure. Le rayonnement extérieur fait la santé ; l'*intériorisation* trop
continue nous ramène au néant. » La fin de la pensée
est d'Amiel. Un Gœthe, un Hugo comprennent la leçon
pratique du Rhin qui, tout en dégageant de la poésie
romantique, roule sans cesse, au pied des ruines, un
trafic de marchands. Amiel suivit le même fleuve en
ne voyant qu'une série de châteaux écroulés. Ce fut,
pour lui, ce qui reste des actions des hommes. Dès
lors, pourquoi bâtir? Il consacra plusieurs poèmes à
son tombeau, qu'il fit édifier sur les bords du lac de
Genève, dans un de ces décors éblouissants où l'on ne
peut fixer sa pensée sur la mort. Et quand vint celle-ci,
il la reçut avec beaucoup de timidité et cet abus des
cérémonies qui, dans le monde, dénote un novice, car
*on n'a pas d'antécédent pour cela, pas d'expérience, il
faut improviser* et il détestait les improvisations.

Une amie qui lui a consacré un de ces livres sym-
pathiques, plus terribles dans leur naïveté que des
réquisitoires, raconte de lui que, voyageant en Sicile,
il assista un jour à une prise de voile. C'était une belle
jeune fille qui renonçait au monde. Elle était vêtue de
blanc, et la chevelure défaite couronnée de fleurs. Car
le renoncement est solennel. On lui trancha les cheveux et on la couvrit d'une livrée de servante. Mais
son frère, élégant et frisé, surveillait la cérémonie,
plaçait les assistants, ordonnait le spectacle. Amiel en
fut choqué. Et il devait passer sa vie à faire clandesti-
nement les honneurs de son renoncement involontaire.

XV

LES CHACALS DE FRŒSCHWILLER

Haguenau, novembre (1905)

J'approche de cette partie du Rhin qui fut notre frontière avant la guerre. Quand j'entendis appeler : *Weissenburg*, je me redressai sur la banquette et dela portière, tandis que le train semblait enlacer de sa courbe le Geisberg, je vis sur la hauteur trois peupliers, — les trois arbres qui désignent l'emplacement où fut tué le général Abel Douay.

Pour visiter Frœschwiller et ses tombeaux, il faut quitter la grande ligne, prendre un embranchement contigu. Décrirai-je, après tant d'autres, ces lieux d'où monte notre douleur comme les miasmes qui sortent des terres contaminées? Je préfère transcrire ici deux contes militaires qu'un hasard a mis entre mes mains et que je veux sauver de l'oubli. Leur auteur est un capitaine Boudin, du 1er zouaves, décédé en pleine jeunesse il y a quelques années. Je n'ai pas grands renseignements sur ce capitaine Boudin. Je sais seulement, par l'un ou l'autre de ses camarades, qu'il fut mis à l'ordre du jour de l'armée au Tonkin, et que volontiers il improvisait à la veillée de belles histoires militaires avec une éloquence enflammée. C'était un cerveau brûlé. La vie de garnison ne lui convenait pas. Il préférait les colonies à la métropole. Ses traversées de France en Algérie et d'Algérie en France sont demeurées dans le souvenir de ceux qui les firent avec lui : sur le pont du bateau, étendu avec nonchalance, il attendait le soir pour se livrer à sa fantaisie qui mêlait à des rêves une surprenante précision de détails exacts.

On sait que les trois premiers régiments de zouaves — les *chacals*, comme on les appelait — faisaient partie, au début de la guerre franco-allemande, de la division Ducrot, du corps d'armée commandé par le maréchal de Mac-Mahon. Ils se battirent héroïquement le 6 août à Frœschwiller, un contre quatre, et y subirent des pertes considérables qui n'ébranlèrent point leur solidité à l'heure difficile de la retraite. Les deux récits qu'on va lire évoquent le souvenir des journées des 6 et 7 août 1870 : le premier, ronde de spectres qui rappelle la *Danse macabre* de Raffet, est mis dans la bouche d'un garde forestier allemand de Wœrth, et le second dans celle du curé de Munswiller, près de Saverne. Le lecteur jugera si dans leur marche rapide, comparable aux elliptiques refrains populaires, ils n'étaient pas dignes d'être conservés.

CONTE DU NIEDERWALD

6 août 1870.

Je commençais à me fâcher, et je répétais pour la dixième fois : — Je vous assure, brigadier, que tous les ans, le 6 août, on entend des *chacals* dans le Niederwald. — Mais le brigadiers Hans Schneider riait jusqu'aux larmes. — Allons voir, disait-il, allons voir ! — Et c'est tout ce qu'il pouvait me répondre dans son ahurissement.

Il faut vous dire que, ce jour-là, nous allions en tournée de Wœrth à Ebersbach. A hauteur de Spachbach, le brigadier voulait prendre un chemin de traverse qui franchit le Niederwald, et moi j'insistais pour suivre la grande route, car, depuis longtemps, je n'osais plus entrer dans le bois, le jour anniversaire de la bataille. Enfin, par amour-propre, je me décidai à le suivre.

Il y avait un silence de mort sous les arbres ; je regardais en frissonnant les tombes des soldats français, de petites mottes de terre qui apparaissaient à chaque pas, sous la futaie. Le brigadier allait de l'avant, tout joyeux : en arrivant, nous devions fêter la victoire du 6 août avec les gardes forestiers d'Ebersbach ; donc, il avait mis son habit gris à parements verts et à boutons de cuivre, son feutre à plumes de coq de bruyère et ses bottes jaunes. Il continuait à rire aux éclats, en fumant sa pipe de porcelaine à l'effigie du Kaiser.

— « Voyons, Fritz, mon garçon, disait-il, bien sûr, tu es malade ; sauf le gibier, je n'ai jamais vu ici que des loups, des renards et des sangliers ; nous ne verrons pas de chacals, nous n'entendrons rien, et ce soir tu payeras des chopes au Bierhall de Franz Müller. » Mais moi je ne riais pas, et je me disais : « Avant d'être garde forestier à Wœrth, Fritz, tu as servi en Afrique, à la légion étrangère ; tu sais ce que c'est qu'un chacal, et ma foi, un chacal, c'est un chacal. »

Nous arrivions en haut du Niederwald, à la croisée du chemin qui va de Frœschwiller à Morsbronn ; la montée est dure, il faisait très chaud et pas un souffle d'air. Hans proposa de s'arrêter un instant ; nous nous assîmes au pied d'un grand hêtre, sur le bord du fossé. Je passai la bouteille de kirschwasser au brigadier, et je me mis à sommeiller...

... Je veux crier, fuir : impossible ; je suis paralysé d'effroi. Là, à vingt pas de moi, au milieu d'un carrefour, je vois un zouave ; il a un clairon à la main. Je distingue une tête de mort sous la calotte, une barbe blanche qui descend jusqu'à **la** ceinture. Il fredonne :

. . . .
    Le clairon est un vieux brave,
    Et lorsque la lutte est grave,
    C'est un rude compagnon.

On entend le premier coup de midi au clocher d'Elsasshausen ; le spectre sonne le rappel à la *clique;* çà et là, des levées de terre s'entr'ouvrent ; des tambours et des clairons en sortent et viennent se ranger devant lui ; ils le saluent en arrivant : « Bonjour, père La Brèche. » Il leur répond : « Bonjour, Mogador ; salut, Malakoff ; salut, Bridja ; bonjour à tous, vieux chadis. »

Tous ces revenants s'agitent : les tambours serrent leurs cordes, les clairons donnent du souffle dans leurs instruments. Soudain, le père La Brèche, levant son bras en l'air, l'abaisse rapidement, et, dans le silence de la forêt, la marche des zouaves retentit comme un grondement de tonnerre :

    Pan, pan, l'Arbi,
    Les chacals sont par ici.
. . . .

On dirait un tremblement de terre : de toutes parts, les tombes se soulèvent ; des milliers de zouaves apparaissent, spectres décharnés dans des lambeaux d'uniforme ; dans la masse qui se presse, j'entends le cliquetis des ossements qui s'entre-choquent ; ils se groupent par régiments, les rouges, les blancs et les jaunes ; leurs vestes, malgré plus de vingt ans de sépulture, portent encore les vestiges de chevrons, de croix et de médailles ; les barbes blanches cachent des côtes défoncées ; les chéchias couvrent des crânes zébrés de coups de sabre ; à beaucoup il manque un bras ou une jambe. Ils chantent :

    Quant à celui qui meurt dans les batailles,
    Sous son drapeau, près de ses vieux amis,
    Nous lui faisons de nobles funérailles,
    Car Dieu bénit qui meurt pour son pays.

Je regarde le brigadier Hans Schneider, je lu dis : « Voilà les chacals ! » Il est blême de terreur.

Plus de cinquante officiers arrivent et se placent au centre du carré ; ils regardent leurs zouaves, et tous ces fantômes frémissent en se reconnaissant. J'entends dire : « Voilà le lieutenant-colonel Gautrelet, les commandants Figarol, Soye, Marion, Bertrand, les capitaines de Mascureau, Parson, Faval, Sorel, de Saint-Sauveur, et combien d'autres !

Soudain, un roulement retentit et, d'une voix vibrante, un sergent-major lit les *Ordres des zouaves :*

« 13 octobre 1837. — Constantine. — Si la moitié de vos hommes tombent sur la brèche, les autres tiendront-ils ? — J'en réponds. — Alors, La Moricière, lancez vos zouaves. »

« 26 avril 1841. — Blidah. — Zouaves, après onze ans de combats et de souffrances, je vous offre ce drapeau, au nom du roi. Il sera pour vous le clocher du village et le talisman de la victoire. Il ne doit pas rester à la réserve ; vous l'emporterez avec vous au milieu des combats, et vous mourrez plutôt que de l'abandonner. »

« 26 novembre 1849. — Zaatcha. — Ce n'est pas une bicoque comme celle-là qui arrêtera des soldats comme vous. »

« 20 septembre 1855. — Alma. — Les zouaves se sont fait admirer des deux armées, ce sont les premiers soldats du monde. »

« 8 septembre 1855. — Sébastopol. — Caporal Lihaut, vous planterez mon fanion sur Malakoff.

« Zouaves, quand j'élèverai ce fanion, ce sera le signal de l'attaque, vous vous élancerez...

« Patience, les zouaves ; encore dix minutes..., encore cinq minutes... Allons, clairons des zouaves, sonnez la charge !

« A nous, Malakoff ! J'y suis, j'y reste.

« Le sous-lieutenant Ozenfant tombe en plantant le drapeau du 1er sur la tour Malakoff. »

« 8 juin 1859. — Maleguano. — Monsieur le maréchal, vous allez voir comment un colonel de zouaves se fait tuer à la tête de son régiment ! »

« 31 mai 1859. — Palestro. — Le 3e reçoit la médaille de la valeur militaire sarde. »

« 4 juin 1859. — Magenta. — Le drapeau du 2e est décoré. »

« 7 mai 1863. — San Lorenzo. — Le drapeau du 3ᵉ est décoré. »

. . . .

Voilà ce que j'avais pu entendre à ce moment-là. Tout à
coup, un frémissement parcourut les rangs ; le sergent-major
venait de crier : « 6 août 1871, Frœschwiller. » Et ces 2 000 morts
vaincus se souvenant de la Crimée, de l'Italie, du Mexique et
de l'Afrique eurent une poussée furieuse en avant ; ils bran-
dissaient les poings en grondant, l'air était embrasé, on eût
dit un coup de siroco arrivant du désert exprès pour eux.

Mais le sergent-major disait :

« Le sous-lieutenant Girard, du 1ᵉʳ, allant en reconnaissance, est tombé en criant : « Sauvez le drapeau ! Ce sont les
« Prussiens ! »

« Le capitaine Béhic, avec les 250 survivants du 2ᵉ, a refusé
de battre en retraite sans le drapeau. « En avant ! Plutôt
« mourir ! »

« Le capitaine de Saint-Sauveur, du 3ᵉ, tombé après des prodiges de bravoure, a ordonné à ses hommes de l'abandonner
et de rallier le drapeau. »

Je vis toutes ces vieilles mâchoires qui s'agitaient ; j'en-
tendais leurs dents qui claquaient de rage, La Brèche fit
sonner : « Au drapeau ! » Le lieutenant-colonel Gautrelet
cria :

« Nous saluons :

« Le lambeau de Malakoff déposé à la salle d'honneur du
1ᵉʳ, les débris du drapeau de Magenta recueillis à la salle
d'honneur du 2ᵉ, le drapeau du 3ᵉ déposé aux Invalides par le
colonel Bocher.

« Tous trois immaculés, sans peur et sans reproche ! »

Et La Brèche faisait rouler toujours, roulement lugubre
cette fois ; c'était l'appel des deux tiers des officiers et des
zouaves des trois régiments tombés à Frœschviller.

De vieux sergents de semaine répondaient : « En subsis-
tance au Niederwald, faisant fonction de cadavres de garde
jusqu'à la relève, dont le jour n'est pas fixé ! »

La berloque sonna, ils disparurent tous.

« Encore des embusqués ! » dit Fritz qui se souvint de l'appel

de la Légion. Mais son ricanement eut de l'écho ; il entendit un vieux chacal qui, en rentrant sous terre, répondit :
« Chouïa (1). »

Je me réveillai. Hans était au fond du fossé, à côté de moi ;
il dormait, en proie à un cauchemar affreux ; je dus le secouer
longtemps. Il avait tout vu, tout entendu comme moi ; nous
nous sauvâmes en courant jusqu'à Ebersbach, et, le soir, nous
n'avons pas pu boire de chopes au Bierhall de Franz Müller.

UN BILLET DE LOGEMENT

7 août 1870.

Il faut vous dire que je suis curé de la petite paroisse de
Munswiller, près de Saverne ; depuis plus de quarante ans j'y
ai baptisé, marié ou enterré tous les habitants. Or, ce jour-là,
7 août 1870, je regardais passer les canons, les voitures, les
régiments de toutes sortes qui fuyaient, suivis d'une foule
de traînards allant à la débandade. Quel désordre ! j'étais
consterné. Vers dix heures du matin, le défilé cessa ; je vis
encore un pauvre cuirassier blessé qui demandait à boire :
« Il y a les zouaves derrière, dit-il, et ensuite les uhlans. »

En effet, j'aperçus une colonne serrée, compacte qui s'avançait, au loin, sur la route de Niederbronn ; c'étaient les zouaves :
j'en avais beaucoup entendu parler, mais je n'en avais jamais
vu.

Ah ! quel changement ! Ils entrèrent dans le village, tambour battant, bien alignés, au pas d'une marche retentissante
qui donnait la chair de poule ; on eût dit qu'ils revenaient d'une
promenade militaire.

J'éprouvais de la fierté, je repris courage en me disant :
« Ils sont avec nous, ceux-là ! » Et je pensais qu'une pareille
retraite valait bien une marche en avant.

Ils se formèrent en carré sur la place, entre la mairie et
'église. Ils s'étaient battus comme des lions, la veille, à Frœsch-

(1) Attends !

willer, et maintenant ils soutenaient la retraite ; c'étaient presque tous des vieux à grande barbe, aux visages noircis par la poudre ; beaucoup d'entre eux étaient blessés ; le premier rang était couvert de chevrons, de croix et de médailles.

Au centre, les officiers discutaient ; j'ai su, depuis, qu'on ne pouvait pas camper, parce qu'on avait laissé les sacs et les bagages là-bas pour résister jusqu'à la fin ; il s'agissait cependant d'abriter les hommes, car le temps était affreux. Une idée me vint : j'entrai dans le carré ; j'entendis un officier dire : « Mon colonel, il n'y a pas de quoi loger cinq cents hommes et toutes les maisons sont éparses. »

Bien que ma paroisse soit pauvre et petite, l'église est grande : c'est une ancienne abbaye. Et le colonel l'observait en disant : « Il faut pourtant les loger tous ! » Et ses regards se portant vers la Prusse, il ajouta : « Et les avoir sous la main. »

Alors je me décidai, je m'enhardis : « Monsieur le colonel, dis-je en montrant l'église, le bon Dieu offre un logement au 1er zouaves. » Il m'aperçut et tressaillit ; son regard m'alla droit au cœur : comme j'ai bien lu dans ses yeux la surprise, l'émotion, la joie, la reconnaissance ! C'était un grand bel homme ; il s'avança vers moi et me salua majestueusement ; j'ai pensé qu'il devait saluer l'empereur comme cela. Il me dit tout grave : « Monsieur le curé, je suis votre serviteur ; j'accepte le billet de logement ; veuillez remercier le bon Dieu de ma part. »

Un instant après les zouaves se précipitaient dans l'église en poussant des cris de joie. Figurez-vous un ouragan, une avalanche ! j'en voyais déjà en haut du clocher. Jamais mes paroissiens n'y sont venus avec tant d'ardeur.

De suite je fus entouré : « Monsieur le curé, nous sommes les cuisiniers, où est le bois ? » Je les emmène devant le tas de bois de la commune, et je fais la distribution comme un chef. Aussitôt les feux flambent le long des murs : le café est déjà fait. Le caporal-sapeur apporte une tasse en fer-blanc au colonel qui boit : « Ah ! merci, vieux chadi. » Je vois tous les officiers qui boivent les premiers. Un vieux zouave m'apporte une gamelle : « Marabout, dit-il, voulez-vous du kaoua ? » et j'accepte. C'est excellent.

Je suis assailli de nouveau : « Monsieur le curé, nous sommes les caporaux d'ordinaire, connaissez-vous l'adresse du fournisseur? »

Un fournisseur? grand Dieu ! il n'y en a jamais eu ici ; mais j'en trouve dix, vingt : je les conduis chez le boulanger, le boucher, l'épicier, le cabaretier, etc..., et je réquisitionne tout sur mon passage. Voilà maintenant les fourriers qui m'assurent que je suis le préposé des lits militaires ! je leur fais ouvrir une grange : « Tenez, voilà de la literie. » Un instant après, la paille est transportée dans l'église. Puis les sergents-majors me racontent que le colonel accorde un quart de vin, mais qu'il n'y a pas de vin ; nous allons chez le maire, un gros vigneron, et les tonneaux sont enlevés comme des ballons.

L'idée qu'il faut nourrir le régiment m'a rendu impitoyable, féroce ; je commande impérieux comme un tyran et mes paroissiens obéissent. Le bon colonel est tout content ; il m'appelle « M. l'intendant militaire ».

Un petit sous-lieutenant me dit qu'il est chef de popote et m'avoue qu'il n'a rien à donner aux officiers ; je me précipite dans le potager, à la besse-cour ; je fais cueillir les fruits, arracher les légumes, massacrer la volaille et même les lapins ; ma vieille bonne est désolée, je la réprimande sévèrement : « Lisbeth, quand on donne aux zouaves, on prête à Dieu. »

La cantinière a mis sa voiture devant le portail ; quelle brave femme ! elle donne à boire aux zouaves et plaisante avec eux ; on l'appelle Mme Marie Mangemonprêt ; je lui propose d'aller trouver Lisbeth ; elle me répond : « Racontez cela à Dache. » On me dit que Dache est un perruquier qui rase aujourd'hui pour de l'argent et demain pour rien.

Quel spectacle en rentrant dans l'église ! Un officier a établi son bureau dans le confessionnal : il paye de l'argent par les guichets à droite et à gauche ; on distribue du sucre et du café dans les bénitiers et du vin dans les fonts baptismaux. J'entends prêcher ! Non, c'est un adjudant qui est dans la chaire ; il dicte des ordres en bas ; j'écoute :

« Le colonel est fier de porter à la connaissance du régiment les éloges adressés par le général Ducrot, commandant la division : dans la journée du 6, le 1ᵉʳ zouaves a déployé un grand sang-froid, un élan admirable, une rare solidité au feu, une discipline extrême et une confiance illimitée dans ses chefs. C'est surtout dans la retraite que ces brillantes qualités se sont affirmées.

« Le colonel, *signé* : CARTERET-TRÉCOURT. »

« Munswiller, le 7 août 1870.

Le drapeau est posé contre le maître-autel ; un sapeur est assis au lutrin ; il veille sur le drapeau en montant la garde au bon Dieu.

Les officiers se sont installés dans la sacristie ; leurs hommes sont partout, jusque dans l'orgue et sous les cloches ; ils lavent leurs effets, les font sécher, nettoient les armes. L'un d'eux me montre le chemin de la croix, en disant : « Voilà les bicots qui vont fusiller Notre-Seigneur ! » Il est indigné. Quels braves gens, ces zouaves, quels bons soldats !

Il faudrait un livre gros comme mon bréviaire pour dire tout ce que j'ai vu et entendu.

Le soir, le colonel m'invita à dîner et me mit à sa droite ; sur la table improvisée dans la sacristie, j'avais fait mettre la plus belle nappe de l'autel. C'est alors que j'appris à connaître les zouaves.

A la nuit, tous dormaient à l'abri, enfoncés dans la paille et rassasiés ; on entendait seulement le « qui-vive » des sentinelles au dehors. Le colonel s'était allongé au pied du maître-autel. Maintenant le sapeur veillait sur lui comme sur le drapeau et sur le bon Dieu. Les autres officiers étaient étendus devant les autels de la Vierge et de Saint-Joseph. J'avais allumé tous les cierges et les lampes de l'église comme pour la grand'messe ; alors, seul, debout, dans le grand silence, sous l'éclat des lumières, je tombai à genoux devant le drapeau : « Dieu des armées, ayez pitié de ces pauvres enfants exténués par les combats, les fatigues et les privations ; ils sont soldats de La Moricière qui a tant combattu pour le Saint-Père. Si la paix du saint lieu est troublée, c'est ma faute ; mais grâce à votre hospitalité, ils ont mangé aujourd'hui, ils dorment bien maintenant, demain ils seront forts. Vive le Christ qui aime les Francs ! Sauvez les zouaves, sauvez le drapeau ! »

« Ainsi-soit-il ! » répondit le sapeur qui se redressa en saluant. Nous avons passé la nuit ensemble, lui à veiller, et moi à prier.

Au jour, le régiment se forma en carré comme la veille ; le clairon sonna ; les hommes immobiles criaient « présent », puis on vint dire au colonel : « Il ne manque personne. » Il tira son sabre et commanda : « Par le flanc droit ! », puis galopa vers moi : « Monsieur le curé, vous nous avez donné un logement ici, moi je vous en promets un là-haut. » Et le bras tendu, de la pointe de son épée, il me montra le ciel. « En avant, marche ! » Et il s'élança en me saluant aussi majestueusement que la première fois.

Aussitôt la marche retentit formidable, et le 1er zouaves défila devant moi. Debout sur le perron, je me redressai tout fier, je devais ressembler à un général passant la revue. Je les écoutais chanter :

> ... Les chacals et les vitriers
> N'ont jamais laissé les colons nu-pieds.
> A cinquante sous la paire de souliers...

Ils secouaient leurs calottes en passant : « Au revoir, monsieur le curé. » Mme Mangemonprêt elle-même agita son fouet : « Hue, disait-elle, le tambour-maître a baissé sa canne, les dettes sont payées ; au revoir, marabout ! »

Ah ! pauvres zouaves ! je suis resté là, anéanti, tant que le dernier d'entre vous n'a pas disparu au loin sur la route de Sarrebourg. Mais déjà une masse sombre apparaissait : les Prussiens ! Pour ceux-là, pas de logement ! Je me hâtai de fermer l'église, je restai sur le seuil pour en défendre l'entrée ; j'étais devenu féroce ; pour un rien, j'aurais pris un fusil, une calotte, et j'aurais fait le zouave.

Ils passèrent ; il en passa longtemps, il en passe encore, car depuis la guerre les zouaves ne sont pas revenus, et cependant je les attends toujours. J'ai écrit derrière l'autel : « Les zouaves ont couché ici le 7 août 1870, » et au-dessous, en patois lorrain : *Se nam po tojo :* « Non, ce n'est pas pour toujours que vous êtes partis. » Ah ! quand vous reviendrez défiler devant mon église, je suis bien vieux, mes cheveux sont tout blancs,

mais j'aurai assez de force pour tirer la corde de la grosse cloche
et sonner le carillon du jour de Pâques.

Tous les dimanches, au prône, je songe à vous. Quand je
recommande à mes paroissiens de songer à leurs fins dernières,
je leur dis : « C'est dans votre intérêt que je vous parle, puisque,
pour moi, le sort est assuré ; j'ai ma place en paradis : certainement Dieu n'oserait pas faire manquer à sa parole un colonel
de zouaves. »

XVI

L'ASILE

Zurich, novembre (1905)

Son développement colossal, comparable à celui des villes allemandes qui s'échelonnent le long du Rhin, fait de Zurich une ville neuve, une étrangère. Les deux bras de la Limmat, affluent du Rhin, qui la serrent pour la porter jusqu'au lac ne pressent que des pierres froides, sans patine, sans passé, non sans prétention. Les quais mêmes dont l'eau caresse ou bat les soubassements sont gâtés par d'énormes constructions polychromes comme le hideux Tone-Halle. A peine la cathédrale parvient-elle à dégager de cet ensemble sans intérêt ses deux augustes tours romanes.

Je ne suis pas venu ici pour constater la prospérité d'une grande cité industrielle. C'est une maison de campagne que je cherche. Mais des maisons de campagne, il faut aller bien loin pour les découvrir. Les faubourgs se prolongent, desservis par des tramways. Voici, à l'ouest de la ville, le faubourg Enge, tout battant neuf, reluisant comme les cuivres d'une cuisine bien tenue. Il doit dater de dix ou quinze ans à peine, il mange tous les jours un arpent de terrain et,

sans la pente assez raide des derniers contreforts de
l'Utlieberg qui le contiennent utilement, il s'éten-
drait en largeur comme il croît en longueur.

Je prends justement la montée, je franchis une
grille et me voici dans un parc à flanc de coteau dont
les arbres semblent se superposer. Je suis chez un
grand industriel de Winterthur. Une faveur particulière m'autorise à faire le tour du propriétaire. Comme
les allées et les pelouses sont bien tenues ! Rien n'est
ici laissé à la liberté. L'automne a détaché des branches
beaucoup de feuilles mortes, mais elles sont pour-
suivies sévèrement. On les met en tas pour les emporter
au plus vite. Quelques sapins très vieux, très véné-
rables, très hauts considèrent avec mépris ces hêtres,
ces charmes qui donnent du mal aux jardiniers, tandis
qu'eux-mêmes, plus corrects, conservent leur sombre
verdure. On aplanit, on gratte, on ratisse. Pourtant
je n'ai pas retrouvé ces excès de zèle qui m'avaient
agacé un jour que je visitais la villa Rothschild au-
dessus de Genève, celle où l'impératrice Elisabeth
cueillit ses dernières roses : il pleuvait, et des ouvriers
agenouillés sur une pelouse, — sur une pelouse unie
comme un billard, — penchés si bas qu'ils paraissaient
la flairer, arrachaient de l'herbe brin à brin.

— A quoi travaillez-vous? leur demandai-je.

L'un d'eux releva la tête, sourit — je vois encore
ce sourire doucereux — et m'expliqua :

— Nous ôtons toutes les espèces d'herbe, excepté
une seule, afin que tout soit pareil, vous comprenez.

— Je comprends.

Qui ne comprendrait cette nécessité pour des créa-
tures humaines de s'agenouiller sous la pluie pour

9

vérifier la terre comme une chevelure contaminée !

Ainsi l'on traite la campagne en personne policée, et l'automne est la saison fâcheuse qui, par son désordre et ses déchets, réclame une vigilance spéciale. Pourquoi les arbres ne déposeraient-ils pas leurs vieilles feuilles dans des corbeilles que l'on disposerait à cet effet, comme nous en usons, nous, avec nos vieux papiers ?

J'arrive enfin à une maison blanche aux lignes droites, régulières, dont le toit est une terrasse à balustrades et dont le second étage est supporté par des colonnes qui, avec leurs arcades, composent une sorte de *loggia*. Cette villa classique est bordée de statues et de bustes en marbre, alignés en bon ordre : les dieux de l'Olympe accompagnent l'architecture grecque. De hautes futaies entourent cet ensemble décoratif, d'assez loin pour ne pas contrarier la vue, et le jardin qui précède la maison bâtie sur une saillie du coteau, et qui s'étend jusqu'à la pente, forme une terrasse arrangée avec art d'où l'on aperçoit, après le fâcheux faubourg Enge, le lac et plusieurs plans de montagnes que dominent les Alpes de Glaris, fine dentelle blanche à peine distincte, ce jour d'automne, du ciel pâle. Si l'on s'accoude au parapet de pierre, renflé au milieu comme un balcon, on peut demeurer très longtemps ainsi appuyé, à fixer le paysage que la saison endolorit, ou bien à songer. Car il y a des raisons particulières pour choisir cet emplacement comme lieu de méditation.

Tant de soins donnés au parc et la régularité de la villa ne concordent pas avec cette nature que j'ai devant les yeux et qui est violente et négligée. Les

lignes brisées de l'horizon, presque furieuses comme
des vagues soulevées, la sauvagerie des rocs, des
sapins, la terne couleur des eaux ne comportaient pas
ces lignes droites d'architecture, ni ce défilé de statues
blanches qui appellent le calme, la lumière et la net-
teté des paysages méditerranéens, ni cette crainte
excessive des feuilles mortes, compréhensible à Versailles, où la grandeur d'un roi continue, après deux
siècles, d'asservir jusqu'aux arbres.

Elle évoque, cette maison de campagne qui semble
transie de froid comme les déesses nues de nos jardins
publics en hiver, la *Villa de la mer*, de Boëcklin, que
l'on voit au musée de Munich : une villa grecque
entourée de grands ifs, dans un décor morose et tragique. Le romantisme s'accommode mal d'une discipline, et la nature alpestre réclame un peu d'audace
et de liberté.

Je demande à mon guide, qui sait ce que je cherche :
— Et l'*Asile?*
— Il *était* là, me répond-il.

Et il me montre, toute proche, une petite maison
en briques rouges, banale, que borde, après un jardinet, un mur crénelé recouvert de lierre.
— On l'a démoli?
— Oui, il y a déjà longtemps. A Zurich, une légende
s'est établie qui donne pour l'*Asile* cette vieille masure
à demi ruinée, à demi envahie par les plantes grim-
pantes, que vous pouvez apercevoir là-bas, dans un
pli de terrain. Mais ce n'est pas vrai. Seule, la villa
Wesendonk est restée intacte. Le parc a été dimi-
nué, l'Asile a été remplacé, le faubourg Enge a été
bâti. Wagner ne reconnaîtrait plus son chemin.

Les lieux, maintenant, changent aussi vite que le cœur des hommes. Pourtant, ici, de ce balcon de pierre, l'horizon qui se déploie est immobile, et les arbres qui, de la pente, s'élèvent à la hauteur de la balustrade, sont assez vieux pour avoir, il y a cinquante ans, versé leurs ombres sur Richard Wagner et Mathilde Wesendonk. Ici *Tristan* et *Isolde* vécurent, respirèrent leur amour...

Les lettres de Richard Wagner adressées à Mathilde Wesendonk ont paru à Berlin en 1904 (*Richard Wagner et Mathilde Wesendonk*, journal et lettres, 1853-1871), deux ans après la mort de Mathilde (décédée le 31 août 1902) et sur la volonté expresse formulée par elle dans son testament. La *Revue de Paris* en a publié la partie essentielle, négligeant avec raison le plus grand nombre des cinquante-sept lettres adressées de Zurich (mars 1853-août 1858), tantôt à Monsieur et tantôt à Mme Wesendonk, billets très courts et pour la plupart insignifiants (1). Cet épisode d'un amour peu connu, dont l'exaltation confina an vertige — « vertige, dit Barrès, ivresse des hauts lieux et des sentiments extrêmes » — jeta un jour nouveau sur l'inspiration de *Tristan* et celle même de *Parsifal*. Comme les écorchés rendent visibles les muscles, les veines, les articulations, et font comprendre leur jeu, ces correspondances, en montrant des cœurs à vif qui répètent

(1) La correspondance vient de paraître en deux volumes. (O. Mieth, éditeur, à Paris.)

pour nous leurs émotions, nous expliquent les chefs-
d'œuvre, chair et sang de l'artiste qui transposa sa
vie. On savait bien qu'aux représentations de Bay-
reuth une vieille dame confisquait volontiers Isolde,
dont elle parlait sur un ton de mystère, comme si elle
était seule à la connaître, et même admettait quelques
intimes à contempler un coffret qu'elle n'ouvrait pas,
où dormait, assurait-elle, le secret de Tristan. Mais on
pensait que ces propos étaient dus à la vantardise
ou à l'imagination, d'autant que la dame composait
des poèmes et des tragédies, d'où l'ennui coulait à
pleins bords et qu'il fallait subir pour conquérir son
amitié.

Les lettres ont paru, et il n'en faut plus douter :
Isolde a existé comme Elvire.

J'ai sous les yeux une photographie de Mathilde
Wesendonk, d'après un portrait de Dorner. Debout,
la jeune femme s'appuie à une rampe de pierre, sous
une draperie inexplicable qui, relevée à demi, laisse
voir à gauche, selon la manière, des maîtres italiens,
un petit paysage lointain dont le peintre tire parti
pour aérer sa toile et lui donner de la profondeur :
ici, c'est un fleuve entre deux rives élevées, le Rhin
peut-être. Mathilde est vêtue d'une robe sombre, relevée aux épaules et aux bras par la guimpe de la col-
lerette et des manchettes. Elle tient dans sa main
droite un livre et deux roses. La main gauche, dont
les doigts vont s'amincissant, et qui serait jolie si elle
n'était un peu grassouillette, se contente de se faire
valoir. Le cou est trop fort, mais le visage aux ban-
deaux plats est agréable. C'est un visage de Vierge
de Raphaël retouché par un Allemand. Les contours

sont un peu mous et empâtés, mais les traits sont réguliers et purs, et l'expression douce, mélancolique, grave, tout unie. On la voit très bien, comme la Charlotte de Werther, lisant Klopstock en préparant ses confitures. Elle est poétique et pacifique, et ne se doute point de la tempête qui va soulever sa vie comme les eaux d'un lac. Car ce portrait date, évidemment, d'avant Wagner.

Mathilde, née le 23 décembre 1828, à Erberfeld, était la fille du *commercienrath* Karl Luckemeyer. Elle avait épousé à vingt ans le marchand Otto Wesendonk, représentant d'une importante maison de soie de New-York. En 1851, à la suite de la révolution de 1848, qui s'était répercutée dans toute l'Europe, les Wesendonk quittèrent l'Allemagne, et vinrent s'installer à Zurich. Otto, qui était favorable au mouvement démocratique, s'exilait volontairement pour rejoindre ses amis expulsés, le poète Kinkel, le jurisconsulte Ficker.

Richard Wagner était venu à Zurich dès 1849. On peut voir encore, à l'est de la ville, les deux immeubles où il a successivement occupé un appartement. Ce sont, au faubourg Römerhof, numéros 1 et 3 de la Steinwiestrasse, deux vastes et vieilles maisons dont les nouvelles constructions accusent la vétusté. Un bouquet d'arbres les borde encore : jadis c'était la campagne, mais une campagne sans horizon, sans grâce.

Il approchait de la quarantaine. Le front lourd de la Tétralogie, il supportait péniblement les coups du sort qui le martelait comme un fer qu'on aiguise. Génie errant, incompris, repoussé, accompagné de

cette Minna Planer qui, dans la misère de Paris, s'était
montrée héroïque, mais qui le suivait comme un bon
chien ignorant des pensées de son maître, et dont
la maladie rendait les nerfs irritables, il échouait là
sans joie, et raidissait toute sa volonté pour ne pas
douter de sa force et de la victoire. « C'est ta grandeur
qui fait ta misère, » lui écrivait Liszt. Dans son orgueil
il le savait, mais par intervalles il était las de goûter
la joie sauvage de l'isolement.

En 1852, il fit la connaissance des Wesendonk.
Ceux-ci l'emmenèrent, et Minna par surcroît, dans
leur villa toute nouvellement construite, la villa
blanche entourée de dieux de marbre. C'était le confort
après la diète, la paix après les années de guerre.
Puis, à quelque distance, ils firent construire dans les
arbres une petite maison qu'on appela l'*Asile*, et ils y
installèrent le musicien et son ménage.

L'*Asile* était bien nommé. Wagner y trouvait la
paix, non pas une paix amollissante, mais celle qui
vient à l'artiste de la nature, du contact direct avec
son œuvre, de l'atmosphère des hauts sentiments.
Seule, Minna agitait la maison du bruit de son humeur.
Là furent composés *l'Or du Rhin*, *la Walkyrie*, une
partie de *Siegfried*, et les murmures de la forêt furent
entendus dans les sapins de l'Utlieberg. La pensée
maîtresse de *Parsifal*, de ce balcon de pierre qui,
devant la villa, livre tout l'horizon, Wagner la vit
monter vivante, à lui, de la plaine, un jour de vendredi saint, où, dans l'allégresse du printemps, il
entendit « le soupir de la profonde pitié qui jadis
retentit de la croix du Golgotha ».

Enfin *Tristan* s'y imposa à lui, au point d'interrompre la Tétralogie, de repousser pour longtemps *Parsifal*. Cette puissance, cette frénésie de vivre qui avait bandé jusqu'alors son énergie contre les contrariétés du destin, ne trouvait pas tout son emploi à gonfler son œuvre comme une voile que le vent emporte sur la mer. Il faut le monde à ces conquérants, ou bien l'impossible, et l'impossible, c'est l'amour. Comment n'aurait-il pas aimé celle qu'il avait le devoir de ne pas aimer, cette Mathilde qui s'était penchée sur lui avec compassion, qui comprenait Beethoven et lui-même, qui, sur ce sol béni, représentait la jeunesse, la fraîcheur, et dont les yeux purs étaient pleins de nouveauté? Il était séparé d'elle par la reconnaissance, par la faiblesse de Minna condamnée, par la nécessité de créer, plus importante, certes, pour le génie que toutes les émotions particulières. Mais le danger, l'obstacle, c'est la moitié de l'amour. Seulement il y a bien des façons d'aimer, et laquelle fut la sienne?

Les premiers temps, elle ne dut lui témoigner que cette bonté condescendante qui est naturelle à des gens du monde pour un pauvre ménage ballotté d'artiste en détresse. Elle voyait Wagner comme il était d'apparence, un petit homme agité, aux traits accentués, au teint fané, déjà mûr, rude et sans grande politesse, mal nippé, susceptible, sans cesse agacé par une compagne acariâtre. L'idée ne lui pouvait venir de le comparer à Otto Wesendonk, jeune, fortuné, élégant, bien habillé, paisible et de bon caractère. L'insuccès ne l'arrangeait pas et permettait de nier son unique avoir, le génie. Bientôt, sans doute, elle déchanta. Ce petit homme avait le diable au corps.

Comme les magiciens d'autrefois qui, d'un geste, faisaient naître les fleurs sur leur passage, celui-ci, dès qu'il paraissait, répandait la vie. On changeait d'atmosphère quand il parlait. Au lieu de la banalité, des personnalités, des médisances, des lieux communs ou de la fausse poésie, on respirait l'air salubre des hauts plateaux de l'art, on entrevoyait dans sa profondeur l'âme humaine. Il est ainsi des hommes dont la présence donne à chacun l'envie de montrer sa valeur, échauffe les cerveaux comme une eau-de-vie.

Comment il l'aima, lui? Il avait passé l'âge où l'amour se confond avec le désir. Ou plutôt son désir s'était transformé. Il ne convoitait plus les contours précis d'un visage et d'un corps de femme. Les yeux ne sont pas le regard, les lèvres ne sont pas les paroles, et les caresses ne sont pas l'âme. Un visage, un corps de femme, c'est l'occasion de constater en un petit espace la merveille de la vie éparse dans l'univers, et de cette autre vie invisible qui est le monde de la pensée et du sentiment. De la tendresse humaine il fit une passion divine, puisqu'elle s'élargissait à l'infini. Il connut par elle ce qu'il y avait de plus élevé et de plus secret en nous, le goût du sacrifice, l'exaltation intérieure qui se suffit à elle-même et trouve le bonheur dans un culte désintéressé. Du sommet qu'il avait gravi, penché sur ce gouffre qu'est l'amour, il n'éprouvait pas le vertige.

Cinq ans il se tut. Cependant Mathilde savait. Minna savait. Elles devinent si aisément le silence. La dernière dénaturait par avance le noble amour dont la première s'enorgueillissait. Et tandis que les deux femmes distinguaient à l'horizon limpide le vague nuage qui va devenir tempête, les deux hommes s'en tenaient au calme présent, l'un confiant dans sa force et dans la qualité de sa passion, l'autre ignorant de tout par raison simple et droiture de cœur.

Un jour de septembre 1857, l'orage éclata. Ce jour-là, Richard Wagner, en proie à une grande agitation, vint de l'asile à la villa. A Mathilde qui était seule, il remit le poème de *Tristan* qu'il achevait. C'était l'aveu. Alors elle s'approcha de lui, lui donna un baiser et lui dit : « Maintenant, je n'ai plus rien à souhaiter. » Et il sentit la vie comme s'il naissait.

Évoquant cette heure unique d'extase, un an plus tard, dans son *Journal de Venise*, le 1er janvier 1859, un de ces jours dont la date nous invite à dresser le bilan de nos douleurs, il calmera les scrupules tardifs de Mathilde en donnant à leurs caresses leur véritable sens, qui était de traduire la palpitation de leurs âmes dont tremblaient leurs lèvres : « Non, lui dit-il avec émotion, ne les regrette jamais, ces témoignages d'amour qui furent l'ornement de ma pauvre vie !... Ton cœur, tes yeux, tes lèvres m'ont ravi au monde. Tout, pour moi, est libre, est noble à présent. Comme parcouru d'un frisson sacré devant ma divinité, j'ai le souvenir d'avoir été aimé par toi avec une si douce tendresse, et cependant d'une façon si pudique !... Non, ne le regrette jamais. Ces flammes, elles brûlaient éclatantes, pures, hautes ! Non pas un ténébreux brasier de senteurs âcres, de lourdes vapeurs : la flamme claire et pudique, qui pour aucun être avant toi et moi n'avait lui avec une telle splendeur, et que nul être ne peut s'imaginer... Ces témoignages d'amour, c'est la couronne de ma vie, ces roses de délices qui fleurissent sur la couronne d'épines, jusque-là seule parure de mon front... Ne les regrette jamais... »

Cette fois, il sentait le vertige. Tous deux, ils l'éprouvaient. Ils se trouvaient dans cet état d'émotion nerveuse qui ne peut durer, car nos forces ont des limites et menacent de se rompre. L'amour ainsi compris est un sommet où l'air trop rare devient vite irrespirable. La séparation complète ou l'union absolue, ils n'avaient plus le choix qu'entre ces deux solutions extrêmes. Minna, qui les épiait, précipita les péripéties. Elle surprit une lettre, menaça Mathilde épouvantée. Pendant trois mois les amants ne se virent pas. Ils habitaient à si peu de distance, leurs pensées se rejoignaient et ils prétendaient puérilement écarter une passion que l'absence exaltait en la déchirant. La situation était intenable. Alors ils firent leur choix. Les circonstances, la sagesse, l'instinct de la conservation qui impose les solutions réalistes le leur dictaient. Mais ils ne s'inspirèrent que de leur amour. Ce fut l'amour qui leur commanda de se séparer, l'amour plus grand que le désir, l'amour avide de sacrifice. « Laisse-moi, écrit Wagner avant le départ, sur les ruines de ce monde de désir t'apporter encore le salut. »

Il partit le 17 août 1858, sans emmener Minna. Celle-ci, trop malade pour voyager, lui avait fait trop de mal par ses persécutions. Il était incapable, dans cette crise où son cœur agonisait, de la supporter. Leurs adieux furent tragiques. C'était le matin. Elle lui offrit du thé, puis éclata en sanglots. Mais elle ne lui laissa pas le temps de s'émouvoir, et commença aussitôt une de ces violentes scènes où elle se livrait

toute à la fureur. Il ne lui répondit rien, et quand il
eut franchi la porte de l'Asile, il sentit l'apaisement.
« Je m'en allais dans la solitude ; *là, j'étais chez moi;*
là je pouvais t'aimer de toutes les forces de mon
âme. » La solitude est son domaine, et dans ce désert
son amour qui étouffait trouve enfin de l'espace. C'est
le nouvel *asile.*

Il s'en va à Venise par le Simplon. « Entre nous
deux se dressent les Alpes jusqu'au ciel. » Pour porter
sa blessure sans mourir, il appelle son génie à l'aide.
Tristan le guérira. Alors il reviendra la revoir. Mais
qu'elle place leur amour où il doit être, au-dessus de
tout ce qui est humain. Une amie lui a écrit que Mathilde était calme et résolue, et comprenait les obligations qu'imposent la famille, les enfants, le devoir :
il s'irrite de cette interprétation, il n'admet pas les
obstacles naturels. « En pensant à toi, lui dit-il inso-
lemment, jamais ne me sont venus à l'esprit les
parents, les enfants, les devoirs : je savais seulement
que tu m'aimais et que tout ce qui est élevé et fier
dans le monde doit souffrir. » C'est leur amour qui les
a séparés et non pas les nécessités sociales. Ainsi le
veut-il.

A Venise, il vit dans la fièvre de cet amour que
surexcite encore l'ivresse empoisonnée de la ville
romantique. « Lorsque, le soir, je vais en gondole au
Lido, il y a autour de moi comme cette vibration
tendre et prolongée du violon que j'aime tant et à
laquelle je t'ai comparée un jour : tu peux maintenant t'imaginer ce que je ressens au clair de lune
sur la mer... » Il avait trouvé le lieu qui convenait
à son exaltation, qui la caressait, qui l'énervait jus-

qu'à la rendre mortelle. Le jour des Morts, il est tenté de chercher un autre *asile* que la solitude. Ne serait-ce pas la paix définitive pour son cœur surmené? Il suffirait de franchir cette balustrade de la fenêtre qui donne sur le Grand Canal. Mais son amour veille sur lui : « Cette nuit, quand je retirai ma main de la balustrade, ce n'était pas la pensée de mon art qui me retint. Dans cet instant terrible m'apparut, avec une clarté presque visible, l'axe véritable de ma vie autour duquel tourne mon désir de mourir et d'entrer dans la vie nouvelle : toi! toi!... Il ne faut pas m'en vouloir, mon enfant. *Une larme a coulé, la terre m'a reconquis.* Jour des Morts! jour de résurrection!... »

Et cet amour lui donne enfin un calme sacré, une paix divine, la sérénité. Le deuxième acte de *Tristan* est composé, et son désir qui a trouvé son expression est satisfait. On connaît, en lisant la correspondance, le moment où cette transformation s'accomplit. Le torrent de l'amour s'est précipité dans une large nappe philosophique où il se perd après des remous, et il n'est plus guère question que des interprétations métaphysiques de l'univers.

Lorsqu'il revoit Mathilde à Lucerne, le 4 avril (1859), il relève avec compassion sur son visage la trace des grandes souffrances, mais il ne ressent plus le frisson d'autrefois. *Tristan* l'a libéré, Isolde a rempli sa destinée d'inspiratrice. Quand déjà il marche hardiment dans son œuvre formidable, Isolde continue d'aimer et pour la comprendre il lui faut maintenant un effort. « *Tristan*, lui écrira-t-il à elle-même en toute cruauté, est et reste pour moi un miracle. Comment ai-je pu faire quelque chose de semblable, je le comprends de moins en moins. » Il est vrai que, plus reconnaissant, il ajoutera une autre fois : « Que j'aie écrit *Tristan*, c'est de quoi je vous remercie du plus profond de mon âme en toute éternité... »

De Paris, de Vienne, jusqu'en 1870, il continuera de lui écrire, mais pour lui parler de ses œuvres, de ses démarches, de ses succès. Un jour même, ce sera Cosima, sa seconde femme, qui tiendra la plume pour réclamer à la pauvre Isolde des manuscrits du maître.

Il en est ainsi dans la passion : après l'ascension il faut descendre. Mais comment rentrer dans la vie ordinaire quand on a vécu hors du temps, de l'espace et des hommes? Heureusement il reste la solitude de la vie intérieure, celle où l'on peut toujours se réfugier avec quelques sentiments essentiels, des souvenirs, des ruines et la pensée de la mort.

Qu'on juge de ma surprise quand j'appris qu'à Zurich je pourrais questionner un témoin sur l'amour de Wagner et de *la* Wesendonk ! Ce témoin est la femme d'un compositeur de musique qui eut en Suisse son heure de célébrité et à qui l'on a élevé un petit monument au faubourg Römerhof. Mme H..., pieusement, habite dans le voisinage de ce buste. Tandis que je l'attends dans son salon, je feuillette machinalement un petit livre posé sur un guéridon. C'est le livret de *Parsifal*, édité en 1877 à Munich. A la première page, je lis cette dédicace : *Parsifal, oder alte Liebe rostet nicht*. Suivent l'expression de sentiments amicaux et la signature.

Mme H... est une femme de près de quatre-vingts ans, grande, avec un teint chaud sous les cheveux blancs. Les jambes sont lourdes, mais la parole est rapide et l'œil vif. Elle me reçoit avec une politesse dont la grâce a quelque chose d'autoritaire, agrée ma curiosité avec un sourire malicieux et ne se fait pas prier pour la satisfaire :

— Mathilde Wesendonk, mais oui, je l'ai connue. J'étais une toute jeune femme, plus jeune qu'elle. C'était en 1852, quand elle vint à Zurich. Son bonheur était complet : un mari parfait, intelligent, excellent, de beaux enfants, une grande fortune. Que pouvait-elle désirer? Rien que de la voir on se sentait en joie. Elle était *comme une fleur*.

Et toute la figure s'anime, s'éclaire à cette comparaison. Puis elle s'assombrit immédiatement, quand la voix ajoute :

— La passion de Wagner lui tourna la tête.

— Comment cette passion lui vint-elle? Vous en a-t-elle parlé?

— Minna m'en parla la première. Vous ne connaissez pas Minna?

— La femme de Wagner, madame?

— Oui. La première femme. Ils habitaient près d'ici. Une brave femme, vous savez, et dévouée, et courageuse. A Paris, elle avait partagé sa misère en bonne camarade. A Zurich, au commencement, elle quêtait pour lui. Elle en était même fatigante.

Et Mme H... rit franchement. Son visage est si sympathique à cause de cette franchise, de toute la vie qui y est demeurée, et des mimiques expressives dont il souligne les paroles.

— Seulement, ajoute-t-elle (je guettais ce : seulement), *elle n'avait pas idée des idées de son mari*. Ce n'était pas sa faute. Et puis elle ne savait pas maîtriser son tempérament. Là-bas, de l'autre côté du lac, à l'Asile, elle ne tarda pas à surprendre le secret de son mari. Aussitôt elle le confia au jardinier, à la blanchisseuse, à tout le monde. Un jour, toute enfant que j'étais, je la grondai : « Écoutez, vous feriez mieux de vous taire. » Mais elle ne pouvait pas, elle était malade. Quand la jalousie la prenait, elle devenait semblable à une furie.

Minna nous détournait de Mathilde. Je ramenai la conversation sur l'inspiratrice de *Tristan*. Était-ce l'âge, ou le caractère naturel, ou la précision du souvenir? Mme H... jetait de la réalité sur ce drame psychique.

— Mathilde, reprit-elle, fut gâtée par la vanité. Quand elle fut aimée de Wagner, elle se crut géniale, elle aussi. Elle composa des poèmes, très mauvais, des tragédies, très mauvaises. Elle dévorait les poètes, les philosophes, Kant, Schopenhauer surtout, et ne les digérait pas. Enfin elle devint insupportable. Parfaitement.

— Mais ce que fut son amour, madame, vous en a-t-elle fait confidence?

— Platonique, monsieur, platonique, me riposte-t-elle avec une énergie qui ne m'a pas laissé le temps d'expliquer ma question. Platonique, j'en mettrais les deux mains au feu.

Elle me tend ses deux bras d'un geste impératif. Elle ne veut pas qu'on suspecte l'honneur de Mathilde.

— Bien qu'elle ait maltraité deux fois mon mari dans les lettres qu'on a publiées d'elle, je dois le dire parce que c'est la vérité. C'est par vanité que Mathilde Wesendonk a ordonné de publier les lettres de Wagner. Eh bien, elle est déjà punie. La *Némésis* l'a déjà atteinte (*sic*). Tout le monde la croit coupable.

Et me fixant dans les yeux, elle me lance avec un bon rire :

— Vous autres, Français, vous ne croyez pas à l'amour platonique.

J'ai beau protester, elle ne veut rien entendre. L'heure me presse et je dois prendre congé. Et, comme je m'excuse de ma visite matinale :

— L'an prochain, je reviendrai, madame, prendre de vos nouvelles.

— Ne tardez pas trop, me réplique-t-elle sur le pas de sa porte, avec ce sourire vaillant, tranquille et ferme, qui, chez un vieillard, prend une grâce particulière (1).

*
* *

Oui, je sais bien : il y a le deuxième acte de *Tristan*. Il a connu toute la frénésie du délire sensuel, celui

---

(1) Mme Heim — car c'est elle — est décédée à la fin de décembre 1911 à quatre-vingt-deux ans. C'était une aimable vieille femme, d'esprit vif et aiguisé, d'une courtoisie parfaite que les ans avaient affinée. Elle-même n'attachait pas d'importance à ses souvenirs qui dataient de cet âge *où le jugement n'est pas encore sûr et objectif :* elle préférait parler, et fort bien, de la beauté de son pays et de la paix universelle que souhaitait son bon cœur. Le drame réel de *Tristan*, dont elle avait pu suivre les péripéties, lui laissait l'impression d'un Wagner irritable et blessé et d'une Mathilde sortie à tort de son naturel, qui était charmant, pour devenir une sorte de muse romantique fatigante, désagréable et un peu ridicule. Dans les drames passionnels, les témoins qui gardent leur sang-froid deviennent, sans même s'en douter de terribles juges. (1913.)

qui a écrit cet acte semblable à une tempête. Après l'appel d'Isolde dans la nuit et la venue de Tristan, l'extase qui possède les deux amants assis sous le feuillage cœur contre cœur (*sur nous tombe, nuit divine*) est comme la joie infinie, pure, sereine de l'amour qui se sait partagé, et qui, se confiant au temps, abolit le désir. Ils succombent sous le poids de leur félicité. Mais quelle force les met brusquement debout en face l'un de l'autre comme deux ennemis prêts à en venir aux mains, quelle force, sinon le désir qui va jusqu'à l'angoisse, qui confine à la torture, qui remplit toute la nuit d'un pathétique appel de volupté?

Wagner a lui-même interprété ce deuxième acte : « Le début de la scène exprime la vie débordante en ses passions les plus véhémentes ; la fin, le désir le plus solennel, le plus profond de la mort. » La mort, c'est l'asile. « Affranchis-nous de l'univers ! » réclament Tristan et Isolde dans leur invocation à la nuit. La mort est le seul affranchissement. Wagner l'avait appelée ce soir de Venise où il s'approcha de la balustrade pour fixer le Grand Canal et défier le vertige. Ce soir-là il épuisa le philtre que l'amour de Mathilde lui avait versé. Comment un être humain pouvait-il résister au paroxysme de la passion qu'il avait eu le rare privilège d'atteindre?

Cependant il ne se tua pas. Il acheva *Tristan*, il acheva la Tétralogie, il composa *Parsifal*. Il produisit tout ce qu'il était destiné à produire, comme un bon arbre. L'amour, ressenti à de telles profondeurs, est un drame intime qui ne comporte pas la possession — car la possession le dénouerait comme on brise un verre, — qui ne comporte pas la mort, car, pour être si prodigieusement élargi par la pensée, il suppose un cerveau de force à dominer la passion. Après, on peint le *Jean-Baptiste* si l'on est Léonard, on écrit les *Pensées* si l'on est Pascal, et, si l'on est Wagner, de *Tristan* on s'élève à *Parsifal*.

Pour Mathilde, elle est roulée dans les harmonies de *Tristan* comme une sirène dans la vague, et c'est la vraie possession du génie (1).

(1) Wagner avait désiré que l'on fît le silence sur cet amour. Il voulait qu'on brûlât son journal et ses lettres. Dans le troisième volume de *Ma Vie*, où l'épisode de ses relations avec M. et Mme Wesendonk est raconté, il a systématiquement obscurci tout ce qui pouvait jeter un peu de jour sur cette passion qu'il réduit à une amicale sympathie. (1913.)

XVII

LE SANG DE LA TERRE

Bâle.

A quelque distance de Bâle, sur les bords de la Birse, un vignoble recouvre un espace assez vaste et plat d'où l'on voit le panorama des Alpes et l'ouverture de la vallée du Rhin que je vais abandonner. Il est déjà tard dans la saison, et quelques mauvais jours ont suffi pour dépouiller la nature de ses dernières grâces. Les ceps dévêtus rampent tristement sur la terre que roussissent les feuilles mortes. Pourquoi suis-je venu sur ce coin de sol sans intérêt? Là, dans cette plaine, le 26 août 1444, les confédérés qui défendaient leur patrie battirent les Armagnacs commandés par le dauphin qui fut plus tard le roi Louis XI. On récolte aujourd'hui, sur cet ancien champ de bataille, un vin médiocre, mais on l'appelle *Schweizerblut*, qui veut dire *sang suisse*. La terre où poussent ces vignes est une terre vivante.

Il faut ainsi nous accoutumer à considérer nos paysages civilisés comme les Suisses leur vignoble de Saint-Jacques. Ils ne portent pas tous une histoire aussi glorieuse. Mais pour avoir été labourés et ensemencés par des générations d'hommes, ils sont marqués d'empreintes humaines, et leur caractère se lie au caractère de la race. Parmi eux, quelques-uns furent élus par les conflits collectifs ou la piété populaire. D'autres, qui contribuèrent à former des sensibilités rayonnantes, qui servirent de point de départ à des méditations ou à des rêves, ont subi une désignation particulière, se sont chargés d'une beauté personnelle.

Au cours de ce voyage, j'ai tâché de noter quelques-uns de ces traits humains que prend un territoire sous l'action générale ou individuelle des hommes. Le pays du Rhin fut particulièrement favorisé. On y peut chercher l'exaltation des faits, celle qui naît de la légende, des forêts, des ruines et de la brume, et celle que donnent de fortes biographies. Et s'il est vrai qu'une terre ainsi retournée ressemble aux morts qu'elle porte dans ses flancs, n'a-t-on pas l'impression, sur ces rives où se sont multipliées les tombes françaises, d'accomplir un de ces pèlerinages que viennent faire à d'anciens caveaux de famille les parents que la vie a dispersés?...

Sur le Rhin, octobre-novembre 1905.
Paris, mars-avril 1906.

AU RETOUR

I. — LEURS SOLDATS ET LES NOTRES (1)

Écrit au retour (fin novembre 1905).

Récemment, M. Eugène-Melchior de Vogüé, revenant d'un voyage dans la Hanse, écrivait en revoyant
Cologne qui a doublé sa population en vingt ans :
« On m'a changé mon Allemagne, la vieille bonne
femme s'est muée en un jeune géant. » Hambourg,
le prodigieux Hambourg, qui est aujourd'hui le premier port du continent, Hambourg aux énormes constructions, lui inspirait ces constatations mélancoliques : « Colossal ! Impérial ! Ces deux mots reviennent
sans cesse aux lèvres des citoyens du naval empire :
les ambitions qu'ils expriment essaient de se traduire
dans la physionomie des monuments et des cités. Les
dimensions gigantesques des gares et des hôtels des
postes sont partout un sujet d'étonnement pour
l'étranger. » Mais Hambourg, débouché de l'Allemagne et de l'Europe centrale, a vu se multiplier les
canaux et les voies ferrées destinés à le servir. L'Elbe
a été aménagée pour la navigation sur une longueur

(1) *Eclair* du 10 novembre 1906.

de plus de 800 kilomètres, et reliée à la Thuringe, à
l'Oder, à la Trave. Tandis que notre Marseille attend
encore la canalisation qui doit la relier au Rhône et
que déjà réclamait Vauban.

*
* *

Dans les pays rhénans, l'impression de surprise se
double d'une impression de regret. On ne se sent pas
tout à fait dépaysé. La France a passé par là. L'accueil
qu'on y reçoit est aimable et courtois, comme il le
serait dans nos villes. C'est du moins ce que je viens
d'éprouver à Coblence.

Au confluent du Rhin et de la Moselle, adossée à
la forteresse de la Chartreuse, Coblence tire parti
de sa force même pour sa beauté. Comme tous ces
bords du Rhin, elle est chargée d'histoire, et d'histoire de France. En 1688, Louis XIV en personne
l'assiégea, et l'habileté de Vauban échoua devant
ses défenses. Mais en 1794 elle se rendit aux armées
de la République. De 1794 à 1815, elle demeura
française. Je ne sais quoi lui demeure de la grâce de
chez nous. **Tous** les visiteurs en font la remarque,
même devant la cathédrale de Saint-Castor où l'esprit
s'est exercé contre nous. Il y a là une fontaine carrée,
assez banale, qui fut érigée par le dernier préfet
français, en 1812. Ce préfet, désireux de marquer le
souvenir de son administration, fit graver cette inscription sur la pierre : *An 1812, mémorable par la campagne contre les Russes. Sous le préfectorat de Jules
Doazzan.* Or, à la fin de 1813, les Russes entraient
dans Coblence. Le général qui les commandait trouva

mieux que de gratter la phrase ; il se contenta d'ajouter *Vu et approuvé par nous, commandant russe de la ville de Coblence, le 1ᵉʳ janvier 1814.* Ainsi l'histoire a-t-elle des retours.

Sur l'autre rive du fleuve, la forteresse d'Ehrenbreitstein s'étage en gradins. En cette saison d'automne, ses pentes sont recouvertes de quelques buissons d'or pâle. Après la ville même, elle résista sous les guerres de la Révolution, et ne se rendit que le 27 janvier 1799, après un blocus où les assiégés avaient payé un chat sept francs, et une livre de cheval trente sous.

Coblence est une ville forte, et sa garnison est nombreuse. Au beau soleil d'automne, j'ai vu manœuvrer, sur une place plantée d'arbres, et sur l'espace découvert qui s'étend devant une des casernes, des artilleurs et des fantassins. Je m'informai. C'étaient des nouvelles recrues qu'on exerçait. On n'en était guère qu'à l'exercice individuel. Les sous-officiers, impitoyables, faisaient recommencer dix fois, vingt fois, trente fois s'il le fallait, le même mouvement. On voulait obtenir un résultat absolument et l'on y parvenait coûte que coûte. Des officiers, indifférents en apparence, allaient et venaient, le torse droit, les jambes raides. Ils intervenaient rarement. Mais quelle importance on attachait à leurs moindres gestes, à des indications qui étaient à peine des ordres !

Ces paysans, sortis hier de la Forêt-Noire, du Wurtemberg, de la Thuringe, montraient des visages sérieux, contractés, et comme labourés par l'effort de tension qu'ils réclamaient à leur cerveau pour comprendre, et à leurs membres pour agir. Et il me sem-

blait que pour eux les pauses étaient bien peu nombreuses et bien lentes à venir, car ils ne gagnaient
plus rien à partir d'un certain moment, et il eût été
plus adroit de suspendre l'exercice. Mais la discipline,
visiblement, gouvernait chefs et soldats. Une force
supérieure les dominait, le respect d'une hiérarchie, le
sens obscur de la puissance qui maintenait dans le
monde le grand empire allemand.

Je ne pouvais me détacher de ce spectacle. Il me
fallut attendre, pour m'en aller, la rentrée aux casernes
à l'heure de la soupe, et j'aurais voulu suivre ces
hommes jusque-là, les voir au repos après les avoir
suivis à la manœuvre, entendre leurs conversations,
leurs appréciations, l'expression de leur plaisir ou de
leur ennui. Je les devinais las et obéissants à la fois,
sans entrain mais incapables de proférer une plainte,
dociles et dépourvus d'initiative. Admirables instruments, en somme, à condition d'être bien utilisés,
d'être toujours encadrés, et coude à coude.

— Jamais, me disais-je, on n'obtiendrait en France
un tel mécanisme de mouvements, une telle bonne
volonté sérieuse et forte, surtout un tel respect et une
telle soumission. Et la discipline est la force des
armées.

*
* *

Ce n'est pas sans mélancolie que l'on s'en va sur
un jugement aussi inquiétant. Peu de jours après
mon retour en Savoie, comme je contournais un petit
bois qui domine un ravin, et au delà la plaine, je
surpris une petite troupe de lignards dissimulée derrière les arbres. Les sous-officiers avaient grand'peine à

faire taire leurs hommes, et l'officier qui commandait le peloton n'était pas très content. Mais tous, néanmoins, regardaient attentivement dans la même direction. Je regardai aussi, et je finis par distinguer, non sans peine, l'autre peloton, précédé de ses éclaireurs et d'une patrouille. C'était une compagnie qui, divisée en deux fractions, faisait la petite guerre. Comme je connaissais le régiment auquel elle appartenait, il me fut aisé de me renseigner. C'étaient bien les nouvelles recrues que déjà l'on menait en terrain varié. Je dois convenir que ma surprise fut agréable. Il n'y avait pas plus d'un mois que nos petits soldats avaient quitté leur champ ou leur usine pour revêtir le bourgeron, et déjà ils apprenaient à observer les accidents du sol, à s'en servir, à épier l'ennemi, à le dénombrer, à se déployer avec rapidité. Sans doute il y avait encore bien de la gaucherie et de l'hésitation dans ces mouvements, et pas assez de silence au repos. Mais je voyais chez quelques-uns, chez la plupart, une certaine excitation de curiosité, un désir d'être plus malin que les camarades et de se montrer débrouillard. Mes gros gars de Coblence, appliqués et graves, n'eussent jamais réussi à se tirer d'affaire au dehors en si peu de temps. De cela, je suis absolument certain. Que ne pouvons-nous leur prendre seulement un peu de leur patience, de leur cohésion? Mais c'est la force morale qui est le grand soutien d'une nation en guerre, d'une armée. Quelle serait la nôtre? Il me semble que ces petits soldats répondent. Notre nouveau règlement, ce règlement du 3 décembre 1904 sur les manœuvres de l'infanterie, qui est un véritable chef-d'œuvre de simplification et d'intelligence, qui est si favorable à nos qualités d'initiative et de vivacité, et qui a trouvé le moyen de résumer l'art de la guerre en un opuscule d'une beauté presque classique tant elle est serrée et précise, formera par son application des troupes disciplinées et manœuvrières, « c'est-à-dire capables de se mouvoir avec aisance et rapidité sur tous les terrains, d'approprier leurs formations aux circonstances, de faire face aux situations les plus imprévues par les moyens les plus simples et les plus prompts, tout en conservant l'ordre et le silence indispensables à l'action du commandement ».

II. — LES DEUX ALLEMAGNES (1)

1906.

Pour désigner la maison paternelle, les enfants disent simplement : *la maison*, comme s'il n'y en avait qu'une au monde. Il arrive que pour un peuple un événement revêt une telle importance que son rappel se simplifie pareillement. Ainsi quand nous disons : *la guerre*, chaque Français comprend, dois-je dire comprenait ? Un soir, dans un salon, comme il s'agissait de fixer une date, l'un des assistants expliqua :

— C'était sûrement après la guerre.

Or une jeune femme fit cette question :

— Quelle guerre ?

Je me souviens du petit frisson qui parcourut tout

(1) *Figaro* du 12 novembre 1906.

le cercle, pendant le silence qui répondit à cette demande. On avait l'impression d'entendre s'écrouler quelque chose.

En voyageant récemment le long du Rhin, non pas à la manière de M. Jules Huret qui, rien que par l'autorité qu'il déploie dans l'interview, transforme aussitôt tout un pays en une agence de renseignements et qui nous prépare sur l'Allemagne moderne le livre le plus documenté, mais plutôt dans cet état d'esprit à la fois lyrique et réaliste qui nous attire aujourd'hui et dont M. Paul Bourget, à la fin d'une célèbre étude sur Henri Heine, a démêlé les deux éléments : *le goût passionné de sentir et le besoin de ne rien éprouver que dans la vérité,* — en voyageant le long du Rhin, pour mieux goûter le charme du fleuve romantique qui coule entre des ruines, j'étais tenté de n'écouter que les mille voix de la nature, de la légende, de l'art. Mais on ne peut pas s'isoler du présent. A Coblence, à Mayence, qui sont des places fortes, on rencontre des régiments, et machinalement on les suit pour voir comment ils manœuvrent. A Bonn même, ville calme, ville universitaire, quand du bastion de l'Alte Zoll vous regardez le Rhin et les Sept-Montagnes, vous vous apercevez tout à coup que vous êtes sur- veillé par la statue de Maurice Arndt dont les chants de guerre contribuèrent au réveil et à la puissance de l'Allemagne.

Mais y a-t-il réellement deux Allemagnes distinctes et comme juxtaposées, l'une demeurée fidèle à la culture intellectuelle et aux spéculations métaphy- siques, telle qu'elle fut formée par Kant et par Hegel, préoccupée de science pure et d'art, désintéressée et

pacifique, l'autre dressée par un Bismarck, disci-
plinée et volontaire, avide de dominer dans le monde
par ses armes et par son commerce? M. Marcel Pré-
vost, dans ce roman curieux et d'un art si souple,
M. et Mme Moloch, les joint et les sépare tour à tour
fort habilement, donnant ainsi à la fois une satisfaction à nos rancunes et à nos sympathies.

On voit moins la séparation dans le tableau que
nous a tracé de Hambourg et des villes hanséatiques
M. Eugène-Melchior de Vogüé au retour d'un voyage
dans la Hanse, ou dans les articles de Jules Huret. La
réponse à cette question, je l'ai trouvée au retour
dans un livre où je ne la cherchais pas, dans la *Vie de
Pasteur*. Réponse déjà un peu ancienne, mais si elle
était juste alors, il y a toutes les chances du monde
pour qu'elle soit plus juste encore aujourd'hui ; la
direction imprimée à l'empire allemand depuis 1870
ne permet guère d'en douter.

C'est à Bonn que j'ai le plus été tenté de m'abandonner à la douceur du paysage rhénan. Bonn est
une ville de jardins plantés de beaux arbres. L'université, avec ses bâtiments, y occupe une place considérable. Comme on doit y être bien pour apprendre
et pour rêver ! En 1868, cette université de Bonn
avait adressé à notre Pasteur le diplôme de docteur
en médecine, et pour motiver cette distinction elle
rappelait que « par ses expériences très pénétrantes il
avait le plus contribué à la connaissance de l'histoire
de la génération des petits organismes et avait fait
heureusement avancer la science des fermentations. »
C'était le temps où la France proclamait le droit des
peuples, où Edmond About écrivait : « Que l'Alle-

magne s'unifie ! la France n'a pas de vœu plus ardent
ni plus cher, car elle aime la nation germanique d'une
amitié désintéressée. La France voit sans crainte une
Italie de vingt-six millions d'hommes se constituer
au midi ; elle ne craindrait pas de voir trente-deux
millions d'Allemands fonder une grande nation sur
la frontière orientale. »

Survint la guerre de 1870. Retiré à Arbois, dans le
Jura, Pasteur suivit anxieusement les progrès de l'invasion. Comme Taine, il avait cessé tout travail. Le
mal de la patrie le tourmentait comme une plaie personnelle. Après le bombardement de Paris, n'y tenant
plus, le 18 janvier 1871, il renvoya son diplôme
d'honneur au doyen de la Faculté de médecine de
l'Université de Bonn.

« Tout en protestant hautement, lui écrivait-il, de
mon profond respect envers vous et envers tous les
professeurs célèbres qui ont apposé leur signature au
bas de la décision des membres de votre ordre, j'obéis
à un cri de ma conscience en venant vous prier de
rayer mon nom des archives de votre faculté et de
reprendre ce diplôme en signe de l'indignation qu'inspirent à un savant français la barbarie et l'hypocrisie
de celui qui, pour satisfaire un orgueil criminel, s'obstine dans le massacre de deux grands peuples. Depuis
l'entrevue de Ferrières, la France combat pour le
respect de la dignité humaine et la Prusse pour le
triomphe du plus abominable des mensonges, savoir
que la paix future de l'Allemagne est au prix du
démembrement de la France, tandis que pour tout
homme sensé, la conquête de l'Alsace et de la Lorraine est l'enjeu d'une guerre sans limites... »

Que devait répondre le doyen de l'Université de Bonn? C'était sans doute un homme chargé d'années, que sa profession avait dû accoutumer au spectacle des souffrances humaines. L'âge, la fréquentation habituelle de la maladie et de la mort, c'est une bonne préparation à comprendre tous les sentiments, à démêler en eux ce qu'il peut y avoir de noble ou d'avilissant. La France était alors vaincue, et la paix n'était plus qu'une question de jours. Pasteur distinguait lui-même le respect de la science pure et l'indignation du citoyen. Que se serait-il passé chez nous si, après Iéna, tel illustre savant allemand eût ainsi protesté? Je ne crois pas qu'on ait jamais égalé en brutalité la réponse du doyen de Bonn.

« Monsieur, disait-elle (car on ne peut en cette circonstance que la citer), le soussigné, doyen actuel de la Faculté de médecine de Bonn, est chargé de répondre à l'insulte que vous avez osé faire à la nation allemande dans la personne sacrée de son auguste empereur, le roi Guillaume de Prusse, en vous envoyant l'expression de tout son mépris. »

Et, non content d'un terme aussi vif, un post-scriptum ajoutait :

« Voulant garantir ses actes contre la souillure, la Faculté vous renvoie ci-joint votre libelle. »

Mépris, souillure, est-ce donc au vainqueur à prendre la mesure des mots et à connaître la propriété des expressions? Pasteur renouvela sa protestation avec dignité, et j'y relève ce qu'on eût cherché évidemment de préférence chez le doyen de Bonn, cette constatation mélancolique : « ...En relisant votre lettre et la mienne, je me sens le cœur navré de penser que des hommes qui, comme vous et moi, ont consacré leur vie à la recherche de la vérité et au progrès de l'esprit humain, se tiennent mutuellement un pareil langage, motivé de ma part sur de tels actes... »

Où trouver, en cette occasion, la séparation visible entre les deux Allemagnes? Le triomphe rend généralement indulgent. C'est dans le triomphe que le représentant d'une université allemande montrait sans ménagement son insolence et son incompréhension. Cependant je n'aurais pas rappelé cet incident s'il ne comportait une suite. Cette suite, il faut attendre dix ans pour la rencontrer. En 1880, Pasteur reçut du gouvernement de la République la mission de représenter la France au congrès médical international de Londres. Depuis 1870 il avait continué avec le succès que l'on sait ses études sur le monde des infiniment petits. La théorie microbienne avait déjà produit ses merveilleux résultats. Il avait découvert le vaccin du charbon, et il s'acheminait vers la découverte du vaccin de la rage. Sa gloire était éclatante et universellement reconnue. Au congrès de Londres, il fut acclamé, et le président, sir James Paget, proclamant dans son discours d'ouverture que la science médicale avait un triple but de nouveauté, d'utilité et de charité, ne prononça qu'un seul nom, celui de Pasteur, qui, salué par l'enthousiasme public, dut, malgré sa réserve, se lever pour s'incliner devant l'assemblée. Il y avait, au congrès, un grand nombre d'étrangers, et surtout d'Allemands. Je ne sais si le doyen de la Faculté de Bonn s'y trouvait, et pour la dramatisation de ce récit j'espère un peu que sa santé l'aura conservé jusque-là. Après la séance, Pasteur, très entouré, fut présenté au prince de Galles et félicité par lui. Le prince héritier de Prusse était là, et sir James Paget eut le tact de ne pas lui présenter le savant français. Mais le prince Frédéric s'avança de lui-même.

— Monsieur Pasteur, dit-il, permettez-moi de me présenter à vous et de vous dire que je vous ai applaudi tout à l'heure.

Ainsi fut effacée par l'un des généraux allemands de la grande guerre la malheureuse parole de mépris prononcée par le doyen de Bonn. Car les deux Allemagnes ne sont pas distinctes : un militaire peut à l'occasion s'y montrer moins absolu et violent qu'un savant, et celui-ci se refuser à désavouer les brutalités du premier. Elles poursuivent le même but de domination. Dans nos nations modernes, forcément compliquées, l'art de gouverner, n'est-ce pas de propager cette fierté que doit éprouver un homme à désigner son pays, à sentir sa force collective en même temps que l'aisance de ses mouvements individuels?

III. — LES MANŒUVRES D'AGADIR (1)

Septembre 1911.

Les manœuvres de ma division viennent de se dérouler dans cette partie du Dauphiné qui descend vers

(1) On a appelé ainsi les manœuvres d'automne de l'année 1911 qui se firent sous l'impression du coup d'Agadir et qui, de cette

les plaines de Lyon et qui, toute en coteaux et en val-
lonnements, ressemble, après la grande mer soulevée
des Alpes, au sinueux allongement des petites vagues
paisibles lorsqu'elles atteignent la rive...

I. — LE VIN DE LA VIGNE

On fait la grand'halte. Tandis que les hommes
vont quérir l'eau, allument les feux, préparent le café
avec cette rapidité et cet art de tirer parti des circonstances qui font le bon troupier français, nous cherchons
notre fortune. Nous, quelques officiers. Nous avons
bien dans une sacoche de quoi faire face au manque de
ressources, aux missions isolées, aux engagements pro-
longés. Mais quoi ! nous ne sommes pas dans un désert,
et nous sommes d'avis que manger chaud vaut mieux
que manger froid. S'il faut manger froid, on verra
venir, et la sacoche est là. Débrouillons-nous. Voici
justement, à deux pas, à proximité de la compagnie
qu'on ne perdra pas de vue, une maison de ferme, une
de ces maisons dont le grand toit recouvert de tuiles
brunes avance pour servir de hangar : au mur sont
appuyées une charrue, une herse, une carriole à deux
roues ; aux poutres pendent des chapelets de maïs et
une cage à fromages. Le toit protège déjà avant qu'on
entre.

menace d'agression, revêtirent un caractère de préparation plus
directe à la guerre. — Ces impressions parurent dans le *Figaro* du
1er octobre 1911. Deux ans plus tard, malade et ne pouvant accomplir
de nouvelles périodes d'instruction, je dis adieu au 97e régiment où
j'étais lieutenant de réserve, et je dus accepter de passer dans la
territoriale.

— Madame ou mademoiselle, vous nous battrez bien une omelette. Avec une friture de pommes de terre, nous serons royalement nourris.

— Des pommes de terre? Ce sera long.

— Nous allons nous-mêmes les peler et les couper en morceaux. Et quant au service, ne vous en inquiétez pas.

Aussitôt dit, aussitôt fait. Nous mettons la table dehors à l'abri du soleil. Si le soleil tourne et nous visite, on l'invitera à dorer notre vin blanc. C'est un ami qui nous a joliment déjà caressé la figure.

L'omelette est battue, les pommes de terre crient dans la poêle. Nous n'avons guère de vin, mais il y a la fontaine à côté. La jeune fille qui s'est improvisée notre cuisinière a remarqué notre bouteille vide. Elle est timide et vite émue. Elle a pourtant ri quand nous avons pillé son armoire pour y prendre assiettes, verres et fourchettes. Pour les couteaux, ce n'est pas la peine : on en a toujours un sur soi. Elle a de grands yeux noirs avec de longs cils. On voit bien qu'elle n'a pas été heureuse à son gré, et sur ce jeune visage le deuil, sans doute, a passé. L'un de nous s'est levé pour remplir d'eau le flacon.

— Attendez, murmure-t-elle en rougissant, il y a le vin de la vigne.

Et elle nous rapporte une bouteille bien cachetée. C'est un vin ambré, tout pétillant, qui laisse aux lèvres un goût de fleur. Il est bon, le vin de la vigne. Vous voulez peut-être savoir de quelle vigne? En voilà une question inutile ! Quand on est petit et qu'on vous dit : — Où vas-tu? — on ne manque pas de répondre : — Je vais à la maison. Car il n'y a pas deux maisons, quand on est petit. Et pour notre paysanne, il n'est qu'une vigne au monde, celle qui est là, toute proche, à côté de l'enclos. On la soigne comme la prunelle de ses yeux. On la voit bourgeonner et fleurir. On craint pour elle les maladies et la gelée, et l'excès de chaleur, et la grêle. Quand il tonne, on allume un cierge afin qu'elle soit épargnée. On connaît tous ses raisins. Quand les passants en ont dérobé, on le sait, et l'on trouve que la moralité s'en va. Le jour des vendanges est un grand jour. Au pressoir, on goûte ce jus sucré qui sort des grappes écrasées. On le goûte encore dans le tonneau quand il commence de fermenter et qu'il attaque vivement les papilles. Et le voici enfin, après le premier transvasage, le roi des vins, le vin de la vigne. Le grand-père assure qu'il vaut bien un écu la bouteille, mais on ne peut pas l'affirmer parce qu'on n'en a jamais vendu. Vous comprenez : la vigne n'est pas grande. On garde le vin pour les grandes occasions.

Les soldats qui passent, et qui vous ont beaucoup dérangée, c'est donc une bonne occasion?

Il faut partir. Combien devons-nous, avec tous nos remerciements? La jeune fille calcule au plus juste. Nous ajoutons quelque chose, afin que tout le monde soit content, et peut-être aussi à cause des beaux yeux noirs : sait-on jamais? Mais le compte n'y est pas. Vous alliez, mademoiselle, oublier le vin de la vigne !

— Oh ! le vin de la vigne, monsieur l'officier, il ne se vend pas...

Et parce que c'est le vin de la vigne, nous n'osons pas insister...

II. — LE DRAPEAU

En voilà un village ! L'église ici, la mairie là, et un tas de petits hameaux dispersés. Jamais plus de trois ou quatre maisons en groupe. Le cantonnement sera difficile. Adossé à un bois, le château de Saint-Ondras apparaît au-dessus de la route. Le régiment s'est arrêté, les clairons, les tambours et la musique ont passé en tête. Et la garde du drapeau est confiée à ma compagnie.

On m'appelle. Que me veut-on? C'est moi qui dois porter le drapeau.

On le sort de sa gaine de cuir. Comme un être vivant il s'agite, il se déroule, et les trois couleurs surgissent, resplendissent au soleil couchant.

Au pas cadencé nous traversons le village, comme un torrent sonore et endigué. Maintenant, ma compagnie est restée seule. Les baïonnettes sont sorties des fourreaux. Les officiers ont mis sabre au clair. Tout cet acier étincelle.

Les feux du soir s'y accrochent et s'y reflètent. Écoutez, c'est la sonnerie. Les poitrines se gonflent d'orgueil. Ah ! ces notes stridentes, extraordinairement exigeantes, qui commandent le service et qui exaltent les cœurs, elles contiennent toute la chère autorité de la patrie.

Mais qu'ai-je donc? Je n'ai pas bu aujourd'hui du vin de la vigne. Ne faut-il pas se tenir fièrement, et même se redresser un peu, en tenant ce bâton? De la racine des cheveux aux talons, je me sens tout ébranlé. C'est en moi que ces clairons sonnent. J'entends bien tout ce qu'ils me disent. Et autour de moi, c'est la douceur des campagnes de France...

Je ne savais pas que ce serait si fort...

III. — CAMPAGNES ET CHANSONS DE FRANCE

La douceur des campagnes de France !

De la colline qui couronne Saint-Ondras, on la sent, ce soir, comme une caresse. C'est un balcon de verdure dont les colonnes sont des châtaigniers. L'herbe se tache déjà, ici et là, de ces colchiques mauves qu'on appelle aussi des *veuves*, parce que chaque fleur est isolée ou parce que leur couleur rappelle le deuil. Ils sont chargés d'annoncer le mélancolique automne. Au fond de l'horizon s'estompent les montagnes de la Savoie.

Le ciel a beau être chargé de nuages : il est encore plaisant. Est-ce parce qu'on n'en avait pas vu depuis des mois, de ces nuages délicats et divers? Est-ce parce que cette nature ne peut pas être réellement triste? Le temps se brouille, l'été se meurt, et l'on respire ici tout de même la douceur non pareille des campagnes de France.

D'un peu loin, me reviennent des chansons de soldats. J'écoute, je reconnais bien l'air :

> Au jardin de mon père,
> Les lilas sont fleuris ..

C'est une vieille chanson qu'on chantait au temps des guerres d'autrefois. Une femme y réclame son mari :

> Il est dans la Hollande,
> Les Hollandais l'ont pris...
> J'donnerai pour le reprendre
> Versaille et Saint-Denis...

Voilà bien les femmes ! Nous n'avons pas envie, nous, de donner quoi que ce soit.

On ne chante plus? La soupe est prête.

IV. — LE BROUILLARD SE DISSIPE

Les deux armées se cherchent dans le brouillard. Il faut redoubler d'attention. De temps à autre, la silhouette d'un cavalier apparaît comme une ombre chinoise sur un mur gris. Nous dessinons sur la gauche un interminable mouvement, mais quand le brouillard se dissipe, quelle chance ! Nous avons contourné l'ennemi et la position est à nous. C'est un joli spectacle, tous ces petits fantassins qui grimpent en ordre, par sections ou demi-sections, chacune reliée aux autres. Ce que j'admire dans ces manœuvres, c'est précisément cet ordre étonnant qui amène à l'endroit désigné des troupes reliées les unes aux autres, éclairées, renseignées et soutenues. Dans le brouillard on a su où l'on marchait, et chaque unité savait où étaient les autres. Les liaisons ont été parfaites et il me semble que rien n'est plus important quand on occupe des fronts étendus.

Et point de cris, point de gesticulations à l'ancienne mode, point de confusion, point de chichis ! Les chefs gardent leur calme, et remplissent leur rôle. Un chef de bataillon ne commande pas une compagnie, ni un capitaine une section. Chacun se rend compte de sa responsabilité et sait ce qu'elle exige. Mon avis est peu de chose, sans doute, et même il ne m'appartient pas de le donner. Pourtant, j'étais assez content de tenir ma partie dans ces troupes-là...

V. — VIE DE CHATEAU

Dernière villégiature : je suis logé chez un vieux et une vieille qui ont l'air de portraits d'Holbein ou de Van Eyck. Ils ont des traits accentués, des yeux clairs, des bouches sans dents, des joues rentrées et décolorées. Ils se ressemblent : on y arrive à force de vivre côte à côte.

Ils voulaient me céder leur lit. J'ai eu toutes les peines du monde à obtenir qu'ils le gardent. La couchette de leur fils absent me suffira. Ils sont pauvres et s'excusent de n'avoir pas de vin. Mais il leur reste un peu de café.

Ce qu'ils m'offrent, d'autres paysans l'ont offert à mes camarades. Quelle leçon nous donnent les paysans de nos campagnes ! Nous autres, s'il nous tombe un hôte imposé, il nous arrive de pester et de maugréer.

Eux, ils donnent leur lit et s'en iraient coucher dans la paille. Le matin, si tôt que nous partions, ils sont levés avant nous. Ne faut-il pas boire avant la route quelque chose de chaud? et ils regrettent de n'avoir pas davantage à donner.

C'est un coin de pays étrange. On l'appelle le Billard, et le hameau fait partie de la commune de Torchefelon. Un château converti en ferme et croulant à demi l'écrase de ses tours et de ses toitures. Plus loin, c'est une chapelle gothique, presque en ruines, entourée d'un cimetière réservé. Quelques dalles, les unes intactes, les autres descellées et brisées par le travail du temps, portent le nom d'une famille qui dut être puissante et posséder ces terres et qui, si elle n'est pas éteinte, a oublié son passé ou n'est plus en état de le soutenir. Un if, des mélèzes poussent dans l'enclos. L'abandon est venu ici achever l'ouvrage de la mort. La haie est rompue par endroits, et les vaches viennent paître l'herbe des tombes, à en juger par les souvenirs qu'elles ont laissés.

D'autres habitations dont on n'aperçoit qu'après un examen le délabrement sont désertes. On a l'impression d'une vie suspendue, diminuée. Et la brume qui vient renforcer le soir complète la tristese de ce paysage las et comme vaincu.

Nous allons manger la soupe au château. Le vent y entre comme chez lui. Mais dans l'immense cuisine où nous nous tenons, on a poussé un fagot dans la cheminée, et ce premier feu nous réjouit, car il a plu. C'est un décor de drame romantique. Nous nous sentons loin de l'existence habituelle, plus près de l'aventure, de l'aventure de guerre.

Dehors, quand nous sortons, nous trouvons nos hommes autour de leurs feux. Eux aussi, ils se trouvent bien, le cœur chaud et les jambes reposées, et, s'il le fallait, prêts à partir pour la grande aventure. S'il le fallait...

INTERMÈDE

LES
FÊTES DE LA LIBÉRATION
A METZ ET A STRASBOURG

(8-9 décembre 1918)

A M. ET MME ANSELME LAUGEL

En souvenir de notre pèlerinage à Sainte-Odile en 1913
et de notre rencontre à Strasbourg
le 9 décembre 1918.

H. B.

LES FÊTES DE LA LIBÉRATION

I. — LES CAPTIVES

Je les ai vues de loin toutes les deux, Metz et Strasbourg, pendant la guerre, l'une, du signal de Mousson,
au mois de mai 1915, l'autre, plus vaguement, à cause
de la distance, — et peut-être était-ce le désir qui la
rapprochait et la faisait deviner, — de l'observatoire
du Molkenrain, au-dessus de Thann, un peu au sud
de l'Hartmannsweilerkopf, en août 1917. Mon service m'avait fixé en Lorraine pendant toute l'année
1915, avant de m'appeler à Verdun, et je passai le
mois d'août 1917 dans nos vallées d'Alsace, de la
Thur, de la Doller et de la Larg, les premières recon-
quises, si chères à tous ceux dont elles furent, même
quelques jours trop courts, les cantonnements.

Voici donc ces deux apparitions, telles que je les
trouve esquissées sur mes carnets :

METZ

Dimanche de Pentecôte, **23** *mai* **1915.** — Je suis désigné pour régler demain à Pont-à-Mousson l'évacua-

tion par camions automobiles de cent cinquante ou
deux cents enfants à qui M. Mirman, préfet de Nancy,
a fait offrir l'hospitalité et l'instruction en Algérie. La
ville est constamment bombardée. Il y a quelques
jours, le même obus a tué trois ou quatre gosses qui
jouaient. Certes, les consignes sont sévères, et les
abris à peu près sûrs, autant que peuvent l'être de
bonnes caves. Mais c'est toujours le premier obus qui
fait des victimes.

L'évacuation n'est pas obligatoire : ne partiront
que les enfants que leurs parents ont fait inscrire.

Je reverrai avec plaisir cette jolie ville à cheval
sur la Moselle où mon service m'appelle assez fréquemment et qui, sous les bombardements, reste si
vaillante, et même si gaie. Peut-être, plus favorisé
qu'à mes précédentes visites, gênées par la pluie ou
le brouillard, apercevrai-je enfin Metz du signal de
Mousson. Il fera beau demain : ce soir, entre les
branches du parc, le soleil incendiait les eaux cou-
rantes de l'Ornain.

Lundi 24 mai. — Départ avec le capitaine F... Le
temps est clair et frais.

Le plaisir d'un beau jour est dans la matinée,

comme dit le vieux Malherbe. Que cette vallée de la
Moselle est charmante, avec les courbes gracieuses du
fleuve dans les prés verts ! Le signal de Mousson en
forme de dôme régulier, couronné par les ruines de
son vieux château et par la chapelle de Jeanne d'Arc,
semble se prélasser dans la lumière bleue. Il nous
appelle, il nous sourit : Mais oui, nous te gravirons

tout à l'heure, lorsque nous aurons mis nos mioches en sécurité...

Quand notre automobile entre en ville, un taube, encadré par les petits flocons blancs que font les éclatements des obus de nos batteries anti-aériennes, survole Pont-à-Mousson. Il faudra se hâter : cette présence est inquiétante. Les enfants doivent se rassembler sur la rive droite, devant la cathédrale Saint-Martin. Les camions les emmèneront par la route d'Atton afin d'éviter la grand'route de la rive gauche, repérée et battue, qu'ils rejoindront à Dieulouard : tel est l'itinéraire fixé.

Nous laissons notre voiture sur la place triangulaire et gagnons à pied Saint-Martin. Le rassemblement commence à peine. Je reviens à la mairie pour précipiter le mouvement. Là-haut, le taube continue de nous inspecter. On se hâte, on se presse, on a compris. Pont-à-Mousson est si accoutumé à sa ration d'obus, si dédaigneux de péril, que Pont-à-Mousson n'est jamais pressé de comprendre. A la tête de la passerelle, les parents de la rive gauche embrassent leurs enfants, et ceux-ci continuent tout seuls, par petit paquets, le voyage. La passerelle, qui a remplacé le pont rompu, est vue des lignes allemandes toutes proches : des groupes peu nourris et espacés attirent moins l'attention. Tout de même, dans mon rapport au retour, je demanderai que les prochaines évacuations se fassent la nuit. On se sent pour chacun de ces mioches un cœur paternel.

Les parents, demeurés sur le bord, les suivent des yeux. — « Ne restez pas là : vous allez vous faire remarquer. » — Comme ils ne bronchent pas, il faut insister :

— « Vous allez attirer l'attention sur eux. » — Ils s'en vont, refoulant leurs larmes.

Les gosses sont moins émus. L'attrait du voyage, de l'inconnu, du nouveau, les distrait. Ils défilent fièrement, avec leurs petits baluchons, les aînés conduisant les cadets d'un air protecteur. Presque seule, une fillette de sept ou huit ans verse d'abondantes larmes. Sa sœur plus grande — dix ans peut-être — la console comme elle peut. Je m'approche : — « Qu'as-tu, ma petite? — C'est mon papa que je ne verrai plus. — Mais si, mais si, tu le reverras, et bientôt, quand les Boches seront chassés. — Et quand ça? — Aux vacances. »

Aux vacances : elle sourit. Son papa, je l'ai vu tout à l'heure : un territorial que le bon hasard a conduit dans sa ville et qui menait avec sa femme un troupeau de trois fillettes en tabliers roses. Je n'en vois que deux : où est la troisième? L'aînée m'explique que ses parents l'ont gardée : — « Elle était trop petite. »

Et le taube tournoie toujours au-dessus de nous. Il se rit des éclatements. Parfois, il se cache dans le soleil. Tous ces enfants maintenant font un grand rassemblement devant l'église Saint-Martin. Qu'est-ce que l'observateur boche doit en penser là-haut? — « Entrez tous dans l'église : vous en sortirez au fur et à mesure de l'arrivée des camions, quand on vous appellera. »

Les camions arrivent. Leur chargement se fait en ordre, très rapidement. Les petits voyageurs sont joyeux : ils pérorent, ils rient, ils se cherchent pour monter dans la même voiture. L'église se vide. Le dernier camion démarre. Il était temps.

Car le taube a signalé ce mouvement inusité dans

Pont-à-Mousson. Et voici que les Boches nous bom-
bardent. Nos camions sont suivis par des obus qui
tombent sur la route d'Atton à deux ou trois cents
mètres en arrière du dernier. Je téléphone à Dieulouard, qui est à peu près la limite du feu ennemi : le
dernier camion a passé, tout va bien.

Puisque tout va bien, nous pouvons nous offrir l'ascension du signal de Mousson. Nous longeons le mur
écroulé du cimetière. Les morts n'y sont pas en repos.
Des obus y tombent encore. Dans le caveau de la mairie est déposé le cercueil du capitaine Jacques Cochin,
tué héroïquement sur les pentes du Xon, vers Norroy.
De longs canons de marine sur plate-forme, habilement camouflés et dissimulés, ont dû néanmoins être
devinés, car ils sont entourés d'entonnoirs. Sur la
pente, nos batteries s'échelonnent. Après avoir franchi
des tranchées et des fils de fer, nous atteignons le village de Mousson par une vieille porte. Mousson a reçu
force projectiles, mais n'a pas trop souffert encore et
continue d'être habité : des enfants s'y promènent, et
aussi des poules que nos artilleurs surveillent.

Nous atteignons le sommet, qui porte les restes d'un
vieux château fort et une chapelle consacrée à Jeanne
d'Arc dont la statue intacte se détache sur l'horizon.
Cependant la toiture est brûlée et l'intérieur de l'édifice nettoyé : seuls, des fonts baptismaux de pierre,
ornés de très belles sculptures anciennes, sont restés
en place. Dans une fenêtre de l'abside, une lunette
d'artillerie est disposée dont un officier nous fait les
honneurs. Elle est fixée sur le village de Champey, à
cinq ou six kilomètres, et l'on y voit trois ou quatre
soldats boches aller et venir. Un peu à droite, sur le

signal de Bouxières, nous découvrons de petits groupes de travailleurs.

— Je les suis, nous dit l'officier. Nous allons gêner leurs travaux.

En effet, quelques instants plus tard nous voyons les éclatements de nos obus sur les pentes aussitôt désertes. Les Boches ripostent, devant nous, mais personne ne se dérange :

— Ils tirent toujours au même endroit, sur le bois du Juré où nous avons des batteries. Ici, c'est une villégiature de tout repos.

Le bois du Juré fume. Le signal de Mousson est épargné. Quand ce petit duel s'est calmé, nous reprenons avec la lunette à longue portée le tour de l'horizon. Voici le cours lumineux de la Moselle. Et là-bas, dans cette poussière bleue qui miroite, ces toits qui brillent, ces hautes tours, et à droite, cette énorme masse : qu'est-ce donc? A mes précédentes visites nous n'avions pas distingué ces choses. Le lourd bâtiment de droite, c'est le palais de l'Empereur. Les tours, c'est la cathédrale. La ville, c'est Metz. Metz me fascine, m'hypnotise. N'y entrerons-nous donc pas un jour? Nancy n'a pu être violée par l'ennemi, et tous les combats sanglants du Bois-le-Prêtre ne préparent-ils pas notre offensive à l'est? Je suis resté longtemps à regarder Metz dans ce poudroiement bleu et or...

STRASBOURG

Mardi 7 août 1917. — Je monte à l'Hartmannsweilerkopf avec le lieutenant-colonel Garcin qui commande le groupe des chasseurs de la 56ᵉ division. Il commandait le 158ᵉ régiment d'infanterie devant le fort de Vaux au mois de mars 1916. C'est là que je fis sa connaissance, un mauvais matin, au moment de quitter la Grande-Carrière qui lui servait de poste de commandement, pour aller au fort. Au camp de Turenne, où nous laissons l'automobile, le commandant Montalègre, qui commande le 49ᵉ bataillon de chasseurs à pied, nous attend. Lui, c'est à Douaumont que je l'ai rencontré. Toute l'armée a passé à Verdun, et de ces rencontres mémorables sont nées de belles amitiés.

Montalègre nous présente à son aumônier, le P. Dhalluin, un tout petit père jésuite de soixante-cinq ans, si menu et si maigre qu'il ne pèse, assure-t-on, que 30 kilogrammes : quand il est trop fatigué, la légende raconte que son ordonnance le prend sous le bras et le porte un bout de chemin. En revanche il porte, lui, toutes les souffrances et les misères de ses chasseurs. Il nous montre sa chapelle et son cimetière et nous souhaite bon voyage.

Bon voyage : je crois bien, nous sommes dans la forêt et dans la montagne. Je respire un air balsamique, comme si j'étais dans mon pays de Savoie. Cependant nous quittons la région des grands bois touffus. Maintenant les sapins s'éclaircissent. Puis ce sont des sapins ébranchés, blancs comme des piquets, nus. La bataille les a dépouillés. Et voici, devant nous, le sommet de l'Hartmann cahotique et dénudé, tantôt creusé d'entonnoirs, et tantôt convulsé, couvert de souches dressées en l'air, de débris d'arbres tendant leurs moignons comme des mendiants implorant la pitié. Le sol est si bouleversé qu'un cimetière même

— le cimetière du 152ᵉ — a été retourné. Mais la nature s'acharne à recouvrir ce paysage de mort : elle lutte avec les trous d'obus et les amas de décombres, elle y fait pousser de l'herbe et des fleurs, de petits œillets sauvages et d'autres fleurs roses dont je ne sais pas le nom.

Nous dépassons la ligne de résistance à contre-pente et nous gagnons la première ligne qui est sur le sommet. Nous tenons tout juste ce sommet. Les Boches sont à dix ou quinze mètres de notre dernier poste, celui que nous allons visiter. Une fois dedans, j'inspecte avec une jumelle le créneau d'en face. S'il y avait un œil aux aguets, je le verrais. Ainsi est-on demeuré face à face sur l'Hartmann tant disputé. Hier, sur le terrain neutre qui sépare les deux postes d'écoute, s'est livré un combat singulier. Un des nôtres et un Boche sont sortis comme des guerriers antiques après s'être provoqués et se sont battus corps à corps. Leurs camarades suivaient les phases de la lutte, ne pouvant tirer, car tantôt l'un et tantôt l'autre était dessus, et d'ailleurs ce duel en champ clos ne comportait pas d'intervention. Notre champion fut le vainqueur, mais ne fut pas assez fort pour ramener son adversaire prisonnier. L'Allemand battu put regagner ses lignes. Aujourd'hui tout est calme. Un profond silence nous entoure.

De l'Hartmann nous allons à l'observatoire du Molkenrain dont la vue est plus étendue :

— Quand le temps est très clair, me dit-on, le spectacle est prodigieux. On distingue toute la plaine alsacienne, de Bâle à Strasbourg.

— Strasbourg? On voit Strasbourg?

— Mais oui.

— Je veux voir Strasbourg.

Du Molkenrain, cependant, c'est l'Hartmann qu'on regarde tout d'abord. Dans le moutonnement des Vosges aux belles formes arrondies recouvertes de forêts ou de pâturages, seul il rappelle la guerre. Dans cet océan de verdure aux grandes vagues régulières que font les chaînes et les vallées d'Alsace, il est seul à garder sa blessure saignante. La paix s'étend autour de nous à l'infini, à peine troublée de temps à autre par une détonation. Sans l'Hartmann, on oublierait l'effroyable lutte pour l'Alsace et pour la liberté du monde. Sans l'Hartmann, on se prendrait ici aux rêves bucoliques. Mais l'Hartmann fait dans le paysage de vert velours une tache claire, pareille à un cimetière blanc dans les prés. Et l'on se souvient des durs combats de 1915.

Je me détourne enfin de l'Hartmann pour fixer la plaine alsacienne. On ne m'a pas trompé : voici Mulhouse si proche, et voici Bâle, et le Rhin dont le cours étincelle au soleil. Sur le fleuve, on peut compter les bateaux. Mais le temps se brouille, l'horizon s'embrume. En vain, ramenant les jumelles de précision plus au nord, cherchons-nous la trop lointaine Strasbourg. Il y faut renoncer pour aujourd'hui et nous contenter des vallons voisins aux villages épargnés, Jungholz, Sant'Anna et ses hôtels, l'entrée de Gebweiler.

— Comme cela ressemble peu aux villages de la région de Verdun !

La guerre a épargné ce pays, et l'Hartmann apparaît comme une anomalie, un cauchemar.

Nous redescendons sous la pluie qui, brusquement, s'est mise à tomber.

— Revenez pour voir Strasbourg, me recommande le colonel.

— Sans doute, je reviendrai.

Dimanche 12 août 1917. — Je suis revenu. Une journée chargée et qui est à peine une journée de guerre : la messe sur les pentes de l'Hartmann, un déjeuner dans le poste du commandant Montalègre, et une nouvelle montée au Molkenrain.

C'est le petit père Dhalluin qui officie au camp Hoche. La chapelle dans le bois est un petit bijou : elle a été construite en 1915 par le 152ᵉ, avec des rondins de sapin ; un clocheton en écorce, surmonté d'un coq, achève de lui donner un air engageant. Le P. Dhalluin, après l'évangile, se retourne pour adresser quelques mots à son auditoire en l'honneur de la fête du 15 août. Son auditoire : pour la plupart des soldats des régions envahies, sans nouvelles de leur famille. Il parle de la douleur qui n'épargne personne sur terre, que Dieu même n'épargna pas à sa mère. Cependant il ne faut pas maudire la douleur : elle est le plus sûr moyen de notre perfectionnement intime, elle nous fait réfléchir, ce que nous ne faisons pas dans la joie, elle nous conduit à nous connaître et à nous améliorer, si nous savons l'accepter. La douleur accable les faibles et fortifie les vaillants. Et le bonheur est au bout du chemin qu'elle exige que nous parcourions. L'orateur ne cherche aucun effet d'éloquence. Il parle en toute simplicité, sur un ton de conversation. Mais de sa chétive personne émane un rayonnement de foi et de sacrifice.

Le déjeuner est gai et cordial, excellent par surcroît. Tous ces nomades, qui transportent la vie claustrale aux tranchées, s'attachent en hâte à leur foyer forestier. Un poste de commandement devient bien vite un cercle d'amis.

Remonté au Molkenrain. Cette fois le soleil éclaire la plaine d'Alsace.

— Suivez-vous le cours du Rhin?

— Je le suis au sortir de Bâle. Mais je le perds.

— Tournez les jumelles plus à gauche. Attendez : je vous chercherai Strasbourg. Je ne la trouve pas. Mais si : regardez. On distingue vaguement la masse de la cathédrale.

— Je ne vois qu'un scintillement doré.

— Ce n'est pas à votre vue.

A force de chercher, de tourner et de rectifier, il me semble bien que je vois quelque chose. Je préfère renoncer et me contente de regarder longuement, avec tendresse, avec envie, la plaine alsacienne qui s'étend au delà de Colmar vers le fleuve et que Louis XIV appelait le *beau jardin...*

II. — LES FÊTES DE METZ

(8 décembre 1918.)

Les mots peuvent-ils rendre la prodigieuse émotion de ces fêtes? A Metz, on s'exalte sur la merveille de la victoire française, et de Strasbourg on revient quasi titubant d'une ivresse sacrée...

J'appartenais à l'armée française de Belgique au moment de l'armistice et n'ai pu assister aux premières et éblouissantes entrées en Lorraine et en Alsace. Voici qu'un ordre heureux me rappelle. A peine arriverai-je à temps pour l'entrée solennelle du Président de la République (1).

LA JOURNÉE DES SIX MARÉCHAUX

Metz, 8 décembre 1918.

Ils étaient six maréchaux sur l'esplanade, ce matin du 8 décembre : quatre en chair et en os, un en bronze,

(1) Sur les entrées militaires en Alsace et en Lorraine, voir parmi tant d'émouvants comptes-rendus de la presse les articles de M. Maurice Barrès dans l'*Écho de Paris* (nov. 1918) et ceux de M. Louis Madelin dans la *Revue des Deux Mondes* des 15 février, 1er et 15 mars 1919.

un en esprit. Comptez bien : devant la tribune présidentielle, Joffre et Foch — Joffre à droite, portant l'ancienne tenue réglementaire, culotte rouge et tunique noire, Joffre, grand et massif, populaire et paternel, qui évoquait le premier arrêt de l'invasion allemande, la première Marne ; — Foch à gauche, en uniforme bleu-gris, Foch toujours un peu absorbé, mais ne le sait-on pas en relations directes avec Dieu lui-même? Une caricature anglaise — vous en souvenez-vous? — représentait Guillaume interpellant au téléphone, d'une voix irritée, saint Pierre récalcitrant : — « Donnez-moi donc mon vieux Dieu!... » Et le gardien du ciel de lui répondre : — « Impossible ! il cause avec Foch et il a défendu qu'on le coupe... » Foch incarnant l'unité de commandement, l'audace de la conception stratégique, l'offensive multipliée, la victoire définitive. Sur l'estrade, il y avait le maréchal Haig, symbole de l'armée britannique, dont la dernière campagne, celle qui commença le 8 août en Artois, fut encore la plus étonnante des manœuvres anglaises tellement elle fut vigoureuse et tenace.

Devant ses deux pairs, seul, vêtu de bleu horizon, sans équipement d'aucune sorte, le sabre retenu par une simple chaînette, immobile, redressé, marmoréen, attendait le maréchal Pétain. En face de lui, la statue de Ney se profilait sur le ciel brumeux, ce ciel délicat de Lorraine qui donne aux choses un air de rêve, — Ney tenant un fusil, Ney pareil à un formidable poilu. Mais des poilus, des nôtres, il y en avait tout autour de la place, rangés en bel ordre, formant au ras du sol le pan de ciel bleu — du bleu pâle des ciels lorrains — qui manquait plus haut. Et, des deux maréchaux qui se faisaient vis-à-vis, c'était Ney qui paraissait le plus agité. Pétain, sans un mouvement, attendait.

— Joffre, Foch, Haig, Pétain, cela fait quatre. Ney, cinq. Et le sixième?

Le sixième, le président de la République le convoquera en temps voulu.

Voici le cortège présidentiel : dans la voiture attelée à la daumont, M. Poincaré et M. Clemenceau, tête nue, apparaissent courbés sous les acclamations. Des gerbes de fleurs les entourent. Mais les autres voitures du cortège sont toutes pavoisées de fleurs vivantes : car de jeunes Lorraines en costume national, petit bonnet rond au tour de dentelle, fichu en pointe, tablier court, jupe claire, bas et souliers blancs, — fleurs de toutes couleurs où le blanc domine, — les ont sans façon escaladées, les unes sur le marchepied, d'autres dedans, d'autres dessus. Un peu de désordre et de familiarité vient adoucir la rigueur de la parade militaire, marque la différence entre une fête française et une revue à l'allemande.

Les présidents sont descendus de voiture. Ils sont rayonnants. Après avoir fait le tour de la place et passé en revue les troupes, le président de la République, quand les maréchaux ont pris leur poste protocolaire, s'approche du nouveau maréchal. Il tient en main le bâton bleu étoilé. Jamais sa voix n'a été plus claire, plus sonore, plus mâle. Mais il s'y mêle un accent nouveau. Ce Lorrain, qui a tant d'empire sur soi et semble toujours se réserver, cette fois s'abandonne au sentiment de fierté qui le possède. Et, pour achever le portrait du maréchal Pétain qui peut demander beaucoup à ses hommes parce qu'il les a compris et parce qu'il les a aimés, il fait appel au sixième, il le compare au maréchal Fabert, de Metz, image de sagesse, de clairvoyance, de sollicitude militaire.

Après la remise du bâton, après l'accolade au nouveau maréchal, le président de la République, se tournant vers M. Clemenceau, d'un geste spontané l'embrassa. Et, tandis que cette étreinte les unissait dans la même pensée d'amour pour la Lorraine recouvrée, les six maréchaux montaient la garde du pays, — la garde du côté du Rhin.

LA DOUCE LORRAINE

Metz, 8 décembre.

L'esplanade s'est vidée. Le cortège officiel s'en est allé à la cathédrale où l'ombre de Mgr Dupont des Loges l'accueillit, au monument de Chambières où reposent les morts de 1870. L'esplanade n'est pas restée longtemps vide. Les jeunes Lorraines, après avoir défilé devant l'hôtel de ville, l'ont envahi. Elles se sont prises par la main et, parce qu'elles étaient joyeuses, elles se sont mises à tourner lentement en une ronde improvisée.

Mais la ronde s'est allongée, le cercle s'est agrandi, puis il s'est brisé en une multitude de petits cercles. Car des soldats, timidement presque, déjà vaincus par la réserve lorraine, ont demandé la permission de dénouer ces mains de femmes et d'entrer dans la danse. Alors il s'est passé — et tout naturellement — une scène charmante, une scène pareille à celles que décrivait Gérard de Nerval dans le pays de Valois, mais combien plus singulière et plus charmante encore : ces soldats, ayant perdu toute violence et toute brusquerie, obéissaient à ces petites filles et s'appliquaient gentiment à prendre la cadence et à faire les révérences commandées. Car l'une d'elles avait entonné un vieil air d'autrefois, un vieil air de France, — et, pour le savoir si bien, il fallait qu'elle l'eût appris de sa mère et de sa grand'mère, il fallait qu'il lui fût venu avec les premières paroles et les premiers chants. Il fallait qu'il fût venu d'avant l'occupation allemande. C'était : *Nous n'irons plus au bois, les lauriers sont coupés.* Toutes ces jeunes filles le savaient, car toutes l'ont repris en chœur. Elles le savaient mieux que nos soldats de France, qui d'abord le répétèrent gauchement, mais bientôt s'affermirent dans sa connaissance. Et le gentil jeu d'autrefois recommença devant la statue du maréchal Ney : *Entrez dans la danse... vous embrasserez qui vous voudrez...* Celui ou celle qui est entré au milieu du cercle choisit celle ou celui à qui il désire donner sa place et a le droit de l'embrasser s'il peut cueillir ce baiser dans la course que décrit la ronde. Or, une de ces jeunes filles si réservées avait, les yeux baissés, comme si elle ne le voyait pas, embrassé un beau grand fantassin brun qui ne paraissait pas l'avoir regardée. Mais, quand ce fut au tour de celui-ci de choisir, il s'approcha négligemment d'elle et lui rendit son baiser.

— Pas la même! lui cria le chœur. On n'a pas le droit d'embrasser la même.

— Je n'y avais pas pris garde, s'excusa le menteur.

Et il courut à une bonne grosse fille qui reçut l'accolade. Mais ensuite, quand il alla reprendre une place dans la ronde, il eut bien soin d'aller chercher la main de celle qui l'avait choisi. Et le jeu continua avec ce tact, cette réserve que ces lieux naturellement inspirent.

— Douce Lorraine... dira le président de la République dans une invocation qui paraîtra tout d'abord étrange quand on voit ce pays hérissé de forts et que l'on connaît son passé de guerre.

Douce Lorraine : c'était elle qu'après la revue du matin l'on voyait sur l'esplanade.

COLETTE BAUDOCHE

« En Lorraine, les filles sont chastes et moqueuses, bien incapables de déchoir... » Cette phrase me revient à la mémoire tandis que je regarde tourner la ronde sur l'air de : *Nous n'irons plus au bois*, et cette autre encore : « Petite fille de mon pays, je n'ai même pas dit que tu fusses belle et pourtant, si j'ai su être vrai, direct, plusieurs t'aimeront, je crois, à l'égal de celles qu'une aventure d'amour immortalisa. » Et je cherche des yeux Colette Baudoche. Elle n'est pas dans la ronde. Elle n'est plus dans la ronde. Celles qui dansent ne peuvent être que ses cadettes. Elle est née trop tôt pour être de celles qui dansent. Ne serait-ce point cette dame encore jeune au manteau fatigué, maintenu par ces prodiges ménagers victorieux de la rigueur des temps, qui regarde, elle aussi, avec un sourire un peu triste? Ce fragile sourire, il me semble bien l'interpréter :

— Dansez, mes petites sœurs, leur dit-elle. Jouez avec ces beaux soldats bleus. Vous, du moins, votre jeunesse peut s'épanouir sans contrainte. Vous n'aurez plus le choix entre la pauvreté et Frédéric Asmus. Vous n'aurez pas senti votre cœur battre d'inutile désir dans les mauvais jours de la captivité. Ces chansons de France, que vous chantez si bien, c'est nous qui vous les avons apprises en cachette. Nous vous avons transmis la France comme nos mères nous l'avaient transmise. Bientôt vous ne saurez plus ce que vous nous devez, tant il vous paraîtra naturel, tant il vous paraît déjà naturel d'être de petites Françaises. Déjà vous croyez l'avoir toujours été...

C'est, pour un écrivain, un rare privilège d'incarner la poésie d'une race dans une héroïne. Mais quand, par surcroît, c'est la poésie d'une race captive qui soupire après sa liberté, alors il devient la voix intérieure qui aide à maintenir en chacun l'espoir et l'aptitude à la délivrance. En ce jour de fête à Metz, demain à Strasbourg, il est juste d'associer aux gloires militaires celles de nos écrivains français qui ne cessèrent jamais d'entretenir chez nous le culte de l'Alsace-Lorraine : un Déroulède, un Bazin, un Barrès, un André Hallays, un Lichtenberger, et l'auteur des *Exilés*, Paul Acker, mort trop tôt puisqu'il n'a pu revoir Colmar, sa ville natale, et dont les restes du moins reposent en Alsace, à l'ombre des Vosges.

J'ai lu dans la biographie de Tennyson par Firmin Roz cette anecdote. Celui qui était appelé à devenir un poète national, lorsqu'il publia, à dix-huit ans, son premier recueil, préleva sur ses droits d'auteur, bien qu'il fût très pauvre, le prix d'une voiture et se fit

conduire, par de mauvais chemins, jusqu'à une plage
déserte où il partagea son triomphe avec les vents et
les vagues. Ce Tennyson, qui débutait en allant remercier les vagues et les vents, attribuait au poète l'univers pour domaine. Un poète ne pouvait se contenter
à moins. Il perdit un ami, et une tombe le fixa. Il
regarda à ses pieds, découvrit la terre anglaise et la
chanta. Parce qu'il communia avec l'âme spéciale de
son pays, il ne cessa pas d'être un poète universel. Au
contraire, il fut plus vrai et plus humain. Poète lau-
réat de l'Angleterre, il en exprima le caractère particulier aussi bien dans ses idylles et ses poèmes intimes
que dans ses chants patriotiques tels que l'ode sur la
mort du duc de Wellington, tels que les hymnes qu'il
consacra à la flotte, à l'armée, à l'Empire, aux ami-
raux, à ce sir Richard Grenville qui, sur son seul vais-
seau, tint tête à une flotte espagnole tout entière.
Dans sa vieillesse sereine qui, selon la belle formule
de son biographe, fut « l'harmonie d'une âme qui a
triomphé de toutes les discordances de la vie », quand
il composait, pour offrir son dernier recueil à sa vieille
femme, une dédicace qui est un miracle de grâce et
comme la fleur à longue tige d'une noble vie, ce n'est
plus avec les vagues et les vents qu'il eût songé à par-
tager l'honneur de sa renommée poétique, mais avec
le coin du sol anglais où il avait bâti sa maison.

Comme Tennyson, Barrès a commencé par épar-
piller ses forces en les accordant avec les rythmes romantiques des vagues et des vents. Mais, sous les
chansons des vents et des vagues, il percevait déjà
d'autres sons. L'état d'exaltation que sa jeunesse convoitait, il comprenait que, pour le réaliser dans sa

perfection, il fallait donner au *moi* trop limité le support du passé et de l'avenir de la race. Dans le cadre étroit d'une *Colette Baudoche*, il a fait tenir l'espérance de notre pays mutilé. Dès longtemps il avait voué sa vie d'écrivain à la défense de nos *bastions de l'Est*. Il faut relire aujourd'hui, dans *l'Appel au soldat*, le voyage de Sturel et de Saint-Phlin le long de la Moselle : « Metz, y est-il dit, Metz qui gêne l'univers, est une ville resserrée et basse, aux rues étroites, et cerclée par l'ancien système de ses murailles françaises, comme un vieux bijou mérovingien monté sur fer... » Et quelques pages plus loin, l'accent devient pathétique : « C'est l'Iphigénie de France, dévouée avec le consentement de la patrie quand les hommes de 1870 furent perdus de misère, sanglants, mal vêtus sous le froid, et qu'eux-mêmes, les Chanzy, les Ducrot, les Faidherbe, les Bourbaki, les Charette, les Jaurès, les Jauréguiberry renoncèrent. Toi et ta sœur magnifique, Strasbourg, vous êtes les préférées ; un jour viendra que, parmi les vignes ruinées, sur les chemins défoncés et dans les décombres, nous irons vous demander pardon et vous rebâtir d'or et de marbre. Ah ! les fêtes alors, l'immense pèlerinage national, toute la France accourant pour toucher les fers de la captive ! »

A ce *pèlerinage national* que si longtemps à l'avance il annonçait, Maurice Barrès a connu l'ivresse d'assister. Il y a quelques jours à peine, il voyait entrer nos troupes à Metz et à Strasbourg. Les acclamations qui les accueillaient faisaient un bruit comparable au tumulte des vents et des vagues. Et c'était bien ce tumulte-là qu'il avait, toute sa vie d'écrivain, souhaité d'entendre. Il reconnaissait enfin toutes les musiques de son désir.

C'est un homme heureux. Il rayonne, il resplendit, il enflamme. A qui veut l'entendre, il déclare :

— On m'offrirait d'être le bon Dieu, je répondrais : Merci, je suis gouverneur de Metz.

Cet homme heureux a eu, deux fois, le cœur écrasé dans la guerre. Père, il a perdu son fils aîné, tué en avion. Chef, et vainqueur, pour sa part, à la Marne où il commandait le 18e corps, conquit Château-Thierry et voulut, devinant la menace allemande, courir aux falaises de l'Aisne ; vainqueur devant Arras qu'il garda en octobre 1914, quand il commandait la Xe armée ; vainqueur à Verdun où, sur la rive gauche, commandant le 15e corps, il se maintint sur la cote 304 ; vainqueur à la Malmaison, où son 11e corps — zouaves, tirailleurs, marsouins, chasseurs des 38e et 66e divisions — bouscula l'ennemi au Chemin des Dames et atteignit l'Ailette ; vainqueur aussi — et c'est une rare victoire — de lui-même quand il accepta, sans récrimination, en soldat fier d'exercer n'importe quel commandement, de commander un corps d'armée après avoir commandé une armée : il connut la douleur de la retraite — et quelle retraite pathétique ! — lorsque l'ennemi, à la fin du mois de mai dernier, inonda de ses divisions savamment dissimulées jusqu'à son offensive les plateaux de l'Aisne tenus par nos troupes clairsemées. Cet homme heureux a donc traversé les pires épreuves. Comme il n'a jamais désespéré et comme il avait, d'avance, **fait** don à son pays de lui-même et de tous les soldats de sa famille, étonné de vivre, mais non point de vivre victorieux, il a l'air de recommencer une jeunesse nouvelle. La Moselle a été son eau de Jouvence. Le général de Maud'huy, qui est Messin d'origine, frétille dans Metz comme un poisson dans une eau vive.

Songez donc : il réalise tout son rêve. Il n'avait jamais pensé qu'à ça. Il n'avait que pour ça vécu. Il n'était entré dans l'armée que pour ça : revenir à Metz, et non seulement il y est revenu, mais il en est le gouverneur.

Le nouveau gouverneur habite l'ancien palais du gouvernement, celui d'avant 1870, derrière l'hôtel de ville, au cœur de la cité, et il y a retrouvé le vieux portrait de Napoléon III que les Allemands n'avaient pas décroché. Quand il fait les honneurs de ses salons, au lieu de meubles classiques et bien rangés, ne voit-on pas les champs, les bois, les longues ondulations de la Lorraine reconquise, et ses villes, ses villages, ses puissantes industries en plein travail? Tout cela dans quelques pièces? Ne savez-vous pas que le général de Maud'huy est un magicien? Aux armées, quand on voyait arriver ce diable de petit homme, le torse droit, les épaules dégagées, le pas rythmé, le sourire et la pipe aux lèvres, chacun avait envie de murmurer : Ah! comme ça va mieux depuis un instant ! Il distribuait les grâces et les bonnes paroles, et aussi les paquets de tabac — il en a jeté une fortune, à moins qu'il n'ait recommencé le miracle de la multiplication. Un bon mot, une pirouette, et il récoltait sur des faces sombres un éclair de gaieté. Car le mot était

juste, et la pirouette adroite. Il tenait du prestidigi-
tateur son art de la distribution rapide et sûre, et du
maître de ballet son perpétuel mouvement cadencé.
Mais il y ajoutait les sortilèges de l'enchanteur Mer-
lin qui transformait les lieux et les visages : les tranchées, un instant, fleurissaient, les visages, une mi-
nute, se détendaient. Et ses enchantements, il les
tirait tous de la même petite boîte miraculeuse, il
les tirait tous de son cœur.

La carrière de ce chef est bâtie sur une idée unique :
on fait la guerre avec des hommes, donc il faut connaître les hommes, et pour les connaître bien il faut
les aimer bien. Il sort de Saint-Cyr dans les chasseurs
à pied. Que sait-il de la vie, ce petit lieutenant? Une
chose essentielle : qu'il ne faut jamais mentir, car un
homme libre ne ment pas, et que, pour empêcher les
autres de mentir, il faut commencer par leur faire
confiance. Il s'est composé cette prière aux *saints* de
France : — Monseigneur saint Louis, messire Duguesc-
clin, messire Bayart, faites en sorte que je sois brave
et ne mente jamais. — A son bataillon, il avertit ses
hommes qu'il croira en eux, toujours, jusqu'à preuve
du contraire. Un jour, deux soldats sont punis de prison pour être rentrés de permission avec douze heures
de retard. Il les interroge : — Nous nous étions endormis dans la salle d'attente, expliquent-ils. — Bien.
Il fait lever la punition. Une heure plus tard, il est
averti que deux chasseurs désirent lui parler. Il les
fait entrer dans son bureau. La tête basse, ils déclarent
qu'ils étaient au café, jouant à la manille lors du départ du train. La confiance de leur chef leur avait
rendu le souci de leur dignité.

Dans son cours de l'école de guerre sur l'infanterie, le commandant de Maud'huy commence par poser son idée : « L'infanterie, c'est le peuple armé ; le fantassin, c'est l'homme tel que le produit la nation. Un peuple a l'infanterie qu'il mérite. Tant vaut le peuple, tant vaut l'infanterie. Un peuple riche et industriel peut avoir une bonne artillerie, un peuple possédant une aristocratie guerrière et une bonne race de chevaux peut avoir une cavalerie redoutable ; seul un peuple patriote peut avoir une bonne infanterie. Pour comprendre la cavalerie, il faut d'abord étudier le cheval, pour comprendre l'artillerie, le canon, car il n'y a pas de cavalerie sans chevaux, d'artillerie sans canons ; le cheval, le canon sont l'essence de la cavalerie, de l'artillerie. Pour comprendre l'infanterie, il faut commencer par étudier l'homme, car l'homme et non l'arme est l'essence de l'infanterie. » Et voilà ce cours d'art militaire qui devient un traité de psychologie, un traité de la connaissance de l'homme. Il y étudie la foule et la troupe, la foule française et la troupe française, l'homme et la troupe en lutte avec la fatigue et avec la peur.

J'ai rencontré le général de Maud'huy un peu partout dans la guerre : à Verdun, aux abords de la cote 304 ; à la bataille de la Malmaison ; et, dans sa poignante retraite de l'Aisne, à Longpont où il demeura jusqu'à ce que l'ennemi y arrivât, à Villers-Cotterets dont il sauva la forêt, et, si le Boche avait pénétré dans la forêt, c'était Compiègne bientôt compromis et le chemin de Paris ouvert. Dans la joie comme dans l'anxiété, j'ai toujours vu son charme opérer. Les traits pouvaient être plus tirés, la fatigue physique

plus évidente : une âme indomptable dominait la car-
casse, pour le cas où celle-ci se fût permis une plainte.
Et cette âme, dans les pires traverses, restait claire,
spirituelle, ingénieuse, en vérité joyeuse. Quand il
passait il rassurait, il rassérénait. Je n'ai jamais rencontré un fantassin à qui sa vue ne fît du bien, mais
il n'a jamais rencontré un homme sans le regarder et
le remarquer. Jamais il n'a confondu un homme avec
un autre. Il prenait son empreinte au passage. Pour lui,
il n'y avait pas d'anonymes, rien que des frères d'armes.

— Je collectionne les yeux, me dit-il un jour. J'en
ai tant vu depuis le début de la guerre. Je pourrais
reconstituer l'histoire de la guerre rien que par l'expression des yeux. Yeux d'espérance et de foi au début,
yeux d'angoisse infinie dans la retraite de Sarrebourg,
yeux triomphants mais graves après la Marne, comme
si l'on sentait que la victoire n'était pas définitive,
yeux d'indifférence dans la boue et la fatigue de 1915,
yeux terribles et volontaires de Verdun, les plus farouches de toute la campagne, yeux presque décou-
ragés et si douloureux de mai 1917, yeux ardents et
de nouveau croyants de la Malmaison...

Dans un château pillé des environs de Verdun où
il avait rassemblé ses commandants de compagnie —
et quelle assemblée bigarrée, véritable image de la
nation en guerre : d'anciens adjudants, de tout jeunes
saint-cyriens, des notaires, des magistrats, des instituteurs, des prêtres, des entrepreneurs — je lui ai
entendu prononcer un extraordinaire discours. Un discours, non, une causerie brève, éblouissante : —On vous
enseignera la technique, leur dit-il en substance. Mais,
outre l'instruction, il y a pour le commandant de com-

pagnie une formation morale nécessaire. L'armée ne compte, mes amis, que trois beaux grades : capitaine, colonel, généralissime. Vous avez le premier. Le capitaine est le réservoir d'énergie où la compagnie vient puiser. Pour commander une compagnie, il faut la connaître, l'aimer, la mener. Une compagnie est un être articulé dont vous êtes le cerveau et le cœur. Il faut qu'une compagnie ait plus de courage que chaque individu qui la compose. Le courage individuel ne va jamais très loin. Le courage collectif peut être sans limites. Il faut que dans la compagnie chacun soit connu et désire être estimé des camarades...

Et les commandants de compagnie qui l'écoutaient avaient dans les yeux cette flamme qui éclaire, comme la lampe du sanctuaire, nos autels intérieurs.

Où donc ce grand soldat, le plus humain des chefs, a-t-il ainsi perfectionné cette connaissance des hommes qui lui permet de les manier pour le bien du pays? Sans doute a-t-il beaucoup regardé, mais il a beaucoup lu et médité sur ses auteurs. C'est une joie, comme le jeu des fleurets dans une salle d'armes, de frotter ses lectures aux siennes. Sur le moyen âge et les chansons de gestes, il rend des points à M. Joseph Bédier, le savant auteur des *Légendes épiques.* Et tout d'abord, il a conquis celui-ci en lui rappelant une phrase de son *Tristan* où il est dit que Tristan reçut pour précepteur un chevalier qui lui apprit à ne jamais mentir. *Les Quatre Fils Aymon* sont pour lui un livre de chevet dont il développe avec ses dons de magicien les conseils d'honneur, de respect filial, de fraternité d'armes.

— Vous rappelez-vous, me dit-il un jour à Verdun, comme il surveillait une attaque probable de l'ennemi et m'avait emmené à un observatoire qui donnait sur les pentes nord-est de la cote 304, et comme nous distinguions dans le ravin de la Hayette un Boche qui rampait, vous rappelez-vous ce passage de la *Chronique de Charles IX* où, d'un bastion de la Rochelle, La Noue et Mergy regardent les travaux des assiégeants? C'est une terrible chose que la guerre, pense tout haut le vieux La Noue, et surtout la guerre civile. Et comme Mergy veut décharger son arquebuse sur un gaillard en pourpoint blanc qui se promène, La Noue détourne le coup : — Laisse-le. C'est un homme comme nous, et qui a sa foi comme nous la nôtre.

Notre Boche rampait toujours. Je crois bien qu'un soldat qui l'ajustait releva son arme pour écouter. Et le général acheva son histoire : — Le lendemain, ce même généreux La Noue commanda une sortie : — Sus à ces mécréants, à ces bandits ! criait-il à ses hommes en les excitant. Il apparaissait comme le dieu même des combats. — Je ne te reconnais plus, lui dit Mergy. — Assez philosophé, répond l'autre Maintenant, agissons.

Le lendemain, c'était, je crois, le 9 juin, l'ennemi attaquait sur Pommérieux par le bois Camard : quatre fois il lançait des vagues d'assaut et quatre fois elles étaient repoussées. « Soldats, avait dit Maud'huy aux troupes ensoleillées du 15e corps et à la 38e division déjà fameuse, le poste que vous tenez est d'une importance capitale. La France vous l'a confié... »

A Longpont, aux plus mauvais jours, tandis qu'on entendait le canon se rapprocher et le crépitement des mitrailleuses, ce fut le tour de Tolstoï :

— **Vous rappelez-vous, dans *Guerre et Paix*, la**

page sur Borodino? Le prince André dit à Pierre
Bézhoukov : — Le succès ne saurait être et n'a jamais
été la conséquence ni de la position, ni des armes, ni
du nombre. — De quoi donc alors? — Du sentiment
qui est en moi, qui est en chaque soldat.

Et le général releva sa tête fatiguée au teint plombé ;
ses yeux qui depuis plusieurs jours et plusieurs nuits
luttaient contre le sommeil lancèrent leur flamme
claire.

— Alors, ce sentiment, vous le connaissez. Vous
avez vu nos hommes : c'est pareil. C'est dur, mais ça
ira. Nous tiendrons devant la forêt de Villers-Cotterets...

J'avais été jusqu'au mince cordon de ses hommes
qui barraient la route des forêts. Ils valaient leur
chef. Cette confiance brillait comme un ostensoir dans
l'ombre.

Quand je l'ai revu au palais du gouvernement, à
Metz, me rappelant Verdun, et la Malmaison, et Longpont, et Villers-Cotterets, me rappelant à travers la
destinée de cet homme toute la guerre qui aboutis-
sait là, à cette splendide délivrance de la Lorraine, de
l'Alsace, et du Monde, je me suis senti ému à ne pouvoir parler. Et le général, traversé des mêmes souvenirs, me regarda :

— Embrassons-nous, mon ami. Nous sommes à
Metz.

III. — LES FÊTES DE STRASBOURG

(9 décembre 1918.)

A L'HOTEL DE VILLE DE STRASBOURG

Strasbourg, 9 décembre 1918.

Metz fut hier guerrière et délicate. Mais Strasbourg, en un jour, nous distribua, comme la Grèce antique, l'enseignement de la beauté que les siècles ont assemblée et choisie et que la tradition ordonna. Aucun de ceux qui ont vécu cette journée de Strasbourg ne l'oubliera jamais. Puissions-nous en tirer l'admirable leçon de vie provinciale et collective qui s'y trouvait enclose !

A la gare même, le président de la République avait reçu du maire de Strasbourg les clefs de la ville. Il avait ensuite déposé une gerbe de fleurs au pied de la statue de Kléber. Puis il vint à l'hôtel de ville et, sur le perron, il parla. Ce fut son plus beau discours, ce fut son plus beau succès oratoire... Mais ces mots : succès oratoire, sont ici déplacés. Il ne s'agit plus de succès, il ne s'agit plus d'éloquence. C'est un chef d'État qui prend part à l'histoire, et cette histoire est la plus grande des temps, parce qu'elle est celle de la fidélité, celle des droits du cœur et de la raison ensemble.

— Messieurs, commença-t-il, le plébiscite est fait...
Le plébiscite est fait. Comment ne le serait-il pas?
Toutes ces maisons pavoisées et ornées y ont pris part.
Et, dans chacune de ces maisons, chaque fenêtre y
prend part : voyez ces visages innombrables et radieux, ces mains qui agitent des mouchoirs. Il n'y a
pas de plébiscite pour affirmer des droits impérissables
et imprescriptibles.

Certes, il fit un tableau achevé de l'histoire alsacienne, un tableau où il rendit hommage à l'ancienne
monarchie comme à la Révolution dans leur œuvre
commune en Alsace. Car les temps ne sont plus au
marchandage des mérites ni à l'étroitesse des partis.
Un grand souffle vivifiant, venu, comme le vent du
large, des immensités apparues au cours de cette
guerre, a balayé les mesquineries des formules passées. Mais quand il rappela le rapt de 1870, la protestation de l'Alsace, et qu'il posa, affectueusement, la
main sur l'épaule du dernier protestataire à l'Assemblée de Bordeaux, Georges Clemenceau, l'émotion
gagna la foule sensible au geste et pour qui les images
vivantes et les hommes ont toujours personnifié les
idées et les souvenirs. Elle fut à son comble lorsqu'il
prononça cet appel direct, bien nouveau dans un discours de Poincaré, toujours si académique et d'une
ordonnance logique contraire aux prosopopées et au
lyrisme : — *Chère Alsace, douce Lorraine, comme vous
nous manquiez!...* et lorsqu'il fit aux morts leur part,
la première part, dans l'œuvre de délivrance.

— Le maréchal Pétain, me dit un Alsacien placé
à côté de moi dans la foule, nous a aussi parlé des
morts quand il est venu pour la première fois à l'hôtel

de ville avec le général Gouraud, lors de la première entrée.

— Il vous a parlé?

— Il nous a dit à peu près ceci : Pour libérer l'Alsace et la Lorraine, bien des jeunes gens, et la fleur de la France, et bien des hommes, sont morts chez nous. S'ils pouvaient assister à cette entrée à Strasbourg, et si nous leur demandions : « Acceptez-vous d'être morts pour l'Alsace ou préféreriez-vous la vie et que l'Alsace fût perdue à jamais pour nous, » je suis certain qu'ils se recoucheraient tous dans la tombe.

— Il vous a dit cela?

— Il nous a dit cela, et sa voix tremblait. Et pourtant c'est un homme qui ne tremble pas. Il a dit cela lentement, oh! sans faire de tapage, sans éclat de voix, presque doucement, comme un homme qui parle simplement à des hommes, On l'entendait à cause du grand silence qui s'était fait autour de lui. Il était très pâle. J'étais là. On pleurait...

L'ALSACE ÉTERNELLE

Strasbourg, 9 décembre 1918.

A la cathédrale, — cette cathédrale rose et légère, élancée et fine comme si elle voulait percer le ciel, fleur et cœur de l'Alsace — la chance me favorise. La marée humaine a rompu les barrages, séparé le cortège présidentiel, débordé les maréchaux. Elle m'a porté dans la nef centrale, auprès du curé-doyen qui reçoit le président de la République et le harangue :

— Vous avez, lui dit-il à peu près, choisi et mis à leur place les hommes qui à la tête des armées et du pays ont forcé la victoire, et tout spécialement le ministre à l'œil d'aigle et à la poigne de fer qui en fut le grand artisan (M. Clemenceau sourit) : nous ne croyons pas que la reconnaissance humaine puisse exprimer ce que nous ressentons. Permettez donc à notre foi catholique de se contenter de ces mots : que Dieu vous rende le bonheur que vous avez donné !... M. Poincaré, heureusement inspiré, répond qu'en pénétrant sous cette voûte on sent moins la douleur de Reims.

On ne peut pas tout raconter : les visites au temple, à la synagogue, la promenade au pont de Kehl où Clemenceau, gamin, s'avançant jusqu'au milieu qu'on n'a pas le droit de dépasser, tourna tout à coup le dos aux sentinelles allemandes : — « Voilà tout ce que je puis leur montrer. » Mais il y eut un spectacle incomparable, inouï, prodigieux, qu'il faut tâcher non pas à décrire, mais à évoquer. Ce fut le défilé alsacien.

La tribune présidentielle avait été dressée au cours du Broglie, et par un architecte qui doit avoir le sens des perspectives, car elle donnait comme toile de fond à la fête la vieille ville étendue et la masse lointaine de la cathédrale s'effilant, se spiritualisant, se glorifiant en sa tour unique. Le cours, laissé libre pour la revue et les cortèges, semblait, désert, un fleuve immobile entre ses hautes berges. Berges vivantes que faisait la foule compacte, serrée, pressée, joyeuse, aimable.

— C'est un peu fatigant d'être Français, me disait ma voisine, une toute vieille dame qui supportait la bousculade avec bonhomie : c'est un peu fatigant, parce qu'on est toujours en fête. A mon âge c'est une habitude plus difficile à prendre. Mais voyez la jeunesse : elle est déjà habituée.

Autour de moi, dans le peuple qui m'entoure, presque tout le monde parle français.

— C'est merveilleux, dis-je à un voisin. Les écoles allemandes n'ont pas dû être très suivies.

— Elles étaient obligatoires.

— Alors?

— Alors, je suis étonné moi-même. Ce qui a maintenu le français, il faut le dire : c'est la famille. En famille on est chez soi. En famille on est maître de sa tradition et de sa langue. Et personne n'y peut rien. Personne n'y pourra jamais rien.

Le cortège officiel a pris place dans les tribunes. Voici le président de la République, M. Clemenceau, M. Antonin Dubost, M. Paul Deschanel, le maréchal Foch au premier rang. Joffre, fatigué, n'est pas là. On le réclamera à grands cris. Pétain s'est mis au second rang avec Gouraud. Des acclamations les saluent tour à tour. Parmi elles se distingue celle-ci, jetée du haut d'un arbre par un jeune garçon plus sûr de son cœur que de sa grammaire : « Vive *la* Tigre ! »

Devant les autorités, au bas de l'estrade, des jeunes filles aux grandes coiffes sont rangées. Elles sont exigeantes : elles réclament, pour les serrer, les mains des hommes d'État et des généraux. Il faut bien que ceux-ci se courbent sous cette charmante indiscipline. Les voilà qui se penchent l'un après l'autre. Tout le premier rang s'est penché. Elles ne sont pas encore satisfaites : elles réclament Pétain et Gouraud. Plus tard, elles seront plus exigeantes encore. Quelques-unes, tout à coup hissées par leurs compagnes, se verront porter jusqu'à la tribune et s'y installeront. M. Poincaré apparaîtra entre deux belles Alsaciennes brunes, Foch à côté d'une superbe blonde au fichu et à la jupe bleus, Clemenceau à demi caché par une châtaine souriante.

La voisine de Foch, rencontrée le soir à la Maison des Chanteurs — une enfant de seize ans — me donnera son impression sur le maréchal.

— Il m'a expliqué les troupes. Mais je lui ai expliqué le cortège de chez nous.

Le maréchal, pour un temps, a cessé de correspondre avec le Très-Haut. Mais Dieu lui-même s'est reposé le septième jour. Il devait être à Strasbourg.

Certes, le défilé militaire fut magnifique. J'espère que Foch l'aura bien expliqué à sa voisine. L'une des plus belles divisions de France en eut les honneurs : la 38e, celle que le général Guyot de Salins conduisit à Douaumont, à la Malmaison, à Orvillers, à l'offensive du 18 juillet, sur tous les champs de bataille, partout où l'on récolta la mort et la gloire. Le général Duffieux la commande aujourd'hui. Ce fut d'abord le 4e zouaves en chéchia rouge, mené par le lieutenant-colonel Duplantier. Jeunes gens que le régiment a semés en route, jeunes gens hardis et généreux : Champfeu, Marasquin, restés à la Malmaison, et tant d'autres, partout restés, que n'étiez-vous là? Et vous, commandant de Clermont-Tonnerre, et vous, commandant du Peuty, tués à Orvillers? Mais vous êtes de ceux qui ont accepté le sacrifice. Vous êtes de ceux qui, pour délivrer l'Alsace, ont accepté de se coucher pour toujours sous la libre terre française. Dans ce jour de fête, notre pensée vous réveille, notre pensée vous appelle et vous glorifie...

Parlerai-je du 4e régiment mixte, précédé de ses mélancoliques noubas, des chasseurs à pied (67e bataillon), des fantassins (132e), des artilleurs (77e de campagne, 132e lourd), des chars d'assaut, des autos-canons, des chasseurs à cheval? Mais un autre souci me réclame. Les militaires, ce jour-là, se sont effacés devant l'Alsace qu'ils ont sauvée.

Ah! ce défilé alsacien! Ce fut d'une irrésistible émotion. Le soleil manqua, mais l'on n'avait pas besoin de soleil... La clarté, les lumières venaient du sol et montaient. Le cours du Broglie, comme un fleuve animé, charriait l'histoire, toute l'histoire de l'Alsace. L'Alsace de la musique et du chant : chorales, orphéons, fanfares, sociétés musicales. L'Alsace des guerres et du souvenir : vétérans graves aux vieilles bannières et aux médailles commémoratives, conscrits aux chapeaux enrubannés. L'Alsace des corporations et des métiers : boulangers, horlogers, brasseurs, tonneliers, jardiniers, — jardiniers aux chapeaux de paille grossière, portant à leurs épaules un jardin suspendu de chrysanthèmes et d'orchidées, et suivis de jardinières en coiffes, jetant des bouquets comme les anges jettent des pétales de roses aux processions. L'Alsace des coutumes et des traditions, l'Alsace des villages, variée, diverse à l'infini et cependant une, mêlant toutes ces notes bigarrées dans une seule harmonie. Les villages sont tous venus ce matin, toutes les routes qui aboutissent à Strasbourg en étaient remplies. Ils déferlaient avec allégresse, en voitures pavoisées et fleuries, et les chevaux mêmes portaient des banderoles et des bouquets à leur harnachement. Et maintenant ils passent tour à tour devant nous, rivalisant de richesse de costume et d'ornementation. Les uns montés sur de gros et beaux chevaux de labour, et les jeunes gens, au commandement de l'un d'eux, soulèvent et agitent leurs chapeaux ornés : les autres à pied, avec des emblèmes de leurs travaux. Et, donnant à tout le cortège une grâce incomparable, les jeunes filles se tenant par la main marchent d'un pas rythmé, en coiffes noires, ou de soie brochée, ou rouges, ou dorées, selon les lieux d'origine. Elles dansent, mais cette danse populaire a comme une beauté de rite sacré. Que nos Isadora Duncan apparaissent artificielles et prétentieuses auprès de ces rythmes graves, de ces cadences légères et pures qui font songer aux fêtes de la Grèce antique, au temps où les dieux habitaient parmi les mortels ! Ces jeunes filles ont le chant dans le corps, et leur marche flexible et noble ensemble a la pureté d'une musique religieuse.

Ce peuple a lutté, souffert, mais il a duré et il a triomphé : c'est la grave leçon qui naît de ce cortège admirable. Nulle volonté n'a pu le détruire, parce qu'il est resté uni dans le même amour et dans la même pensée. Il a gardé la vie provinciale, la vie municipale, la multiplicité de la vie libre soumise néanmoins à une discipline secrète et sûre. Il est le témoignage de la tradition éternelle quand elle sait demeurer vivante et agissante.

LA « MARSEILLAISE » EST REVENUE

Et quand toute l'Alsace eut défilé en magnifiques images, la foule délirante, cherchant à exprimer, à fixer son émotion, entonna d'instinct la *Marseillaise*.

Au cours du Broglie, une inscription désigne la maison où Rouget de Lisle composa le chant sacré. Rostand, ce lettré qui avait le sens populaire, a chanté en vers immortels la nuit d'avril — nuit d'annonciation — où l'ange de la guerre apparut au musicien.

> Un mauvais violon, un pupitre boiteux,
> Un habit d'officier jeté sur une chaise...
> C'est de là qu'elle va partir, la *Marseillaise!*

Le pauvre capitaine n'est qu'un « modeste élève de Grétry » : il a peur de l'hymne formidable qui s'abat sur lui et le possède, il n'a que son désir pour génie. Mais il *sent tout son cœur glisser dans ce bois creux qu'il penche.*

> ... Le chant s'élance ! — et dès le lendemain,
> Vole du violon sur un clavier d'ivoire.
> Des héros attablés forment son auditoire :
> Le maire de Strasbourg les manda ce matin
> Pour leur chanter le chant nouveau. C'est un festin
> Qui mêle, au seuil des jours pleins d'heures inconnues,
> Les épaulettes d'or et les épaules nues.
> On cause, on rit. « Sait-on ce que devient Kléber?
> — Qui? le géant? Il vient de s'engager. — Mon cher
> Les sangliers germains vont rentrer dans leurs bauges. »
> Et la vieille eau-de-vie aux framboises des Vosges
> Passe... Et la Mort, dans l'ombre, enroule à son index
> Un des beaux cheveux blonds du lieutenant Desaix
> Les couples ne prêtaient que des oreilles vagues
> Quand la nièce du maire, en enlevant ses bagues,
> S'assit au piano-forte de Silbermann.
> Mais la guimpe et le frac, l'écharpe et le dolman
> Frémirent ; tous les yeux se remplirent de larmes,
> Et lorsque retentit le magnifique : « Aux armes »

Le clair salon put voir, à cette grande voix,
Tous les Français debout pour la première fois.

Et laissant le clavier brisé par ses saccades,
Le chant s'envole ! Il va courir sous les Arcades,
S'empare du clairon, possède le tambour,
Occupe tous les doigts des fifres de Strasbourg...
Et le vent du matin n'était qu'une brûlure !
Et les soldats, surpris de presser leur allure,
Disaient, en retenant leur pas qui bondissait
« Qu'est-ce que c'est que cet air-là ? Qu'est-ce que c'est
Que cet air-là ? »

          Cet air, ô pâle Volontaire,
C'est ton immense soif de délivrer la terre,
C'est l'esprit véhément qui sur toi déferla,
Et qui veut déferler jusqu'à nous. Cet air-là,
C'est ton âme de feu dans un refrain captée
Et qu'un soir de ce siècle aux siècles a jetée
Parce qu'il sait qu'un jour nous en aurons besoin...

Et le chant s'envole à travers l'Europe. Son vol va changer l'univers. Après la bataille de la Marne à quoi elle a pris sa part, la *Marseillaise* s'en vient aux Invalides réveiller l'Empereur : elle précède le cercueil de Rouget de l'Isle à qui cette sépulture triomphale est accordée. Et les douze victoires de marbre qui font cercle autour du sarcophage impérial se lèvent pour l'accueillir...

Pourquoi faut-il que le poète soit mort trop tôt pour assister à ce spectacle : la *Marseillaise* revenant à son lieu d'origine, le chant alsacien devenu l'hymne de la liberté, rentrant au pays natal pour être à l'heure solennelle de la délivrance l'expression de l'Alsace? Mais les visions des poètes devancent et dépassent les réalités.

À LA MAISON DES CHANTEURS

9-10 décembre.

Strasbourg est en liesse ce soir. J'ai assisté, en Belgique, aux entrées solennelles du Roi et de la Reine des Belges à Bruges, à Gand, à Bruxelles. J'ai vu l'explosion de la rude gaieté flamande et de l'exubérante Wallonnie. J'ai participé à leur ivresse à la Rubens. La foule à Strasbourg est différente. On imaginerait ainsi la foule athénienne après les Panathénées : le goût, la mesure persistent jusque dans l'excès de la joie, et l'on ne sait même pas si ces jeunes filles aux belles coiffes, qui jusque dans la liberté gardent, avec la grâce, une dignité naturelle, appartiennent aux milieux populaires ou aux milieux cultivés.

Les mœurs sont charmantes. Ce soir, un grand nombre de ces jeunes filles du cortège ont été invitées à dîner, sans leurs parents, par des officiers, par des soldats. Elles ont accepté et je les regarde, à l'hôtel, aussi à l'aise que chez elles, buvant du vin du Rhin, mangeant de bel appétit, les joues roses, les yeux illuminés, tandis que leurs hôtes, pleins d'attention, leur débitent des propos gentils et timides. Car on n'entend rien d'irrespectueux ni d'audacieux. Une atmosphère de confiance, de noblesse native — c'est bien cela — flotte autour d'elles...

Je vais à la Maison des Chanteurs, rue des Vosges. C'est une vaste salle où l'on danse. Les jeunes filles y ont invité les officiers, et tout le monde officiel s'y est aussi précipité. Jadis, peu avant la guerre, j'y avais donné une conférence pour inaugurer un de ces cercles soi-disant littéraires qui étaient des foyers d'influence française, et il est plaisant d'y revenir pour y danser. Car tout le monde y danse, comme sur le pont d'Avignon. La danse est un grand plaisir alsacien. J'y vois tourner des colonels, des généraux, et même des députés, peut-être des sénateurs. Le général Gouraud apparaît un instant au balcon. C'est un instant prodigieux : reconnu à son visage de prophète, à ses yeux clairs inoubliables, instantanément la danse se fige, comme une vague suspendue avant de déferler, et les couples soudain immobilisés entonnent la *Marseillaise*.

Des poètes, des députés veulent, pendant un intervalle, divertir l'assistance avec des rythmes et des mots : ne faut-il pas que l'orchestre se repose et que les danseurs reprennent leur souffle? Ils sont écoutés avec déférence, ils ne le seront pas longtemps. Comme ils continuent, touchés d'un accueil flatteur, et sans doute accoutumés aux hommages, leurs strophes ou leurs phrases, ils sont brusquement surpris d'entendre crier : « Musique ! musique ! » La leur ne suffit-elle pas? Les Alsaciennes réclament l'orchestre. Leurs jambes — leurs jambes fort bien faites, ma foi, car les jupes ne sont pas très longues et ne les cachent guère — ne tiennent plus en place. Force est aux députés et aux poètes de s'exécuter eux-mêmes, ce qu'ils font de la meilleure grâce du monde.

Voici le lieutenant Fonck qui passe donnant le bras à l'une de ces belles enfants, une des plus belles. Il a l'air bien absorbé, le lieutenant Fonck. Il a oublié sa rosette et ses innombrables palmes, et ses vols terribles, et l'espace, et tout le ciel, son domaine. Comment le vaste ciel a-t-il fait **pour** tenir tout entier dans les prunelles de sa compagne? Insensiblement, j'évoque une autre silhouette, plus élancée, plus haute, qui manque ici, qui manquera à la jeunesse française : notre Achille, Guynemer. Pourquoi faut-il que les morts nous poursuivent? Tout à l'heure je rencontrais des officiers du 4ᵉ zouaves que j'avais vus à la Malmaison, et tout à coup je me suis senti environné de morts : Clermont-Tonnerre, du Peuty, de Champfeu, Marasquin. Il n'est plus de fête sans la présence des morts. Mais ils ne nous apparaissent pas pour nous attrister. Leur mémoire nous donne de la fierté et de la force...

De longues farandoles s'allongent, s'allongent **sans** cesse, déroulent dans la salle leurs courbes, leurs anneaux, encerclant un instant les couples de valseurs, débouchent dans les couloirs, grimpent au balcon d'où elles redescendent en course folle au parterre. Que de jolies Alsaciennes — aux grandes coiffes noires ou de couleur, mais les noires sont encore les plus belles, aux fichus, aux corsages, aux jupes bigarrées et chatoyantes, — éclairent cette soirée de leur rire et de leur fraîcheur ! En vérité, elles sont toutes jolies. La victoire et la liberté sont de fameuses cameristes : elles s'entendent à colorer les joues et les lèvres, à souligner l'éclat des yeux, à répandre sur le visage une animation plaisante au regard. Mieux que les poudres et les fards, mieux que tous les artifices des Instituts de beauté, elles flattent la jeunesse, la santé, l'ardeur à vivre. En vérité, **toutes** les Alsaciennes ont, ce soir, seize ans.

Les **chères** vallées d'Alsace sont là. Mais toutes les

vallées d'Alsace ne nous sont-elles pas également
chères? Pas tout à fait. Il y en a trois qui furent nôtres
les premières, et qui, depuis quatre ans et davantage,
se sont ingéniées à fortifier en nous le goût, le désir,
l'amour de l'Alsace. Ce sont les trois vallées de la
Doller, de la Larg et de la Thur — ou, comme on les
appelle encore, les vallées de Massevaux, de Danne-
marie et de Thann — que nous avons gardées depuis
le début de la guerre. Comment ne mériteraient-elles
pas une mention spéciale? Il n'est pas un officier, pas
un soldat qui ait séjourné, ne fût-ce qu'un jour, dans
l'une d'elles sans en emporter un souvenir attendri.
Elles ont fait dans les cœurs français la meilleure propagande alsacienne. Je n'ai jamais entendu un soldat
annoncer à un camarade : « Mon régiment va en
Alsace », sans qu'il reçût aussitôt cette réponse : « Veinard ! » Veinard en effet, celui qui débarquait dans
l'un ou l'autre de ces villes ou de ces villages propres
et délicats, dont les habitants se montraient toujours
empressés à recevoir les troupes, à leur ôter, avec leur
capote boueuse, la fatigue et l'ennui. Les régiments
changeaient, et à chaque nouvelle division qui venait,
c'étaient de nouveaux départements français conquis à
la cause alsacienne. Car les petits gars écrivaient à
leur maman, à leur sœur, à leur fiancée : « Comme on
est bien ici ! Remerciez donc notre hôtesse... » Ainsi
des correspondances s'échangeaient entre les femmes
de France — oh ! non, entre les femmes de l'intérieur,
préoccupées de leurs petits, et ces femmes de la frontière qui les gâtaient. Oui, les trois vallées ont bien
mérité de l'Alsace.

Or, elles sont venues aux fêtes de Strasbourg. Elles

ont connu la guerre, ne doivent-elles pas assister à la libération? Elles se sont fait représenter ce soir à la Maison des Chanteurs. Voici Massevaux et voici Saint-Amarin. Massevaux, joli centre intellectuel et mondain où l'on avait l'impression de la guerre en dentelle, tant il y avait de gaieté rieuse même pendant la visite des avions ; Saint-Amarin, plus près du front, tapi dans son verdoyant vallon au pied des Vosges, lieu de repos exquis où s'agitaient en graves conversations l'avenir de l'Allemagne et celui de l'Alsace.

Massevaux, d'une voix douce et mélancolique — car Massevaux s'est fait représenter le plus aimablement du monde — Massevaux murmure :

— Maintenant, nous ne sommes plus rien. Autrefois, nous étions presque une capitale.

— Massevaux gardera pour nous, madame, le charme de la première Alsace, celle de 1914.

— Vous ne vous y arrêterez plus.

— Vous n'aurez que trop de visites : tous ceux que vous avez si bien reçus pendant la guerre, et leurs familles.

— Jamais trop.

Et Massevaux a un sourire détaché, une moue gentille, pour ajouter :

— Mais nous nous réjouissons de céder notre place à Strasbourg.

Saint-Amarin porte, ce soir, un nom connu et une barbe noire. J'ai causé si souvent avec lui de nos espérances, et aussi — pourquoi ne pas l'avouer? — de nos inquiétudes momentanées. Et, ce soir, nous parlons du Rhin.

... Tout le monde, ici, a perdu la notion de l'heure.

On s'en va, au petit jour, dans Strasbourg qui ne s'est pas endormie. Cette journée nous a-t-elle donc, à tous, restitué la jeunesse? On se souvient de ses premiers bals que l'on ne quittait qu'à l'aube, rêvant de quelque jeune fille aux yeux trop doux. Chacun de nous s'en va ainsi, dans le matin qui commence, rêvant de l'Alsace comme d'une femme...

II

LES FRANÇAIS SUR LE RHIN

(Décembre 1918.)

A M. GABRIEL HANOTAUX

*En hommage respectueux
à l'historien de la grande guerre
et en souvenir de notre voyage à Mayence.*

H. B.

I

LES SURVIVANCES FRANÇAISES AUX PAYS RHÉNANS

Metz, 10 décembre 1918.

A peine rentré à Metz, avec le regret de n'avoit pu assister aux fêtes de Colmar et de Mulhouse, je suis envoyé dans la Hesse et le Palatinat.

Il y a douze ou treize ans, je partais pour un voyage aux bords du Rhin et j'emportais avec moi les *Reisebilder* d'Henri Heine, *le Rhin* de Victor Hugo, *la Garde au Rhin* de Clara Viebig (1). Aujourd'hui, j'ai choisi d'autres ouvrages ; si j'ai dû reculer devant les savants volumes de Babelon (*le Rhin à travers l'histoire*), trop lourds pour ma cantine, j'ai pris le livre de Julien Rovère sur les *Survivances françaises dans l'Allemagne napoléonienne depuis 1815 jusqu'à nos jours, Mayence* d'Arthur Chuquet, *Mgr Ketteler* de Georges Goyau, plus un guide. Cette bibliothèque est déjà imposante. Au retour des fêtes de Strasbourg, disposant d'une demi-journée, je la déballe pour prendre contact avec elle. Comme mes préoccupations ont changé depuis mon dernier voyage — mon voyage d'il y a treize ans, d'il y a un siècle ! Maintenant je

_____

(1) V. la première partie du livre : *le Rhin romantique.*

vais rejoindre nos troupes qui occupaient la rive gauche du Rhin et voir sur place ce qu'il faut penser de la puissance allemande après la défaite.

J'ai ouvert le livre de Julien Rovère. Mais voici que les lignes de prose historique se changent en strophes et se mettent à chanter. Ce sont des vers qui s'interposent, des vers si beaux, si délicats et tristes que le cœur en est tout endolori :

... Henri Heine, j'ai su alors pourquoi vos livres
Regorgent de buée et de soudains sanglots,
Pourquoi, riant, pleurant, vous voulez qu'on vous livre
La coupe de Thulé qui dort au fond des flots ;

L'amour de la légende et la vaine espérance
Vous hantaient d'un appel sourdement répété :
Hélas ! vous aviez trop écouté, dès l'enfance,
Les sirènes du Rhin, à Cologne et Mayence,
Quand l'odeur des tilleuls grise les nuits d'été !...

O soirs de Dusseldorf, quand les toits et leur neige
Font un scintillement de cristal et de sel,
Et que, petit garçon qui rentrait du collège,
Vous évoquiez déjà, rêveur universel,
L'oriental aspect de la nuit de Noël.

Pourtant vous goûtiez bien la sensible Allemagne,
Les muguets jaillissant dans ses bois ingénus,
L'horloge des beffrois, dont les coups accompagnent
Les rondes et les chants des filles aux bras nus ;

Vous connaissiez le poids sentimental des heures
Qui semblent fasciner l'errante volupté,
Quand l'or des calmes soirs recouvre les demeures,
Les gais marchés, le Dôme et l'Université ;

Mais, poète inspiré, fier ami des naïades,
Les humaines amours vous berçaient tristement,
Et vous trouviez, auprès d'une enfant tendre et fade,
La double solitude où sont tous les amants... (1).

(1) Comtesse DE NOAILLES, *les Vivants et les Morts.*

Ma mémoire a dû oublier l'une ou l'autre strophe. Je ne suis pas sûr d'avoir retenu exactement tous les mots de la dernière que j'ai citée, et je ne retrouve pas les suivantes. Ce serait assez pour entendre la voix des sirènes qui nous appellent sur le Rhin, si nous ne savions aujourd'hui ce qu'il faut penser de la *sensible Allemagne*. J'ai remonté jadis le Rhin par de beaux jours d'automne, eux aussi délicats et tristes : les feuillages dorés cachaient à demi, sur la rive, les ruines, souvent truquées, des vieux burgs. Et déjà, il me semble bien que j'avais remarqué, malgré les sirènes, l'aspect des forts, les flottilles de commerce, l'essor industriel et les innombrables soldats. Trouverai-je un pays rhénan désolé par la guerre, affamé et misérable, travaillé par la révolution et l'anarchie? Voici que les sirènes reniées s'en vont. Je cherche dans Julien Rovère l'histoire du pays rhénan au cours du dernier siècle. Son livre est intitulé : *Les survivances françaises*. Reste-t-il encore des traces de l'occupation républicaine et impériale?

Le 21 mars 1793, la Convention rhéno-germanique de Mayence, dans un grand élan vers la liberté, avait voté à l'unanimité l'annexion à la France. Une administration libérale acheva de nous attacher ces populations. Mais en 1815 elles sont partagées entre la Prusse, la Bavière, la Hesse et l'Oldenbourg. Dès lors, et jusqu'en 1880, elles vivent dans un état de gêne morale, spécialement celles qui dépendent de la Prusse. D'autre part, la France ne renonce pas aisément à ses frontières naturelles. « La Gaule, dit César, s'étend du Rhin aux Pyrénées et des Alpes à l'Océan, » et Tacite : « La Germanie est séparée de la Gaule par le Rhin. » Sous le ministère Polignac, Chateaubriand, dans un mémoire, réclame la rive gauche du Rhin : « C'est là, dit-il, que tôt ou tard la France doit poser ses frontières, tant pour son honneur que pour sa sécurité. Les guerres de Napoléon ont divulgué un fatal secret : c'est qu'on peut arriver en quelques jours de marche à Paris après une affaire heureuse, c'est que ce même Paris est beaucoup trop près de la frontière. La capitale de la France ne sera à l'abri que quand nous posséderons la rive gauche du Rhin. »

Une antipathie profonde sépare le Rhénan du Prussien après 1815. Celui-ci ne sait pas inspirer un autre sentiment que l'antipathie. Toujours il abuse de la force et cherche un profit : il gouverne avec la discipline et les impôts Tandis que la Bavière, la Hesse et l'Oldenbourg respectent le code français introduit dans le Palatinat, la Prusse le proscrit et lui veut substituer immédiatement sa législation. A la lutte pour le code s'ajoute la lutte religieuse, beaucoup plus longue encore et plus passionnée. Le mot de Prusse devient pour les catholiques rhénans synonyme de protestantisme. Sur la période qui précède 1848, un historien allemand, le P. Flathe, écrit : « Avec une inquiétude croissante, on s'aperçoit à Berlin que l'opposition confessionnelle, attisée dans le Rheinland par les ultramontains et l'archevêque lui-même, se confondait avec l'esprit particulariste de cette province, toujours étrangère et défiante vis-à-vis de la Prusse... » Napoléon s'était montré autrement libéral. Le travail de la Prusse ne tendait à rien moins qu'à établir une religion d'État et anéantir le catholicisme dans tout le Rheinland.

La révolution de 1848 est, dans la vallée du Rhin, nettement anti-prussienne. Les catholiques s'allient aux démocrates et l'avouent hautement au congrès de Mayence (octobre 1848). Ils attendaient l'intervention française. Lamartine déclara que la République n'intenterait la guerre à personne. Le résultat inévitable fut une réaction prussienne.

Cette réaction, dès que Bismarck prend le pouvoir, se montre plus habile. La Prusse favorise l'essor industriel et commercial des Rhénans ; de plus, elle leur donne l'impression obsédante qu'elle va diriger l'Allemagne et le monde. Elle s'impose par la richesse et par la puissance. Néanmoins les populations résistent. Le roman de Clara Viebig, *Die Wacht am Rhein*, montre leur résistance, si j'ai bonne mémoire, au cours de deux ou trois générations. En 1865, elles espèrent que la France appuiera l'Autriche. Bismarck même, connaissant les sentiments des Rhénans, consentirait à les perdre si la France l'aidait à annexer la Saxe, le Hanovre et la Hesse. Napoléon III est l'arbitre : il ne joue sur aucun des deux tableaux et perd l'une et l'autre parties.

Même après 1866, on nous attend encore sur le Rhin : « Si la France, déclare, en 1868, un Rhénan au général Ducrot, n'est pas assez forte, assez résolue pour nous prendre sous son patronage, pour nous ouvrir les bras, nous nous jetterons dans ceux de la Prusse, de cette nation jeune et pleine de sève, à laquelle semble appartenir l'univers. Mais que la France fasse preuve de force et de volonté, et c'est vers elle que nous entraînera tout naturellement le courant de nos sympathies et de nos intérêts. » L'Exposition de

1867 a ébloui l'univers. La France a son prestige intact. Quand éclate la guerre de 1870, que notre offensive nous conduise sur la rive droite du Rhin, et l'Autriche entrera en campagne, et les Rhénans se considéreront comme délivrés du cauchemar prussien.

A Cologne, un de nos officiers prisonniers, le colonel Meyret, s'entend dire par son hôte : « ... Nous avions des drapeaux tricolores tout prêts pour votre arrivée, car il y a encore ici beaucoup de sympathies pour la France ; mais maintenant la grande Allemagne est faite. » Cependant la victoire allemande ne consacrera pas encore l'attachement des Rhénans à la Confédération germanique.

En 1874, le publiciste allemand Sybel, député au Landtag de Berlin et professeur à Bonn, écrivait : « ... Après l'écrasement de la France, c'est un devoir d'État pressant que de réduire à l'impuissance l'adversaire de notre cause nationale. Jamais lutte défensive n'a été plus légitime. » Quel est cet adversaire de la cause nationale allemande, selon Sybel? Le catholicisme, qui mène la Confédération du Rhin, et que Bismarck veut à tout prix réduire. On connaît les différentes phases du Kulturkampf. M. Georges Goyau, dans les quatre volumes de son grand ouvrage sur *Bismarck et l'Eglise*, s'en est fait l'historien minutieux : aucune lecture ne permet mieux de mesurer le conflit des forces morales et matérielles. Le 20 septembre 1872, les évêques rhénans assemblés à Fulda, sous la présidence de l'archevêque de Cologne, déclarent dans une protestation solennelle : « La lutte contre Rome est une explosion du criminel orgueil produit par les victoires remportées sur la France. »

En d'autres termes, ajoute **Julien Rovère** : « La grande puissance catholique vaincue à Sedan laissait par sa défaite le champ libre à l'oppression prussienne. » Le Sedantag apparaît comme l'expression de ce *criminel orgueil* et l'évêque de Mayence, Mgr Ketteler, refuse de le célébrer : « Sedan, dit-il, est un jour de deuil et d'humiliation. »

Il n'est pas douteux que, pendant le Kulturkampf, les espérances des provinces rhénanes ne se soient de nouveau tournées vers la France. Mais, à partir de 1880, notre changement de politique intérieure ne leur permet plus d'attendre de nous un appui, et Bismarck se décide à céder sur le terrain religieux et à s'entendre avec Rome. Il conquerra par d'autres moyens — si tant est qu'il les ait jamais conquis — ces Rhénans si différents des Prussiens : par son administration, qui achèvera de substituer le système de l'impôt allemand au système français encore partiellement en usage et qui fera partout régner l'ordre ; par l'école, par l'instituteur qui forme les cerveaux et oriente les intelligences ; par la presse sans cesse dressée à peindre la France sous un jour corrompu et violemment anti-religieux ; par l'immigration qui amènera sur le Rhin des éléments plus dociles ; enfin et surtout par le bien-être et la prospérité de l'Empire. De nouvelles et nombreuses voies de communication ouvriront au commerce des pays rhénans de vastes débouchés. Leur développement et leur richesse les conduiront enfin à l'acceptation d'un régime nouveau qui leur aura été si profitable.

Cependant, on ne peut dire que les souvenirs français en aient totalement disparu. En 1902, M. Holzhausen constate encore : « Les sympathies françaises et spécialement napoléoniennes dont la force, vers 1840, remplissait d'étonnement le Berlinois Gutzkow, ont duré dans les provinces rhénanes bien au delà de 1870 et leurs restes sont encore visibles aujourd'hui pour un œil pénétrant. » Napoléon surtout, ses préfets (Jean Bon Saint-André à Mayence, Jules Doazzan à Coblence), son administration ont laissé la trace de la force et de l'ordre français.

La Prusse ne s'y est jamais méprise. Sans suspecter le loyalisme des provinces rhénanes, elle n'a pas cessé d'envisager leur perte après la défaite militaire. Le 25 juillet 1915, un journal luthérien de Westphalie, le *Sonntagsblatt für die evangelische Gemeinde Unna*, imprimait : « La France, dont la population diminue plutôt qu'elle ne s'accroît, s'arrangerait fort bien du pays et des habitants de la rive gauche du Rhin. »

Il n'y a donc pas plus de trente à quarante ans que les pays rhénans se sont accommodés de la Confédération germanique, et ce résultat est dû à une triple cause : une administration très ordonnée ; un grand état de prospérité matérielle ; la cessation, ou plutôt, car elles n'ont jamais complètement cessé, la diminution très appréciable des luttes religieuses et les avantages faits au clergé tant luthérien que catholique...

Je ferme le livre de Julien Rovère. Aussi bien l'heure est-elle déjà tardive pour qui, dans la matinée, est venu de Strasbourg après avoir passé sa nuit à la Maison des Chanteurs. Je partirai demain pour Kaiserslautern où le général Fayolle, qui commande le groupe des armées d'occupation, a établi son quartier général. De ces survivances françaises, trouverai-je encore quelque trace au pays rhénan?

II

LE VOYAGE A MAYENCE

11-12 décembre 1918.

Comme je vais partir, un coup de téléphone me rappelle.

Je suis chargé d'accompagner à Mayence M. Hanotaux qui doit assister au passage du Rhin par nos troupes. Après son départ, je reprendrai mon poste dans la Hesse et le Palatinat (1). Ainsi m'échoit brusquement l'honneur de voyager avec notre ancien ministre des Affaires étrangères. Il veut bien approuver l'itinéraire que j'avais arrêté, et nous voilà partis.

... Après avoir traversé Saarbrucken — Saarbrucken qui comptait dix mille habitants en 1870 et qui en compte maintenant cent vingt mille — Saarbrucken brillamment illuminée, aux étalages abondants, à la foule compacte, puis des bourgs importants comme Saint-Ingbert, Homburg, Landsthul, nous arrivons dans la soirée à Kaiserslautern. Kaiserslautern, à l'entrée des forêts de la Haardt, est à la fois ville d'indus-

(1) V. dans le *Figaro* des 17, 19 et 24 décembre 1918, les articles de M. Hanotaux sur le *Passage du Rhin*.

trie et de villégiature. Le logement chez l'habitant permet de se rendre compte du confort bourgeois : le linge est luxueux, les grands poêles de faïence répandent dans toute la maison une atmosphère de serre. Si j'en fais la remarque, c'est que nous retrouverons cette atmosphère de chaleur et de bien-être partout où nous serons logés.

Le bourgmestre de Kaiserslautern, en recevant le général Fayolle, a promis, certes, son concours avec fermeté. Son discours, très étudié, remarquable, — et nos officiers rencontreront presque partout des fonctionnaires, des chefs d'industrie, des cadres sociaux solides et compétents, — ne manque pas de fierté, mais il ose faire allusion aux épreuves supportées dans la guerre par Kaiserslautern qui reçut une bombe d'avion, laquelle écorna une maison. — Ils ne savent rien de la guerre, nous dit le général Fayolle, rien que les mensonges accrédités par le gouvernement allemand. Ils croient encore à une Allemagne provoquée et pleine de justice. Ils ignorent les dévastations et les crimes commis en Belgique et en France. Ils ignorent ou feignent d'ignorer l'éclatante série de nos victoires, depuis le 15 juillet, et le désastre auquel ils étaient acculés. Pourtant, nous sommes ici. Je les instruirai.

Le glorieux vainqueur de la Somme, le chef du groupe des armées françaises qui barrèrent la route de Paris et d'Amiens en mars et en juin dernier aux troupes de Ludendorf, et qui ne cessèrent de prendre l'offensive et de chasser l'ennemi depuis le 18 juillet, se redresse pour affirmer : — *Pourtant, nous sommes ici. Je les instruirai.* Ce grand honnête homme, aux

yeux presque candides, dont la bonté native trans-
paraît, cet amateur de roses qui a été dans la guerre
un guerrier si tenace et si rude, ne peut supporter le
mensonge. Il en est tout secoué et indigné. Nul, cependant, ne serait plus porté que lui à la générosité, à
l'indulgence. Mais le sens de l'équité domine en lui
tous les autres sentiments.

Nous assistons à l'entrée des écoles à huit heures
du matin. Écoles de garçons, écoles de filles, bien
achalandées, car ce sont des entrées sans fin. Comme
il y en a! Comme il y en a! On nous avait parlé
de souliers de carton et de vêtements de papier, on
avait attiré notre pitié sur l'étiolement d'une race
insuffisamment nourrie. Tous ces gosses sont bien
chaussés : pas un n'est en sabots. Tous ces gosses sont
bien habillés : la plupart ont des manteaux ou des
pèlerines, bien que la température soit très douce,
une température de printemps. Tous ces gosses ont
de bonnes mines réjouies. Ils ne sont point sauvages,
et même ils sont presque trop familiers. Ils s'installent
dans l'automobile, dont il faut les déloger, sous le prétexte de nous montrer le chemin.

Nous prenons la pittoresque vallée qui suit la petite
rivière Alsenz. L'Alsenz se jette à Munster-am-Stein
dans la Nahe qui va grossir le Rhin à Bingen. Entre
les mamelons aux pentes douces couvertes de forêts
ou portant une herbe grasse s'échelonnent les villages et les bourgs, Sembach, Lohasfeld, Winnweiller,
Schweissweiler, Rockenhausen, Dielkinchen, Obern-
dorf, Alsenz, Hochstätten, Altenbamberg, et, à l'entrée de la plaine du Rhin, Münster-am-Stein. Ces jolis
villages forestiers, propres et bien tenus, aux maisons

solides ornées de pots de fleurs, assis au bord de la
rivière, ont un air d'aisance et de prospérité. Il faut
à tout moment donner un coup de frein à l'automobile pour ne pas écraser les poules. Car la volaille est
abondante, extrêmement abondante, et la volaille vit
de grain. Donc le grain ne doit pas manquer. Voici
de beaux tas de bois qui nous rappellent, par contraste, nos forêts détruites. Magnifiques forêts de la
Chartreuse, de Prémol, si loin de la guerre et éven-
trées pour la guerre, je pense à vous avec tristesse!
Ici les forêts, bien aménagées, sont en plein rendement.

Les nombreux tas de fumier révèlent la présence
du bétail. Il n'y a guère de bétail aux champs, il est
vrai, mais ce n'est pas la saison et le fumier ne trompe
pas. Les chevaux agricoles que nous rencontrons ont
de larges poitrails et des croupes rebondies. Ils sont
le plus souvent attelés à deux. Quels beaux attelages
ils feraient pour notre artillerie! Ne nous avait-on
pas raconté que l'artillerie allemande manquait de
cavalerie? Pas un pouce de terrain n'est à l'abandon. La terre retournée paraît grasse et riche. Déjà
pointe le jeune blé. Quand on approche du Rhin, les
vignes apparaissent, tenues avec un souci extrême,
sans une mauvaise herbe, le sarment noué; la main-
d'œuvre n'a pas dû manquer.

Voici donc le pays d'Allemagne le plus rapproché
de la guerre. Tout y montre l'abondance et la richesse.
L'Allemagne a-t-elle été battue économiquement ou
n'a-t-elle pas voulu qu'on touchât à son bien-être?
Et partout, dans les villes, dans les villages, sortant
des maisons isolées, dans les champs, sur les routes,
des enfants, des enfants, des enfants. Cela frappe tous

nos soldats : « Y en a-t-il des gosses, par ici ! » Puisse ce spectacle leur inspirer au retour une précieuse émulation !

Kreuznach est une ville d'eau sur la Nahe qui servit de quartier général au grand état-major allemand et à l'empereur avant leur installation à Spa. Elle est provisoirement occupée par l'état-major de l'armée Mangin en marche sur Mayence. Le général Mangin s'est installé dans l'hôtel vaste et commode, d'ailleurs sans goût, habité par Guillaume. Remis, par volonté plus encore que par les soins médicaux, de la chute de cheval qui l'empêcha de commander ses troupes lors de l'entrée dans Metz — on se souvient du beau mot d'un Lorrain, cité par Barrès, sur cette chute : « Il vaut mieux que ce soit aujourd'hui que la veille d'une attaque », — il a sur la table, outre ses cartes, les ouvrages historiques les plus récents sur les provinces rhénanes. Il s'est documenté, car le terrible chef est aussi un obstiné travailleur. Son ordre du jour évoquait ce passé d'histoire, s'en inspirait dès l'entrée en Allemagne, rappelait à ses troupes que « les armées de la République française, à l'aurore des grandes guerres de la Révolution, se comportèrent de telle sorte que les populations rhénanes ont voté par acclamation leur incorporation à la France ».

Dans son Bulletin de renseignements, destiné à ses officiers, il a fait découper les meilleurs fragments de Julien Rovère, de Babelon. L'administration de vastes territoires a donné à nos Gouraud, à nos Humbert, à nos Mangin, à nos Degoutte une préparation excellente pour leur œuvre nouvelle. Et comme la 10e armée doit, le 14 décembre, faire dans Mayence son entrée solennelle en présence du général Fayolle, le dernier Bulletin de Mangin se termine par ces mots qui empiètent hardiment sur l'avenir :

« La 10e armée entre à Mayence ; elle y entre au moment même où ce que l'on avait pu prendre un jour pour la nation allemande paraît se désagréger sous le coup porté à l'Empire désormais mal venu à vouloir grouper les intérêts germaniques. La volonté de puissance particulariste, contenue pendant près d'un demi-siècle, éclate dans les territoires que nous allons occuper. A cette volonté, la seule présence des troupes françaises peut faire reprendre complète conscience de ses origines. Nous venons au pays rhénan, appelés par la nature et par l'histoire : que chacun de nous se dise bien ces choses, pour le plus grand bien des provinces rhénanes et le plus large épanouissement de la patrie sauvée. »

Le général, encore un peu pâli par son accident, est aujourd'hui tout sourire. La bouche plissée, la mâchoire avançante indiquent encore, cependant, la convoitise insatisfaite. Il respire, non plus le combat, mais la conquête cette fois. Lui aussi réalise le rêve de toute une race, car il est né à Sarrebourg d'une famille lorraine qui compte une lignée d'avocats à Metz et de soldats sur tous les champs de bataille.

III

MAYENCE

Mayence est une vieïle ville à l'histoire surchargée. Mais le présent la recouvre : à peine a-t-on le temps de visiter le Dôme, le château des électeurs, la promenade du Rhin. Il faut regarder les habitants, les magasins, les cafés, les restaurants, la vie quotidienne.

Mayence ne manque pas de charbon, car il fait trop chaud dans tous les intérieurs. Si l'on veut dormir, on est contraint de laisser sa fenêtre ouverte. Dans les magasins, au café, il faut retirer son pardessus si l'on ne veut pas étouffer. Les pâtisseries sont reluisantes, et l'on voit s'y étaler de beaux gâteaux qui ont exigé beaucoup de farine et de sucre. On nous en offre dans les cafés entre la bière et le vin. Le lait est peu abondant, mais à Paris on n'en trouve même pas pour les enfants malades, et l'on n'en manque ici que depuis l'armistice qui a supprimé les importations de Bavière. Les fourrures, les vêtements, les chaussures sont exposés aux vitrines des marchands à des prix qui, avec le change, sont plus qu'acceptables. Quant aux cuivres, on en voit partout, et surtout dans les maisons particulières. A Bruxelles, on commence seulement à les sortir de leurs cachettes. Dans le nord de la France, il n'en reste plus. L'Allemagne s'est fournie chez nous, elle n'a rien pris chez elle. Elle n'a pas touché à son bien-être. Elle a fait la paix pour le garder.

Comme je félicite, **non** sans ironie, un marchand à **la** mine fleurie sur **cette** abondance, il m'objecte en excellent français :

— Oui, mais nous n'avions pas à manger.

— Mais si, mais si, vous aviez.

— Nous avons bon appétit, me répliqua-t-il.

Ils avaient trop bon appétit et **ne** se seraient contentés qu'en nous mangeant.

Au café, les contrastes sont assez plaisants. Un groupe de vieux messieurs joue aux cartes. La lumière électrique met crûment leurs traits en relief. On dirait des portraits de Lembach. Ils ressemblent tous plus ou moins à Bismarck : mentons carrés, figures plates et dures, airs rogues. Ils jettent sur les uniformes français des regards sévères. Leur sympathie sera lente à venir. Elle ne viendra que s'ils croient à notre force et à notre organisation. Un peu plus loin, deux sergents français et un soldat anglais ont déjà recruté **deux** demoiselles : ils ne se comprennent pas, mais il**s** boivent ensemble. Elles se tiennent raides, montrent peu d'agrément, mais obéissent docilement. Les vieux messieurs les regardent avec indignation.

Chez le libraire, il y a une jolie vendeuse : aussi un groupe de sous-officiers français vient-il acheter des livres. Le patron **parle français. « —** Eh bien, lui dit-on, vous êtes content de voir des soldats français? — J'aimerais mieux des Allemands, » répond celui-ci. Mais la jeune marchande rend nos hommes conciliants. Ils rient, ils parlent de la guerre, ils racontent les crimes allemands commis chez nous : « C'était commandé, » ajoute l'un d'eux pour jeter une excuse aux soldats. Et ils achètent des cartes postales : un Hindenburg, un Ludendorff. Ce sera un souvenir : il faut bien voir la tête des vaincus. Et ils essayent de baragouiner un vague allemand. Ils voudraient découvrir de ces cartes postales qui montraient d'avance la marche sur Paris :

— La boche armée *nach* Paris, explique le plus érudit.

Mais le mot boche a peu de succès. La figure du libraire s'allonge. Celle de la jeune marchande s'épanouit.

N'enverrons-nous pas dans les provinces rhénanes nos livres, nos journaux, nos illustrés, nos **revues?** Les Rhénans ne sont aucunement instruits de notre guerre ; ils s'imaginent que les horreurs allemandes furent de petits incidents sans importance. Comme le dit le général Fayolle, nous devons les instruire : c'est un des premiers devoirs de notre organisation dans les pays occupés.

La première affiche **française** dans Mayence était signée du colonel Goybet, qui commande l'infanterie de l'une de nos divisions et qui porte un nom très estimé en Savoie. Le premier, il eut à prendre des mesures d'ordre public. Et il s'appelle Victor, un beau nom à placarder sur les murs de Mayence. Il s'est contenté de signer : **V. Goybet.**

— *Von Goybet*, ont traduit les Mayençais.

Car il faut leur mettre les points sur les i, et écrire les mots en toutes lettres. La déformation leur est naturelle. Je reviendrai à Mayence. Eux aussi peuvent nous instruire, mais d'une autre manière.

IV

LE PASSAGE DU RHIN

Un vendredi et un treize, mais il n'y a plus de mauvais présages.

Il est sept heures du matin. Le temps est sombre, le jour bas. Les nuages ne laissent filtrer qu'une lumière jaunâtre qui donne à la ville étalée au bord du fleuve des tons d'ocre. Puis cette lumière, quelques instants, prendra de délicats tons roses avant de s'embrumer. Du grand pont qui rejoint les deux rives on voit surtout émerger de la masse confuse des maisons la cathédrale avec son dôme et ses tours, les flèches de 'église Saint-Pierre, le dôme du temple protestant, et les palais de grès rouge rangés le long de la Rheinpromenade. Un vol de corbeaux passe au-dessus de nous. Du milieu du pont, le Rhin paraît immense. Il est la grande séparation, la barrière : au delà commence un autre monde.

Cependant le service d'ordre a arrêté la circulation. Les tramways, les voitures, la foule s'entassent aux deux extrémités du pont : collégiens, employés, ouvriers, ouvrières, petits bourgeois matinaux vont manquer l'heure du travail. Mais ils garderont mieux le souvenir d'un événement historique qui va se relier aux passages du Rhin par César, par Louis XIV, par Napoléon. Nos troupes, le poilu de 1918, le vainqueur et le maître, vont à leur tour, dans le matin brumeux, franchir le fleuve. C'est un régiment de la 168e division (général Caron), le 287e, qui, le premier, accomplira le geste symbolique, la prise de possession. Le général Leconte, qui commande le 33e corps d'armée et devant qui les troupes défileront, s'est placé entre deux travées, au milieu du pont, avec son fanion et son état-major. Le général Caron, le colonel Goybet, quelques officiers de leur état-major l'y ont rejoint. Un seul civil, mais qui atteste la présence de l'histoire : M. Hanotaux.

Les clairons et les tambours annoncent la venue des troupes. Celles-ci mettent baïonnette au canon, doublent les rangs et s'avancent par huit de front. Derrière la musique qui, maintenant, joue l'air entraînant de *Sambre-et-Meuse*, le front des baïonnettes s'ébranle. Cette marche est d'un rythme si régulier, d'une cadence si puissante que le pont se met à remuer, à vibrer, à tressaillir comme s'il voulait prendre part à notre allégresse. Ni les camions, ni l'artillerie de campagne, ni l'artillerie lourde ne le feront ainsi trembler. Il faut la marche de l'homme, il faut le pas scandé de nos soldats, le heurt ordonné de leurs talons, pour le secouer ainsi, pour l'animer, pour lui donner le sursaut humain de la vie. Il est parlé dans les Psaumes des collines qui bondissent de joie. Le pont du Rhin, sous nos pieds, a fait comme les collines des Psaumes : il a bondi.

Ceux qui ont vécu cet instant ne pourront jamais l'oublier : ce jour bas, cette immense arche jetée sur le fleuve aux larges eaux étalées, et là-dessus le retentissement de notre pas vainqueur. Les hommes sentaient la grandeur de ce qu'ils accomplissaient, et c'est pourquoi leur pas avait pris tout à coup un poids prodigieux. Tournés en passant vers le fanion tricolore dressé à côté de leur général, ils montraient leur visage redressé sous le casque. De ces visages, il y en avait de très jeunes, de bien jeunes pour comprendre, et il y en avait aussi qui portaient les stigmates de la fatigue et de l'âge : jeunesse et fatigue s'illuminaient de la même expression, non pas d'allégresse — car les visages restaient graves — mais de satisfaction pleine et entière de l'œuvre faite. Ces soldats qui avaient tant lutté dans la dernière bataille devant Noyon et devant Laon conquises — Picards, Bretons, Parisiens, un peu de tous les pays de France — trouvaient leur récompense : les premiers, ils passaient le Rhin.

Après le régiment, vinrent les mitrailleuses, puis l'artillerie annoncée par les trompettes. Un peu plus tard, passa le 155e régiment.

Pour rappeler mieux cet événement à ses hommes et pour lui donner son sens de victoire et de fête, le général Caron leur a offert du vin du Rhin, une demi-bouteille par soldat, et dans son ordre il leur dit : « Buvez en souvenir de vos aînés. Sur ces rives, il y a un siècle, ils vous ont précédés dans la carrière. Vous y retrouverez leur poussière et la trace de leurs vertus. »

V

L'ENTRÉE DE FAYOLLE ET MANGIN

Sur la place du Marché qui touche au Dôme, ou plutôt, non pas au Dôme, mais aux maisons qui l'entourent et le pressent, car le vieux monument de pierres rouges est incrusté dans les maisons : seuls, le portail et l'abside sont dégagés. C'est là que les troupes défileront, présentées par le général Mangin, commandant la 10e armée, au général Fayolle, commandant le groupe d'armées. Au-dessus de la place, on aperçoit les tours et la coupole du Dôme. La foule remplit les trottoirs : elle est aisément contenue par nos soldats qui sont aidés — et le spectacle ne manque pas de pittoresque — par des gendarmes allemands portant le casque à pointe. Sauf que la ville n'est pas pavoisée, il semble au premier abord que nous sommes dans une cité française attendant quelque beau cortège militaire. Si l'on regarde mieux, on voit bien des fenêtres fermées : il est vrai que de nombreux visages apparaissent derrière les vitres. On veut voir : la curiosité est très excitée. Cependant on garde encore quelque réserve. Tout de même, nous savons que les fenêtres étaient désertes quand le pas de parade retentissait sur les places de Lille.

A deux heures, la musique militaire débouchant de la Ludwigstrasse, qui est la voie principale de Mayence, vient se ranger sur la place. Derrière elle s'avance majestueux, paisible, sur un magnifique cheval noir, le général Fayolle, seul, un peu en avant de son état-major. Bien campé, l'assiette solide, le buste redressé, ses yeux clairs montrant à nu sa belle probité, il donne l'impression du parfait équilibre, de la forte organisation militaire qui ont tant contribué à notre victoire. Il est, sur ces bords, une image digne du passé qui s'évoque ici. Il incarne le jugement latin, la précision, la méthode, le calme, l'autorité. Tranquillement il va se placer face au Dôme, à côté d'une ligne de généraux parmi lesquels Gouraud venu de Strasbourg et le général Tatain nommé gouverneur de Mayence.

Maintenant c'est le général Mangin, Mangin qui prend sa revanche de l'entrée manquée à Metz, Mangin qui monte une superbe bête à robe brune et qui a soigné sa tenue : il porte l'uniforme d'avant-guerre, tunique noire qui l'étreint, culotte rouge, gants blancs. La double rangée de feuilles de chêne de son képi brille comme s'il y avait du soleil. Baba, son fidèle ordonnance noir, a dû la frotter comme on fait reluire l'ostensoir d'or pour la procession. La tête un peu de côté, le général est très pâle. Son énergie le soutient, car son bras gauche est mal remis. Ce visage et les gants blancs font comme une tache claire qu'on ne peut perdre de vue. Henri Heine, gamin encore, voyant entrer Napoléon dans Dusseldorf, n'avait pu détacher ses yeux du visage et des mains de l'Empereur. Mais la main était nue et le profil romain. Les gamins de Mayence fixent avec avidité nos deux chefs si dissemblables qui se font vis-à-vis, l'un calme et posé, l'autre au visage éternellement tourmenté. Le général Mangin va se ranger de l'autre côté de la place, face au général Fayolle à qui il présentera les troupes.

Rarement défilé fut plus beau. Nos hommes, nos admirables hommes toujours dignes des plus différentes circonstances, avaient encore l'air de livrer une bataille et de la gagner : la bataille de l'ordre français.

Ce furent successivement le 1er régiment de la 1re division (général Mignot), les 110e et 8e de la 2e (général Grégoire), un régiment du corps colonial sous les ordres du colonel Laroque remplaçant le général Marchand, malade, qui manquait à la fête. L'artillerie, surtout la lourde, fut l'objet d'une curiosité particulière de la foule qui, un instant plus tard, vit passer les tanks avec une sorte de surprise recueillie, comme si elle flairait en eux les vainqueurs de la résistance allemande. Et ce défilé fut aux yeux de Mayence le témoignage direct de la puissance française. Mieux que tous les communiqués du monde, il lui expliqua notre victoire. Car il faut des images à la foule. Ces images-là se fixent dans son imagination pour toujours.

Le palais grand-ducal est un assez beau monument trapu et lourd, en grès rouge. Napoléon y demeura et l'on y montre encore la chambre de l'Empereur. Là résidera le général Mangin.

Le général Fayolle l'y intronisa. Les deux généraux y furent reçus par les autorités : le conseiller intime Best, gouverneur de la province ; le haut bourgmestre Goettelmann, maire de la ville ; l'évêque, Mgr Kirstein ; les représentants des cultes protestant et juif, le président de la Chambre de commerce, le président et le procureur du tribunal, les conseillers de régence. A tour de rôle, chacun de ces hauts personnages affirma sa volonté, dans sa charge et au nom du corps qu'il représentait, de remplir ses devoirs et obligations et exprima l'espoir d'y être aidé par le gouvernement français.

Puis il se passa une scène digne des grands moments de l'histoire. Le général Fayolle, d'habitude timide, réservé, parla avec une autorité incomparable. Redressant sa forte taille, tenant de ses deux mains, derrière son dos, son sabre horizontalement, dictant les volontés de la France, il rappela l'injuste déclaration de guerre, la violation de la neutralité belge, les dévastations de nos pays occupés, et la défaite allemande. Et après ce tableau véridique, il annonça que la France n'userait pas de représailles si l'on obéissait strictement à sa loi.

« Aujourd'hui, a-t-il dit, chez nous et en Belgique, des milliers de familles sont sans asile et sans ressources. Leur sol a été transformé en désert. Telle est la situation que l'iniquité de cette guerre a créée et dont vous demeurez responsables. Vous avez fait de la terreur un système de guerre. Vous n'avez réussi qu'à exaspérer notre force de résistance et à hâter notre victoire.

« Depuis le 15 juillet, les armées allemandes, refoulées de toutes parts, ont subi une série ininterrompue de défaites au cours desquelles plusieurs centaines de mille prisonniers et des milliers de canons sont restés entre les mains des Alliés jusqu'au jour où, acculés au désastre final, vous avez demandé grâce.

« Nous voici aujourd'hui sur le Rhin. Vous redoutez de justes représailles, mais la France est restée fidèle à ses glorieuses traditions et les armées de la République ont traversé votre pays sans y faire le moindre dommage. Nous ignorons la *Schadenfreud*, la joie du mal...

« Les habitants du Palatinat et de Mayence, dont les grands-parents ont appartenu jadis à la patrie française et ont combattu à nos côtés, ont reconnu la générosité native et la grandeur morale de nos soldats.

« Certes, aucun de nous n'oubliera jamais le mal qui nous a été fait, mais personne dans nos rangs n'est capable d'en rendre responsable des femmes, des enfants, des populations sans défense, ou de détruire pour la seule joie de nuire.

« Vous n'avez donc rien à craindre ni dans vos personnes, ni dans vos biens, mais à la condition absolue que vous vous soumettrez sans arrière-pensée à l'autorité militaire française. Elle sera représentée à Mayence par le commandant de la 10e armée, le général Mangin.

« Acceptez loyalement, dans votre propre intérêt, une situation qui est la conséquence des erreurs, des fautes de l'Allemagne et de sa défaite, et estimez-vous heureux d'avoir en face de vous un peuple qui, sans oublier le sort qui l'attendait, s'il eût été vaincu par vous, restera dans la victoire fidèle aux principes de justice qu'il a toujours défendus dans le monde. »

L'interprète traduisait au fur et à mesure les paragraphes du discours. Il fallait le suivre sur ces visages démoralisés par la vérité. Aucun spectacle ne fut plus frappant. Fayolle apparaissait terrible et dominateur devant ces fonctionnaires atterrés.

Ces paroles étaient nécessaires. Pour nous, elles furent un véritable soulagement. Le contraste est trop grand entre nos terres ruinées, nos villes et nos villages anéantis, nos populations errantes, nos privations mêmes et ce pays plantureux où l'on ne sent pas que la guerre a passé.

Le général Mangin voulut ajouter quelques mots au sujet de son administration et du concours qu'elle apporterait à la reprise de la vie économique. Sa harangue parut tout sucre et tout miel après cette sévère admonestation.

Dans la voiture qui le ramenait à Kaiserslautern, le général Fayolle dit à son fidèle compagnon d'autrefois, son ancien chef d'état-major de la Somme, le général Duval :

— Cette journée-là vaut une vie.

VI

RETOUR A KAISERSLAUTERN

Décembre 1918.

Me voici de retour à Kaiserslautern après le départ
de M. Hanotaux. Les commentaires si vivants de
l'historien vont manquer désormais à mes observations. L'escorte du passé va-t-elle se retirer et me
laisser seul en face des présentes réalités?

Kaiserslautern, l'ancienne ville de Barberousse, commande le passage des Vosges, est la clé stratégique
de Mayence et de Landau. Moreau s'en empara en 1795
et en chassa les Autrichiens. Au delà de la ville, commencent les forêts de la Hadart.

Comment le spectacle de ces triomphantes entrées,
comment le discours du général Fayolle au palais
grand-ducal, comment l'occupation de Mayence par
le général Mangin ont-ils frappé la population? Les
journaux, à qui notre censure libérale n'impose guère
de contrainte, vont nous le dire.

Voici comment la *Pfälzische Volkszeitung*, qui s'imprime à Kaiserslautern, raconte à ses lecteurs le défilé
du 14 décembre :

Mayence, le 14 décembre. — Comme nous l'annoncions
brièvement dans notre numéro de samedi, le général Fayolle
et son état-major ont quitté notre ville en autos pour assister

à l'entrée des troupes françaises à Mayence. A partir d'une heure, toutes les principales rues de la ville étaient barrées militairement. La haie était formée par de l'infanterie et des chasseurs alpins, baïonnette au canon. Un service de police très sévère était organisé. Du sable avait été répandu dans les rues. Les régiments et bataillons s'étaient formés au sud de la gare principale, au delà du pont du chemin de fer. Les chevaux, arrivés depuis quelques jours déjà à Mayence, étaient dans un état impeccable. A deux heures précises, les généraux montent à cheval et, au pas, le cortège se dirige par la Bingerstrasse, la Schillerstrasse, la Gutenbergplatz jusqu'au Hofchen. Le cortège débute par un escadron de dragons portant la lance munie du fanion rouge et blanc ; viennent ensuite les clairons et tambours et une musique militaire. Puis vient le général Fayolle, monté sur sa jument favorite, suivi de son chef d'état-major, le général de brigade Paquette, de son porte-fanion et de tous les officiers de son état-major, tous à cheval. Derrière, à une certaine distance, suit le général Mangin, commandant la 10e armée, dont le quartier général sera à Mayence. Plusieurs officiers d'état-major, parmi lesquels le célèbre général Gouraud, qui a son quartier général à Strasbourg, se joignent à lui. On remarquait également, parmi les officiers généraux, le général Cherfils, correspondant de l'*Echo de Paris*. Le défilé des troupes commence : suivent à intervalles égaux, musique en tête, des régiments d'infanterie et du génie, des bataillons de chasseurs et des compagnies de mitrailleuses. La tenue correcte de toutes ces troupes, trempées par quatre années de guerre, l'ordre parfait, la discipline et le défilé irré-prochable des différents détachements firent une certaine sensation. Ce n'était certes pas de cette façon qu'on se repré-sentait l'armée française. Les brigades de cavalerie et d'artil-lerie, celles-ci avec leurs canons géants à longue portée et leurs obusiers, tous en très bon état, se suivaient dans un coloris bariolé. L'œil pouvait à peine se rassasier de ce splen-dide *spectacle militaire*. Car c'était la première fois, depuis le début de la guerre, qu'un si grand nombre de troupes de différentes armes traversaient notre ville. La fin du défilé se composait de détachements du service de santé et d'une vingtaine de petites autos blindées type Renault et de tanks.

Au Hofchen, les généraux Fayolle et Mangin passèrent
la revue des troupes. Les drapeaux bleu-blanc-rouge des
régiments étaient salués militairement au passage ; certains
de ces drapeaux n'étaient plus que des loques glorieuses. A
3 heures et demie, le défilé était terminé. Les généraux et les
officiers d'état-major se rendirent ensuite au palais grand-
ducal où une musique militaire joua la *Marseillaise*. Les prin-
cipaux fonctionnaires de l'État et de la ville arrivèrent un
peu avant 4 heures, habillés de noir et sans décorations. Le
général Fayolle entra le premier dans la salle, suivi du général
Mangin et de tous les généraux. Il y avait là plus de cent officiers généraux et supérieurs. Par exception, les correspondants de guerre des Alliés y furent admis. La presse parisienne
était représentée par divers journalistes. Après les présentations, le maire de Mayence prend le premier la parole et salue
les officiers présents au nom de la ville. Il promet de faire tout
son possible pour maintenir l'ordre et de travailler la main
dans la main avec les autorités militaires.

Parlèrent ensuite dans le même sens le gouverneur de
Mayence et le premier président de la Chambre de commerce.
Le général Fayolle répondit en ces termes (*suit le discours
intégral du général Fayolle*). Ses paroles furent traduites en un
très bon allemand par un de ses aides de camp.

Après une courte pause, le général Mangin répondait au
maire, en faisant allusion à la tenue irréprochable des troupes
françaises et promettait d'aider de toutes ses forces à la
liberté du commerce et de l'industrie ; mais en exigeant le
respect et une obéissance absolue. Sans l'obéissance, dit le
général, une coopération profitable ne serait pas possible. Il
invita le conseil municipal à un prochain entretien avec lui
et dit qu'il n'imposerait à la ville que les restrictions qui
seraient nécessaires à la sécurité de l'armée française et celles
n'entravant pas les nouvelles relations.

Après un dernier et court entretien du général Fayolle avec
l'évêque de Mayence, les fonctionnaires prirent congé. Pour
terminer, une conversation eut lieu entre les officiers. A la
sortie, le portail du château était illuminé et la *Marseillaise*
retentissait. La journée se termina calme et pleine de dignité.

Il ne **reste** plus qu'à souhaiter que la bonne **entente**, qui déjà règne de toutes parts au Palatinat et dans la Hesse entre militaires et civils, continue. En raison de la gravité de l'heure, ceci est très désirable.

Deux jours plus tard, le 16 décembre, le général Mangin assiste à la séance privée du conseil municipal à Mayence. Le maire, docteur Göettelmann, lui souhaite la bienvenue au nom de la ville. Le général prend alors la parole et le *Mainzer Tageblatt* du 17 décembre résume ainsi sa courte allocution :

« Messieurs, il plane toujours une erreur en Allemagne, et tant qu'elle subsistera, une attitude ferme et sévère devra être maintenue. Cette erreur, qui ressort du discours récent du ministre de la guerre prussien adressé aux troupes de la garde rentrant à Berlin, gît dans ces mots : « Vous pouvez lever la tête, « l'Allemagne n'est pas battue. » — Or l'Allemagne est battue, sinon nous ne serions pas ici. Cette opinion, qui prédomine en Prusse, rend plus pénibles les rapports et force les Alliés à prendre des mesures rigoureuses jusqu'à ce que la Prusse se déclare battue... »

Le maire répond alors (toujours d'après le *Mainzer Tageblatt*) : « Aucun homme sensé ne nie que l'Allemagne ne soit vaincue et chacun de nous doit admettre ceci : Nous avons perdu la guerre, mais nous l'avons perdue avec honneur, après avoir combattu loyalement et courageusement pendant quatre ans et demi contre un monde d'ennemis. C'est certainement la signification que le ministre de la guerre prussien a voulu donner à ses paroles en disant à nos vaillants soldats de ne pas courber la tête. Personne ne pense à la reprise des **hostilités**. »

« Une discussion courtoise, ajoute le journal, s'engage ensuite sur la reprise des affaires, et le général promet d'alléger dans la mesure du possible la vie économique. »

La *Pfälzische Volkszeitung* commente à son tour cette réunion de l'hôtel de ville et constate son bon effet à Mayence : « Nous voudrions, déclare le bon apôtre, vivre en paix et dans le calme le plus tôt possible, et plus vite le général Mangin nous aidera à obtenir ce résultat, plus nous lui serons reconnaissants. Nous voulons reprendre notre vie de famille et aller tranquillement à nos affaires, vivre une vie digne des hommes, en un mot être hommes parmi les hommes, après toutes les privations, les peines cruelles, les monstruosités de ces quatre années et demie. Qu'il soit le bienvenu, celui qui apportera la paix tant désirée à notre peuple si éprouvé, si trompé et à qui on a tellement menti, mais qui est honnête et brave et qui ne connaît pas la fausseté. »

Enfin le même journal du 17 décembre analyse très exactement l'attitude du Palatinat vis-à-vis de nos troupes d'occupation :

L'occupation du Palatinat par les Français doit être actuellement complète. Ainsi nous sommes provisoirement sous la domination de nos voisins de l'Ouest. Ils ont trouvé partout sur leur passage, dans le Palatinat, l'ordre et la tranquillité et c'était bien la vérité qu'a dite le maire de Kaiserslautern, M. le docteur Baumann, dans son discours au général français Fayolle, en rappelant qu'on ne connaissait pas chez nous les procédés bolchevistes et que le mouvement révolutionnaire s'était exécuté sans sacrifices ni de biens, ni de personnes et sans verser de sang. De la part d'une population qui est de parti pris et de principe contre tout excès et toute idée de violence, qui aime la liberté avec tant d'ardeur et qui déteste

toute terreur, il y avait tout lieu d'attendre un maintien fait
de dignité et de respect à l'entrée des Français. Comme le
dit si bien et si nettement le général Fayolle, les Français
ne sont pas venus pour rendre le mal pour le mal, mais le
bien pour le mal, car ils ne sont animés d'aucun esprit de
vengeance contre le peuple.

D'après les manifestes des généraux français dans le Palatinat, dans lesquels ils s'expriment d'une façon conciliante,
les Palatins n'ont aucunement à craindre que l'occupation
leur réserve de mauvais jours ; ils doivent plutôt avoir confiance et être certains que les Français, représentant la civilisation d'une grande et fière nation, tiendront leur parole
et leurs promesses. Il est naturellement bien entendu que,
pour cela, la population aura de son côté à garder une tenue
modèle et devra se distinguer par un franc esprit d'ordre ;
qu'elle aura pour les officiers et les troupes d'occupation le
respect auquel ceux-ci ont un droit absolu. On doit constater avec plaisir, d'après les rapports unanimes qui arrivent
tant de la ville que de la campagne, que la tenue des Français
est partout correcte, pleine de tact et amicalement modeste,
que les cantonnements n'ont pas donné le moindre sujet de
plainte et qu'on doit plutôt être reconnaissant du peu de protestations élevées à ce sujet.

*
* *

Ce revirement — car c'en est un — est l'œuvre de
nos chefs et de nos troupes. Avant l'occupation, l'état
d'esprit de la population était tout différent. Sans
doute les bourgeois du Rheinland, comme tous les
bourgeois allemands, comme toutes les hautes classes
allemandes — et cela explique la chute si rapide de
toutes les dynasties — avaient-ils une grande peur
de la révolution. Dès qu'ils apprirent les troubles de
Berlin, ils voulurent s'y soustraire, et dans ce sens la
venue des troupes alliées fut envisagée sans déplaisir.

Il fut même question — vaguement — d'une république rhéno-westphalienne : le séparatisme rhénan
apparaissait comme une arme de défense religieuse
contre la Prusse et comme une arme de défense sociale
contre le bolchevisme menaçant.

Mais, d'autre part, la tenue des troupes allemandes
en retraite, les acclamations qui les accueillaient, re-
donnaient confiance aux habitants. Une campagne
s'organisa immédiatement contre toute idée d'une
annexion à la France ou d'un protectorat français.
Une ligue pour la liberté des provinces rhénanes se
constitua à Cologne. Voici dans quels termes la *Hefel-
der Zeitung* du 2 décembre (1918) l'annonçait :

La population des provinces rhénanes est menacée d'un
grave danger. Pendant l'occupation prochaine par les troupes
ennemies, ces dernières vont essayer d'étouffer les sentiments patriotiques qui existent partout. Une société appelée
Ligue pour la liberté des provinces rhénanes vient d'être cons-
tituée à Cologne dans le but de contrebattre cette propagande ennemie. Cette société s'efforcera de protéger la culture,
la religion et la politique allemandes contre les manœuvres
qui pourraient essayer de les remplacer par une culture étrangère. Que tous ceux qui sont animés de ces sentiments donnent
leur adhésion à cette ligue. Des groupements locaux devront
être formés partout pour soutenir et développer la propagande faite par le siège de Cologne. Au moyen de conférences
et de circulaires, nous aviserons au but poursuivi, c'est-à-dire
à protéger les provinces rhénanes pendant l'occupation
ennemie contre toutes les tentatives faites pour détacher
leurs populations de celles de l'empire allemand.

Un peu plus tard, la *Frankfurter Zeitung* (17 décembre) donne cette nouvelle sensationnelle :

A la conférence des ministres, à Londres, il a été mis en
lumière que la politique française repose sur le désir d'une

frontière stratégique contre la renaissance possible du militarisme allemand, dans le cas où la population de l'Allemagne s'augmenterait de la population des pays autrichiens allemands. Le programme français serait, en dehors de la restitution de l'Alsace-Lorraine, le rattachement des territoires de la rive gauche du Rhin jusqu'à la frontière des Pays-Bas, territoire compris dans le Palatinat et la province du Rhin. Le maximum serait l'annexion pure et simple, le minimum serait la création d'un État tampon placé sous le protectorat français. La Belgique, qui ne serait plus ainsi la voisine immédiate de l'Allemagne, appuierait ce programme.

...Cependant ces idées d'annexion sont contraires à la paix de droit préconisée par le président Wilson. L'Allemagne, on peut s'en convaincre à Paris et à Londres, ne reconnaîtra jamais, comme condition nécessaire d'une paix de droit, la cession de vieux territoires allemands.

L'Allemagne s'attend donc à la revendication de la rive gauche du Rhin, tant ce résultat de la guerre paraît normal à un Allemand, tant il est vrai que l'Allemagne victorieuse n'eût pas laissé la France intacte. Et tout de suite, la presse allemande, la propagande allemande, maniées toujours de la même manière, se servent des mêmes procédés pour fausser l'opinion. Il s'agit de discréditer à l'avance l'occupation. Une campagne s'amorce sur de prétendus excès commis par des nègres dans le Palatinat. Ou bien l'on raconte que des mesures draconiennes seront prises par les occupants. Ainsi communique-t-on une grande frayeur aux populations. De Ludwigshafen, beaucoup d'habitants vont se loger à Mannheim sur la rive droite pour éviter les rigueurs annoncées. L'industrie craint pour ses secrets. Des caisses de documents importants sont expédiées par centaines de l'autre côté du Rhin.

Tout ce mouvement est créé artificiellement, on le voit, par un service habile de fausses nouvelles.

Nos soldats arrivent, tout va changer.

D'abord leur état matériel étonne. A Kreuznach on s'attendait à voir débarquer une armée de loqueteux éprouvés par le blocus de la guerre sous-marine et ce sont des troupes bien équipées et en pleine forme qui se présentent. On craignait des vols, des pillages, des amendes, des réquisitions. On constate une discipline qui contraste avec les désordres causés par les traînards de l'armée allemande en retraite. On admire la camaraderie qui unit officiers et soldats. Le propriétaire de l'hôtel où logeaient Hindenburg et Ludendorf, tout en regrettant leur départ, insiste particulièrement sur la différence d'attitude des officiers français et allemands.

A Saint-Ingbert, le *Saint-Ingberter Anzeiger* (13 décembre 1918) loue la tenue de nos troupes : « On peut faire les mêmes éloges de la garnison qui a logé jusqu'à présent chez l'habitant. Les villas habitées par le général Fayolle et son état-major ont été rendues à leurs propriétaires dans un état irréprochable. » Je crois bien : chez nous les officiers ne déménagent pas le mobilier. A Deux-Ponts on rend hommage tout bellement aux Français « polis et aimables ».

Certes l'accueil n'est pas le même en tous lieux. A Landau, à Kaiserslautern, à Kreuznach, à Mayence, la population qui assiste au défilé des troupes d'occupation est nombreuse et curieuse : visiblement elle s'intéresse au spectacle, elle est frappée de la mine des soldats, de l'état de leur équipement, de la puissance du matériel. A Neustadt, à Spire, à Worms, l'accueil est plus réservé, plus froid. Les bourgmestres — en général très bien choisis, car ils donnent l'impression d'administrateurs zélés et compétents — prononcent des discours étudiés, courtois, déférants, serviables, néanmoins assez dignes pour la plupart.

Kaiserslautern est très vite dominée par la haute direction du général Fayolle qui fait figure de proconsul équitable et bienveillant, et qui incarne à merveille l'ordre français. Son autorité morale, la dignité de son caractère, la précision de sa parole imposent le respect et l'obéissance. Surpris de trouver le Palatinat et la Hesse dans l'ignorance totale des causes de la guerre, des dévastations allemandes et de nos victoires, il ne manque pas une occasion de les rappeler. S'il se montre — conformément à sa nature — indulgent et généreux, ce n'est pourtant pas sans rappeler que, de la part de la France si cruellement éprouvée dans la guerre, la faveur est insigne.

Quant à notre soldat, un instinct merveilleux le dirige, car il est partout exactement ce qu'il doit être : joyeux mais réservé en Lorraine, gentil et plaisant en Alsace, et dans les pays rhénans courtois, point exigeant certes — et quel contraste ! — mais avec un certain air condescendant et supérieur. Ah ! cet air-là, pourvu qu'il sache le garder ! il lui va si bien. Plus qu'en France il est attentif à la correction de sa tenue et de son salut : boutonné, brossé, astiqué, il se rend compte de l'importance de son rôle. N'est-il pas un *ambassadeur de la République française?* On le rencontre souvent entouré d'enfants dont il se fait bien vite adorer. Les femmes, enfin, n'ont pas longtemps obéi à la consigne qui les invitait à ne jamais se montrer avec des Français. Ainsi toute une propagande familière se fait-elle par les troupes. Faut-il ajouter que, parmi ces troupes, plusieurs divisions sont recrutées dans les départements envahis? Les Allemands se douteront-ils jamais de la magnanimité des gars de Lille, de Saint-Quentin, de Chauny qui, ayant tout perdu dans la guerre, n'ont montré chez l'ennemi ni colère ni rancune?

A Kreuznach, un de nos poilus trouve le 16 décembre un porte-monnaie contenant 82 marks et la carte d'identité de Jean Kistner, de Roscheim. Il porte sa découverte à la police qui restitue l'objet perdu à son propriétaire. Celui-ci veut donner 5 marks au soldat, qui les refuse : alors Kistner les verse à la caisse des malades de Kreuznach (1). Voilà des petits faits qui ne sont pas sans importance.

A la crainte de l'occupation a donc succédé dans le Rheinland une détente qui est due à cette occupation même. Détente et point davantage : si l'on peut démêler chez les classes populaires les mille nuances d'accueil qui conduisent la curiosité à la sympathie, les classes dirigeantes nous observent et se souviennent sans doute, non sans mélancolie, de la prospérité de l'empire allemand et du développement, aujourd'hui passé, de leur fortune...

* * *

J'ai logé à Kaiserslautern tantôt chez l'habitant, tantôt à l'hôtel Schwann. Les maisons particulières

(1) *Kreuznacher Zeitung*, 28 décembre 1918.

m'ont paru plus confortables que l'hôtel : bien chauf-
fées par ces grands poêles de faïence qui consomment
des forêts, minutieusement propres, le linge d'une
blancheur raffinée. Nulle part je n'ai vu d'effigies de
Guillaume II ni du kronprinz, mais presque partout
des portraits de Bismarck et souvent des princes de
Bavière, surtout du prince Ludwig avec un chapeau
de feutre et un beau plumet un peu ridicule.

Le général Fayolle habite, en lisière de la ville, une
grande villa couleur chocolat. Le luxe en est criard,
et le mobilier sans goût. Mais le confort ne laisse rien
à désirer. Dans la salle à manger, une immense sus-
pension de cuivre reluit comme un phare et semble se
moquer de nous : si les choses parlaient, comme dans
le roman d'Édouard Estaunié, elle ne manquerait pas
de nous dire : — O crédules Français, voyez comme les
Allemands manquent de cuivre ! — Un jardin d'hiver
avec des statues de marbre blanc prolonge la pièce.

— Je n'ai jamais eu plus riche cantonnement,
déclare en souriant le général, qui a souci des commo-
dités de la vie comme un poisson d'une pomme. Que
voulez-vous? Nous sommes chez l'ennemi.

Cet homme qui est la simplicité même trouve naturellement la grandeur quand il le faut, et sans la chercher. Au palais grand-ducal de Mayence, il sut être
un vainqueur magnifique. Chaque fois que je suis en sa
présence, et de même chaque fois que je me trouve
en présence du général Maistre, invinciblement une
phrase de Mme de Sévigné me revient à la mémoire :
« Je trouve des âmes plus droites que des lignes,
aimant la vertu comme naturellement les chevaux
trottent... » Que la guerre soit allée chercher, pour

les mettre en lumière, ces figures d'honnêtes gens,
c'est le signe qu'elle est une école de vérité et remet
bientôt à leur place les fausses valeurs.

Les habitants de Kaiserslautern doivent être rentrés chez eux à 8 heures du soir. C'est l'ordre. Il m'a
valu, le premier soir, d'errer à travers la ville à la
recherche de mon hôtel que je n'avais point repéré
dans la journée. Je cherchais, pour me renseigner,
quelque passant attardé, en marge de la loi. Mais personne n'avait enfreint la consigne. La docilité allemande est incroyable. Je dus aviser à sa fenêtre une
dame qui prenait le frais. En attendant son Roméo,
cette Juliette palatine me remit dans le droit chemin.

Un autre soir, me promenant avec un des officiers
de l'état-major Fayolle, je recueillis de mon compagnon ces récits qui achèvent de peindre notre chef :

— Le calme de Fayolle est légendaire et paraît
inaltérable. A la bataille, on ne le voit jamais inquiet.
Volontiers on le croirait insensible. Or, je l'ai vu pleurer et je l'ai vu en colère.

— Vous l'avez vu pleurer?

— En Lorraine, en 1914. Il commandait alors la
70e division. C'était après la retraite de Moihange. Il
fallait couvrir Nancy. La 70e division tenait le front
au nord-ouest de la forêt de Parroy, en avant de
Courbessaux. Une brigade, engagée sans avant-garde
suffisante et sans échelonnement en profondeur, fut
refoulée. Le général Fayolle l'arrêta sur la ligne des
artilleurs et ne recula pas ses batteries. C'était le
24 août : la journée avait été dure, les pertes nombreuses. Le soir, visitant le champ de bataille qu'il
avait gardé, le général Fayolle pleura.

— Et vous l'avez vu en colère?

— Dans une colère terrible. Pendant la bataille de la Somme, son labeur était écrasant. Il voulait la victoire, il la poursuivait avec obstination. Le commandement le rendait responsable, et lui-même a toujours réclamé ses responsabilités. Or ce grand guerrier a une âme bucolique et tendre. Il préfère les jardins aux champs de bataille. Il adore les fleurs, et spécialement les roses. Quand la guerre a éclaté, il taillait ses rosiers à Clermont. Son chef d'état-major, le colonel, aujourd'hui général Duval, qui le connaît bien, lui avait fait aménager un parterre devant son poste de commandement, un petit bout de parterre de rien du tout, mais un rien suffit aux amoureux et ce rien, dans le désert de la Somme, faisait figure de paradis. Il avait deviné que c'était le seul moyen de contraindre son général à prendre un peu de repos. En effet, de temps à autre, le général Fayolle allait s'asseoir dans son « jardin » et fumait une pipe en surveillant les quelques roses qui poussaient tant bien que mal. Un jour, il ne trouva plus ses roses. Un maladroit les avait effeuillées. Le mal était irréparable. La tempête qui éclate dans un ciel serein n'est pas plus inattendue que le tapage déchaîné tout à coup par le général Fayolle.

Et, après une pause, mon compagnon ajouta :

— Quand je l'ai vu, au palais grand-ducal de Mayence, tenant, derrière le dos, son sabre des deux mains, redressé et majestueux, sa belle honnêteté inscrite sur le visage, et la flamme de la victoire et de la justice dans les yeux, j'ai pensé à l'homme des morts de Lorraine et à l'homme des roses de la Somme...

VII

SPIRE

Décembre.

— Pas un soldat allemand sur la rive gauche du Rhin : c'est un minimum.

Telle est la dernière parole que j'ai entendue, tombée d'une bouche autorisée, à Kaiserslautern. Je pars pour Neustadt et Spire. La route traverse les forêts de la Haardt, sapins, hêtres, chênes, bien aménagées, prêtes à nous fournir le bois dont nous aurons besoin pour reconstruire nos villes détruites. Çà et là, dans les branches, les carrières de grès avec lesquelles on a bâti les palais de Mayence font des taches rouges. Je croise de beaux attelages de chevaux traînant des troncs d'arbres, je traverse des villages bien construits, propres, aisés : Hochspeyer, Frankenstein, Neidenfels.

Au sortir des forêts, on trouve Neustadt qui commande la plaine. C'est jour de marché. Les prix ne sont pas élevés. Un soldat du train des équipages qui alimente la popote d'une section de transports automobiles me donne ces chiffres : un œuf, o fr. 25 (mais il y en a peu) ; une tête de chou, deux sous ; un quintal de pommes de terre, 15 francs ; une oie, 15 francs. Voilà ce pays qu'on nous disait affamé.

En bordure de la place du marché se trouve l'église de Neustadt, vieux monument ogival assez minable qui est divisé en deux : l'abside appartient aux catholiques et la nef aux protestants. Catholiques et protestants s'entendent d'ailleurs fort bien, me dit-on ici, comme on me le dira à Spire et à Mayence : ils s'entendent pour faire respecter la liberté religieuse en face des empiétements de Berlin.

Neustadt passe pour rude et sauvage, très différente de Landau, qui est affable, et de Spire, ville religieuse et officielle. Nos troupes y ont peu séjourné jusqu'ici. Elles ont été accueillies assez fraîchement. Seuls les gamins sont vite familiers : pour un peu, ils nous mangeraient dans la main.

Spire, ville du Saint-Empire, capitale du Palatinat, est en ce moment occupée par la 3e division que commande le général Nayral de Bourgon. Le général de Bourgon, grand seigneur, chef courtois, diplomate avisé, est tout à fait à sa place dans ce nouveau gouvernement. Avant la guerre, il a voyagé en automobile dans le Palatinat et ses observations actuelles renforcent ses observations passées.

Ma première visite est à la cathédrale aux quatre tours. Sans doute avait-elle deux absides, comme Worms et comme Mayence. Dans le chœur est la chapelle des rois. Les tombeaux sont au nombre de douze : une couronne descend sur chacun d'eux. Rodolphe de Habsbourg et Adolphe de Nassau, privilégiés, ont des monuments ornés de statues. Le sacristain — est-ce habitude professionnelle d'imposer aux touristes la visite complète, est-ce ironie vis-à-vis des officiers français? mais non, il suffit de regarder cette face verdâtre et inerte pour conclure à l'habitude professionnelle — le sacristain insiste pour nous conduire dans la crypte. Là il nous montre la pierre tombale de Rodolphe de Habsbourg, « la seule qui ne fut pas détruite par les soldats de Louis XIV en 1689. » Dans quelques vitrines, on a rassemblé les morceaux d'ornements, à moitié brûlés et reconstitués avec une minutie extrême, des empereurs dont les tombeaux ont été violés. La pince-monseigneur avec laquelle ces viols furent accomplis est aussi conservée et exhibée en bonne place. Ces vestiges sont devenus d'excellents instruments de propagande. Ils ont plus faussé de jugements que nous n'avons violé de tombeaux. Ils ont servi à transmettre à des milliers de voyageurs candides l'idée d'une Allemagne martyre et d'une France injuste et cruelle. Inévitablement nous sommes tombés dans ce grossier panneau. Mon Bædeker, retrouvé au retour, se contente de dire : « Spire était le siège de la Chambre impériale depuis 1527 et le fut jusqu'en 1689, où elle fut détruite par les troupes de Louis XIV. » Ce qui ne l'empêche pas, à la page suivante, de décrire au long et au large la cathédrale en la faisant remonter au début du onzième siècle, et cela donne tout de même à croire que la destruction ne fut pas totale. Mais le guide que j'ai emporté insiste davantage. A tout moment, dans le Palatinat, il s'apitoie sur les *abominables excès* commis par les Français. Sur Mannheim, il imprime : « ... Mannheim fut réduite en cendres par les Français en 1689, après un siège de quelques jours dirigé par Vauban en personne. Mais la ville ne tarda pas à se rebâtir et sous Charles-Philippe (1716-1742) elle prit un nouvel essor qui en fit vite une cité importante. » *Réduite en cendres après un siège de quelques jours?* Nous savons comment on réduit une ville en cendres, pour avoir fréquenté Reims, Soissons, Saint-Quentin, Arras, Lens, et nous savons aussi que ce n'est pas en quelques jours de siège. L'artillerie de Louis XIV était-elle donc si supérieure à l'artillerie allemande de notre guerre? Et Mannheim *réduite en cendres* me paraît être redevenue bien vite prospère. Cependant mon guide manifeste plus d'indignation encore quand il en vient à décrire cette malheureuse Spire : « La guerre de Trente ans, dit-il, avait épargné Spire : la guerre que les Allemands appelèrent si justement *Mordbrennerkrieg* (la guerre des meurtres et des incendies) détruisit de fond en comble cette malheureuse ville, saccagée par les Français sous les ordres de Monclar en 1689. » Or mon guide est édité par une de nos vieilles maisons les plus justement réputées et les plus françaises. Ce n'est point son procès que j'entreprends, car son cas n'est pas isolé. Je le cite simplement comme un exemple de la façon dont nous avions accoutumé de parler de nous-mêmes. Ah ! vraiment, les Allemands ont si justement appelé la campagne de Turenne la *Mordbrennerkrieg?* Comment, alors, appellerons-nous la guerre de 1914-1918? Qu'on trouve donc, pour nos guides futurs, des termes proportionnés ! Y en a-t-il dans notre langue? Et si nous réunissons avec les reliques de nos martyrs les restes de nos sépultures violées, de nos maisons

dévastées, de nos églises saccagées, si nous parvenons
à rattraper nos mobiliers volés, quel musée sera assez
grand pour les contenir? Il nous faudrait une ville
entière, une ville immense, dont chaque pierre crie-
rait aux visiteurs : « Voilà ce qu'on a fait des provinces
françaises envahies ! Que la terre s'en souvienne, pour
la honte éternelle de la race allemande ! »

Que la France surtout s'en souvienne ! On voit ici
comment l'Allemagne a organisé le souvenir. Certes,
elle est une grande puissance organisatrice. N'aurait-
elle pas aussi organisé l'histoire? N'y aura-t-il donc
pas chez nous un historien pour reviser le procès de la
campagne du Palatinat? Je connais mal la question,
mais je me demande si nous ne sommes pas, là encore,
victimes d'un bluff prodigieux. Depuis que je visite
l'Allemagne rhénane, n'ai-je pas constaté sur place
les exagérations de la presse allemande sur la famine,
sur les troubles, sur la révolution? Les Germains
d'autrefois ne devaient pas être très différents
de ceux d'aujourd'hui, et déjà César signalait leur
aptitude au mensonge. Quant à nous, relisons et mé-
ditons le fameux passage de Fustel de Coulanges
sur notre passion de nous diminuer et de nous ra-
valer...

Nous descendons, par des jardins en pente, jusqu'au
Rhin. Du fleuve, la basilique romane, au-dessus des
branches nues des arbres, paraît immense, à la fois
plaisante et majestueuse avec ses quatre tours, sa coupole, la teinte rouge de ses pierres. Nous franchissons
le pont de bateaux. A l'extrémité s'arrête notre territoire actuel. Un fusil-mitrailleuse est braqué sur
la rive droite. Les soldats du poste font une police

sévère. Le fleuve large est vide et roule avec monotonie ses eaux désertes couleur d ocre.

* * *

L'un des hommes les mieux informés, par sa haute situation même, et par ses facultés d'observation, me communique, après un petit cours d'histoire, ses réflexions sur le Palatinat où il est appelé à séjourner :

— Prusse rhénane, Palatinat bavarois, simples appellations administratives, commodes pour désigner des pays qui sont composés de pièces et de morceaux, petits fiefs laïques ou ecclésiastiques du moyen âge, groupés en départements français sous la Révolution et l'Empire. Prenons le Palatinat bavarois. La région de Landau a toujours été alsacienne jusqu'en 1815. Celle de Spire, ville impériale, fief ecclésiastique ou cité libre selon les époques, a toujours subi l'empreinte directe de l'Allemagne. Ludwigshafen, la plus forte agglomération du Palatinat, jadis tête de pont de Mannheim, en est resté le faubourg. Sur le versant ouest de la Haardt, l'ancien duché des Deux-Ponts rentre dans l'orbite de la Lorraine par ses communications naturelles avec la Sarre : longtemps d'ailleurs les ducs des Deux-Ponts ont possédé la comté de Bitche. Cette illustre maison monta sur le trône de Suède au dix-septième siècle, et plus tard le roi Charles XII céda son duché à Stanislas Leczinski.

Un siècle d'administration bavaroise n'a pu effacer le particularisme venu de ces anciennes origines. Ne pénétrant ici qu'à travers les cloisons des grands-duchés de Bade et de Wurtemberg, le rayonnement de la Bavière n'a pas été assez puissant pour lutter contre l'influence que l'empire allemand exerçait directement de la rive droite. Celle-ci fut prépondérante ces dernières années, en raison même de la prospérité de l'empire. La défaite et la révolution viennent de la supprimer momentanément, mais les traces en subsistent, spécialement sous la forme de préjugés francophobes que l'on retrouve sous les mêmes formules dans toute la propagande pangermaniste.

Actuellement, le prestige de l'empereur est dissipé. On le rend responsable du désastre. Et la Prusse a perdu son autorité morale sur les pays d'empire. La famille royale de Bavière conserve encore des sympathies : les séjours du roi chaque été, à sa villa de Ludwigshohe, près d'Edenkoben, ont fait apprécier ses vertus privées. Il ne semble point cependant que la profondeur du sentiment qu'il inspire atteigne la vénération quasi religieuse que l'on pourrait surprendre en d'autres petits États allemands à l'égard des maisons régnantes. Les Palatins, dans l'ensemble, se résignent sans peine à ne plus être Bavarois, car ils ne se sont jamais réellement considérés comme tels. Ils acceptent la forme républicaine, comme ils accepteraient d'ailleurs n'importe quel régime garantissant le calme, la sécurité, la reprise des affaires et la réparation des maux de la guerre. Ils iront à celui qui leur assurera le mieux l'ordre tel qu'ils le conçoivent d'après le régime allemand antérieur et qui les soustraira le mieux aux conséquences financières de la défaite.

— Mais n'y a-t-il donc, chez eux, que des préoccupations matérielles? objectai-je à ce discours.

— Ils en ont d'autres, certes, et j'y viendrai. Epuisons celles-ci tout d'abord. Le Palatinat, riche pays agricole et industriel, s'est encore enrichi à la faveur de la guerre. Ses gains sont représentés par des souscriptions aux emprunts allemands, soit d'Etat, soit industriels, par des dépôts dans les banques et les caisses d'épargne et par la thésaurisation à domicile, notamment chez les propriétaires campagnards. L'agriculture continuera d'être prospère et les marchés ne lui manqueront pas. Cependant le prix de la vie ne semble pas avoir autant renchéri que chez nous. L'industrie comprend des établissements de toute nature, métallurgie, tannerie, tissage, scierie, papeterie, produits chimiques, sucrerie, brasserie, etc. La moitié de ces établissements avait été transformée en industries de guerre et doit reprendre son ancienne destination. A Ludwigshafen, la situation se complique de ce fait que la plupart des industries sont à cheval sur le Rhin. Toute la vie industrielle dépend des débouchés que nous leur offrirons à l'ouest : encore ne faut-il pas que sa concurrence nuise à la reprise de nos propres affaires. Mais elle peut contribuer puissamment à la reconstruction de nos pays détruits. Je viens maintenant à l'autre problème.

— Il y a donc un autre problème?

— Sans doute, le problème moral. L'Allemagne a dressé contre nous, par une propagande active et habile, toute une barrière de préjugés. Les Rhénans sont plus séparés de nous par cette barrière que par le patriotisme allemand ou bavarois. La France légère, la France irréligieuse, la France vouée à l'anarchie politique : voilà l'image qu'ils se sont faite, ou plutôt qu'on leur a faite de nous.

— Mais la guerre ne s'est-elle pas chargée de renverser la barrière? Cette France légère a su être tenace et persévérante. Cette France irréligieuse a accepté le sacrifice et sous le feu redressé ses autels intérieurs. Cette France en proie aux luttes intestines est restée une et n'a pas été sérieusement troublée pendant la longue épreuve.

— Aussi nos ennemis en ont-ils été stupéfaits. Il nous appartient de compléter notre victoire. La population palatine est très attachée à sa foi. Elle se partage à peu près également entre catholiques et protestants. Les curés et les pasteurs exercent une grande influence qui a survécu à peu près seule au désarroi de la défaite. Ils vivent d'ailleurs en bonne intelligence et les seules conversions proviennent des mariages mixtes. Pour le culte catholique, le Palatinat forme le diocèse de Spire. L'évêque dépend de l'archevêque de Munich, mais cette obédience paraît d'ordre purement administratif. En fait, le diocèse est isolé de la Bavière : le seul lien véritable qui l'y rattache est la nationalité bavaroise d'un certain nombre de dignitaires ecclésiastiques dans l'administration diocésaine et dans les cadres du séminaire. Il serait à souhaiter que le recrutement du clergé se fît dans le Palatinat ou en Alsace et qu'un centre des hautes études ecclésiastiques à l'usage des pays de langue allemande, où l'on formerait des professeurs de séminaires d'une valeur indiscutable, fût organisé à Strasbourg. Nos cérémonies — celle du 15 décembre à la cathédrale pour les morts de la division — ont provoqué l'étonnement, puis la sympathie. De même, la présence de ceux de nos officiers et de nos soldats qui assistent aux offices. Nos aumôniers ont vu l'affluence civile croître à leurs messes. Ils ont été de précieux auxiliaires pour nous rattacher la population. Le simple fait de les voir en soutane accompagnant les troupes a causé une excellente impression qu'un prêtre de Spire a formulée ainsi devant moi : « Vos aumôniers sont magnifiques. Ils ont gardé le costume ecclésiastique alors que rien ne les y contraignait et le gouvernement de la République a toléré ce costume alors qu'il aurait pu le faire disparaître sous un prétexte très admissible. La République française n'est donc pas sectaire : elle règne sur une terre de liberté. Ce n'est pas là ce qu'on nous avait dit. »

— Et les protestants?

— Les communautés protestantes sont groupées en consistoires à la tête de chacun desquels un président exerce une autorité analogue à celle des évêques. Le clergé se recrute généralement dans le Palatinat, mais il va prendre ses grades en théologie de l'autre côté du Rhin aux diverses universités, principalement à Heidelberg, Leipzig, Berlin et Augsbourg. Il en revient saturé de culture allemande, avec une conception différente du dogme selon les universités. Les pasteurs se rattachent à deux branches principales : les rationalistes qui cherchent à accommoder à la raison philosophique les mystères chrétiens, et les évangéliques qui restent fidèles au credo du seizième siècle. Il serait à souhaiter également qu'une école de théologie de langue allemande fût fondée à Strasbourg où **le clergé protestant du Palatinat trouverait** toute l'instruction religieuse qu'il peut souhaiter.

Après cet exposé des deux faces du problème rhénan, le matériel et le moral, mon interlocuteur, préoccupé de notre avenir sur la rive gauche, ajouta :

— Tous les Français des deux sexes, laïques ou clercs, civils ou militaires, résidant dans le Palatinat...

Je l'interrompis :

— Des deux sexes? Je croyais que les officiers ou administrateurs ne pouvaient faire venir leur femme...

— Leur femme, non, mais leur maîtresse. Chez nous c'est ainsi. Et précisément, il faut que cela change. Donc, tous les Français des deux sexes, résidant dans le Palatinat, sont de véritables agents diplomatiques ayant, chacun dans sa sphère, une part au développement de l'influence française et au maintien du prestige acquis par la victoire. Il serait nécessaire que les postes importants tout au moins soient confiés à des individualités marquantes, ayant le sens et l'usage de la vie de société, s'installant avec leur famille, recevant, montrant aux habitants que les intérieurs français sont tout différents de ceux que dépeignent nos romans.

— Merci pour nos romanciers.

— Je vous croyais officier.

— Le cumul n'est pas interdit.

— Alors... de ceux que dépeignent certains de nos romanciers. Il est très important, dis-je, que les femmes de ces chefs, de ces fonctionnaires, soient auprès d'eux et qu'elles parlent allemand si possible. Il n'y a pas de diplomatie sans l'action féminine. Il est d'ailleurs à prévoir qu'à la suite des Français l'on ne tardera pas à voir débarquer dans le Palatinat, soit à demeure, soit par tournées, des Françaises, charmantes sans nul doute, mais d'allure facile, trop facile. Il ne conviendrait pas que ce soient là les premiers et seuls échantillons de femmes françaises présentés à des populations qui, par un effet d'une propagande inlassable, attendent le spectacle de notre immoralité.

— Pour s'en réjouir?

— Oui, et peut-être de toute manière. Mais surtout pour s'en servir contre nous.

Comme notre promenade nous avait conduits sur la place de la cathédrale, nous vîmes revenir des bords du Rhin d'innombrables groupes d'enfants avec des jouets dans les mains.

— C'est, m'expliqua mon compagnon, l'usine Pfalz qui distribue des cadeaux de Noël.

Et je remarquai, non sans satisfaction, que les filets à papillons, les ballons, les boîtes étaient déjà tricolores.

VIII

LUDWIGSHAFEN

Décembre.

J'arrive à Ludwigshafen à la tombée de la nuit. C'est une ville commerçante, brillamment éclairée, populeuse. Une foule peu pressée circule dans les rues. Les magasins sont achalandés et les prix affichés n'ont rien d'exorbitant, surtout avec l'avantage du change. On me signale des chaussures en très beau cuir, à 25, 30 et 40 marks.

Le cas de Ludwigshafen est compliqué. L'armistice a coupé en deux une ville unique : Mannheim et Ludwigshafen, reliées par un pont, ne sont qu'une seule et même ville. Les ouvriers de Mannheim, les petits employés de Mannheim habitent Ludwigshafen. D'un geste généreux, le commandement français a accordé l'usage du pont.

Ce pont offre un spectacle d'une animation extraordinaire. Il est interdit aux tramways et aux voitures, permis aux piétons, même chargés de paquets. Tout le monde y passe, comme sur le pont d'Avignon : deux ou trois cent mille personnes par jour, midinettes, travailleurs, commis, femmes de toutes catégories, pri-

sonniers revenant d'Allemagne, etc., les uns les bras
ballants, les autres chargés de sacs, de valises, de
caisses, et, par surcroît, la *Frankfurter Zeitung*, le
courrier de la rive droite, les nouvelles, la propagande,
le bolchevisme, sous les yeux béants des deux postes
marocains qui surveillent les deux extrémités du tablier. Une surveillance s'organise qui mettra un peu
d'ordre dans ce brouhaha. Mais on ne pouvait tout
à coup suspendre la vie économique de cette grande
ville en deux quartiers.

Un Alsacien, demeuré à Ludwigshafen pendant
toute la guerre, me fait les honneurs du pont :

— La révolution s'est passée avec calme dans
l'Allemagne du sud, me raconte-t-il. Les gens d'ici
ont fait la révolution comme ils feraient une partie
de billard.

Sceptique, il ne croit pas aux mauvaises nouvelles
de Berlin :

— Il n'y aura rien de changé. Ces gens-là ont l'ordre
dans le sang.

Il dit cela avec un mélange d'irritation et d'admiration. Cette intervention perpétuelle de l'ordre est
agaçante dans l'existence quotidienne, d'où elle exclut
la fantaisie. Mais elle est commode et tout de même
assure la régularité des services. Une perfide propagande pangermaniste avait réussi à épouvanter les
habitants de Ludwigshafen à la seule annonce de l'occupation. On parlait sous le couvert de la cruauté des
troupes noires, de l'indiscipline et de la mauvaise
tenue de l'armée française prête aux représailles. Nos
soldats défilent et s'installent : leur bonne mine, leur
bon ordre, leur bonne grâce retournent tous ces bour-

geois, tout ce peuple apeuré. Certes, les troupes allemandes en retraite avaient été reçues sous des arcs
de triomphe et sous une pluie de fleurs. Mais les
Français attirent bientôt la curiosité.

— Il faut vous dire, m'expliquent l'un ou l'autre
de mes nouvellistes, que les soldats de l'Empire ont
laissé dans le Palatinat une réputation amoureuse.
Les femmes attendaient non sans un peu de fièvre
l'arrivée de leurs successeurs. Les militaires allemands
rentrés du front se sont trouvés négligés. Ils ont
même parlé de *femelles sans dignité* (*würdelose Frauen-
zimmer*). Ajoutez que l'occupation a apporté une
grande circulation d'argent. Les restaurants font de
belles recettes. Le Français paie le prix qu'on lui demande. Entrez dans les cafés : les buveurs de bière
ont aujourd'hui des faces joyeuses au lieu de leurs airs
bougons d'autrefois : et l'on vous jouera sur le piano
la *Marseillaise* ou *Sambre-et-Meuse*.

— Voulez-vous voir les Carmens boches? me demande un officier qui tient ici garnison et que j'ai
connu en 1915 en Lorraine.

Nous avons couché dans la même cave à Régnéville
et circulé ensemble la nuit devant le cimetière de ce
village qui servait alors de frontière. Nous sommes
ce soir assis à la même table, devant les vastes chopes
d'étain remplies d'excellente bière. Je lui montre l'horloge dont les aiguilles vont marquer neuf heures.

— Vos ordonnances de police ne nous le permet-
traient pas.

— Les ordonnances de police? répète-t-il d'un ton
ironique.

Neuf heures sonnent. Tout le monde se lève, tout

le monde s'en va. Neuf heures, c'est le couvre-feu.
Mais mon compagnon m'emmène, par une allée secrète, dans un débit de vins clandestin. Il faut y être
invité ou présenté comme dans un salon, — un salon
où l'on boit.

— C'est, m'annonce-t-il, d'une apparence fort honnête, mais vous y ferez des études de mœurs qui
ne seront pas inutiles à votre connaissance de l'Allemagne.

On y consomme du vin du Rhin à 25 marks la bouteille, dans des coupes vertes à long pied. Si l'on sup-
primait ces coupes de verre pâle et les bouteilles effi-
lées, que resterait-il de ces fameux crus du Rheinland?
Un arome délicat, un goût de fleur un peu fade. Il y
a toujours un peu de bluff dans le succès allemand.
Deux jeunes filles, sous l'œil bienveillant de leur mère,
servent les clients, je veux dire les invités payants.
Si l'un ou l'autre les en prie, et redemande un flacon,
l'une se met au piano et l'autre danse. Ni la musique,
ni la danse n'ont rien de surexcitant. Tout se passe
fort correctement. On se croirait dans un intérieur
bourgeois. Cependant la cordialité augmente. Ces demoiselles boivent à tous les flacons. De temps à autre,
l'une d'elles ou la mère sort quelques instants et
revient de la cuisine voisine la bouche pleine. Elles
dînent ainsi, en détail, toute la soirée.

— Ce sont des vertus, m'explique mon camarade.

— Ah ! dis-je un peu étonné.

— Mais oui : elles ramassent leur dot. Vous voyez ;
leur mère les surveille. Elles promettent et ne tiennent
jamais.

— Joli métier.

— Maintenant, regardez la clientèle.

La clientèle ne rappelle que de très loin cet acte de **Carmen** où l'on voit don José revenir au sortir de sa prison. Don José est là, et porte l'uniforme. Il est timide et réservé, fort beau garçon par surcroît. Il ne vient pas pour les filles de la maison, il vient pour une de leurs amies, grande jeune fille, très jolie, au visage régulier de camée, aux yeux languissants dont on ne sait s'ils tirent leur langueur de l'extase amoureuse ou du vin du Rhin. Mon compagnon la connaît, pour l'avoir déjà rencontrée ici même avec ce don José qui la boit des yeux tout en vidant sa coupe. Les tables se touchent, la salle est menue, on échange bientôt des confidences, la vie militaire a chassé tous les secrets et beaucoup ne cherchent la solitude ni devant la mort ni devant le plaisir. Bientôt je connais le roman de cette Carmen allemande. Elle s'appelle Frida, Magda ou Bertha, elle est institutrice quelque part dans le Palatinat, elle est fiancée à un jeune homme de Darmstadt, Francfort ou Giessen, qui vient de rentrer de la guerre et qu'elle doit aller rejoindre demain pour fêter Noël en famille. Avec une sensibilité qui exclut toute pudeur, elle présente volontiers la main pour qu'on admire à la ronde sa bague de fiançailles. Don José passe la soirée avec elle pour la troisième fois. Ce soir, ils ont dîné ensemble. Cependant il ne se croit pas plus avancé qu'au premier jour. Et comme il y a souvent quelque détail comique dans les situations les plus aimables ou les plus délicates, il n'avait pas prévu la bonne fortune qui lui échoit tout à coup. Il croyait à un simple flirt, et sa conquête le prend au dépourvu. Car son cantonnement est à plusieurs kilomètres, qu'il pensait parcourir de nuit et seul. Le voilà fort embarrassé.

— Et le fiancé de Darmstadt, Giessen ou Francfort? ose demander mon compagnon.

La jeune Frida, Magda ou Bertha, se contente de montrer sa bague avec un air céleste.

Notre bouteille est vide et nous voici dans la rue, mon camarade de Lorraine et moi. Aussi bien l'intérêt banal de ces scènes de mœurs est-il épuisé. Avais-je besoin de cette démonstration pour m'édifier sur la fragilité allemande? Avec cette saute rapide d'un sujet à l'autre à quoi les hasards de la guerre nous ont accoutumés, mon compagnon me raconte maintenant son entrée avec son bataillon dans un village des Ardennes lors de la dernière avance :

— Au moment où nous arrivions, une jeune femme s'est précipitée à notre rencontre en criant : Les Français! Les Français! Dans sa course, ses cheveux s'étaient répandus. Ils lui faisaient comme une crinière qui flottait. Nous la regardions courir et nous courions aussi. A mesure qu'elle approchait, nous voyions bien qu'elle était belle. Cependant les obus tombaient autour de nous. Il y avait une maison du village qui brûlait. La jeune femme et celui de nos hommes qui marchait en avant se rejoignirent. Elle se précipita dans ses bras. Nous la vîmes l'embrasser à pleine bouche. Puis nous ne vîmes plus rien. Un obus était tombé sur leur couple. La mört les prit ensemble, et ils ne se connaissaient pas.

Un souffle d'air pur a passé sur nous. Cette vision de femme a chassé l'autre en un instant.

IX

RETOUR A MAYENCE

Décembre.

Je quitte Ludwigshafen pour Mayence un dimanche matin et cueille en passant une grand'messe à Worms. Worms est une vieille ville historique où Charlemagne résida, où l'Empire tint nombre de diètes, où Luther exposa publiquement sa doctrine à Charles-Quint. Elle aussi passe pour avoir été *réduite en cendres* par les troupes de Mélac et du duc de Créqui. Cependant la cathédrale a été épargnée. Les Allemands sont pris entre le désir de tirer parti de leurs vieilles pierres et celui d'utiliser la guerre du Palatinat : alors ils ont imaginé ces destructions qui ont du moins respecté les monuments. Que n'ont-ils ainsi respecté la basilique de Reims, et le beffroi d'Arras, et la halle d'Ypres, etc.?

La cathédrale est un bel édifice roman, un peu lourd, que ses quatre tours semblent alléger et tirer en l'air. Son immense nef se remplit pour l'office. Un jeune prêtre violet et or descend du chœur à toute vitesse et parcourt d'un train d'enfer, si j'ose dire, le long chemin, en aspergeant les fidèles de son eau bénite. Le suisse, vieillard vénérable, tout de noir vêtu, une grande barbe blanche répandue sur la poitrine, semble un portrait d'Holbein ou d'Albert Dürer : ne pouvant se mettre à une telle allure, il a pris le parti d'abandonner en route l'officiant pressé et même il attrape quelque avance pour le retour. Après cet *asperges* mouvementé, la cérémonie sacrée commence dans toute son ampleur, lente, grave, très édifiante. Tous les fidèles chantent. Les voix sont belles, justes, musicales. Le chœur ainsi nourri remplit les voûtes sonores.

De Worms à Mayence, la route suit le Rhin jusqu'à Rhein-Dürkheim, puis elle coupe une boucle du fleuve qu'elle rejoint à Oppenheim pour ne plus guère le quitter. Elle longe les fameux coteaux qui, du fleuve, s'élèvent en offrant leurs pentes au soleil, et qui s'étendent ainsi d'Alsheim à Laubenheim. C'est le *Wonnegau* ou pays des délices, d'une étonnante fertilité. Les vignes qui portent des noms de crus célèbres sont plantées dans une terre rouge de la couleur des palais et des églises de grès. Cette couleur n'a pas son éclat aujourd'hui, car il commence à pleuvoir. Je me souviens de l'avoir vue pareille aux rochers violets de l'Estérel quand le couchant les embrase.

J'admire en vieux vigneron l'état de prospérité du vignoble. Tous les labours d'automne ont été faits et les sarments liés. Il ne reste pas une mauvaise herbe à arracher. Ah ! la main-d'œuvre n'a pas manqué ici ! La doit-on à nos prisonniers, ou bien à ces nouvelles générations de quatorze, quinze et seize ans que l'on voit si nombreuses dans les villes et dans les villages ? Il n'est pas rare de remarquer de nouvelles planta-

tions. Ces ceps-là n'ont pas plus de deux ou trois
années. Ils n'ont pas encore participé aux vendanges,
mais de quelles promesses ne sont-ils pas chargés?
Ainsi les vignes épuisées ont-elles été renouvelées au
cours même de la guerre. Je sais par expérience le travail qu'exige ce renouvellement. Et dans les plus beaux
vignobles de la Gironde et de la Bourgogne on ne dé-
couvrirait pas un plus parfait entretien.

Me voici revenu à Mayence. Il est plus de midi. Je
vais déjeuner à l'hôtel de Hollande sur la Rheinpromenade. Le général Marchand y est installé avec
l'état-major de sa division. Un grand va-et-vient militaire permet d'y rencontrer de nombreux camarades.
Les conversations y rappellent les propos qu'on devait
entendre dans les hôtelleries au temps du premier
Empire. — « D'où venez-vous? — Des Flandres. — Et
vous? — D'Italie. — L'an dernier, j'étais à Salonique.
— Moi, aux États-Unis, pour l'instruction de l'armée
américaine. » — Nos jeunes gens auront une idée plus
précise de l'Europe et du monde : elle les aidera à
voir plus juste dans les affaires extérieures. Ici, tous
remarquent avec surprise, et non sans une certaine
inquiétude, les signes évidents de la force allemande,
demeurée sinon intacte, du moins dangereuse encore.

Pour 8 marks on nous sert un déjeuner composé
de hors-d'œuvre, deux plats (une omelette et une
viande garnie) et une confiture. Le vin est cher : le
moindre cru du Rhin coûte 12 ou 13 marks. Le sucre
n'est pas limité. Le café commence à devenir rare
On trouve du lait, mais peu : il venait de Bavière, et
l'importation en a cessé depuis l'occupation. Les gâteaux sont lourds : ils n'ont pas la finesse et l'onction

de nos pâtisseries. (M. Hanotaux, au cours du premier voyage, n'a-t-il pas remarqué ma gourmandise, une gourmandise qui a quatre ans et demi de retard?) Du moins il y en a. Les cigares, cigarettes, allumettes sont en abondance : quand j'ai traversé Paris, en novembre dernier, revenant de Belgique, on faisait queue devant les bureaux de tabac et quelques boîtes d'allumettes que je rapportais de Bruges furent les bienvenues. Le prix de la vie est certainement inférieur ci à ce qu'il est, non pas à Paris, mais dans nombre de villes françaises. Il devait l'être d'autant plus que l'arrivée de nos troupes l'a immédiatement fait renchérir. Sans doute, la graisse, le savon, les corps gras font-ils défaut : il eût été scandaleux que, seule de tous les pays en guerre, cette partie de l'Allemagne n'eût jamais manqué de rien.

Pour nous qui avons, ces dernières années, connu la misère de nos malheureux départements envahis, aux villes anéanties, aux villages rentrés sous terre, aux champs troués de tranchées ou encombrés de fils de fer, aux populations errantes, éparses, proie facile de toutes les maladies, et spécialement de la tuberculose, nous avons le cœur serré en parcourant ces pays plantureux, et il est désirable que ceux qui prendront part aux délibérations de la paix visitent successivement nos provinces meurtries et l'intact pays rhénan. Le contraste en est saisissant et impératif (1).

(1) Au retour, je lis dans le *Figaro* du 29 janvier (1919), cette communication faite à l'Académie de médecine par le docteur Calmette, directeur de l'Institut Pasteur de Lille, sur l'état sanitaire de Lille pendant l'occupation allemande :

« Pendant les trois dernières années d'occupation, les rations alimentaires distribuées à toute la population par le Comité de secours

***

Je suis installé pour quelques jours Hindenburg-platz, près du temple protestant, dans un appartement luxueux et surchauffé. Nous aurons connu, dans cette guerre, tous les contrastes. Au cours de ce second séjour, je vérifie et renforce mes premières impressions sur le bon état matériel de la ville et des habitants. Comme à Kaiserslautern, comme dans les villages de la vallée d'Alsenz, j'assiste aux entrées des enfants à l'école et contemple leurs belles mines, leurs fortes chaussures de cuir, leurs vêtements chauds, en me souvenant de l'arrivée à Evian des lamentables cortèges de nos compatriotes renvoyés des pays occupés à travers l'Allemagne et la Suisse.

étaient très inférieures aux besoins normaux de jeunes organismes en période de croissance. Leur valeur énergétique moyenne ne dépassait que rarement 1 600 calories et descendait fréquemment, surtout au cours de l'hiver 1917-1918, à 1 400. Constituées surtout par du pain de seigle de mauvaise qualité, un peu de riz, de haricots, de céréaline de maïs, de sucre, de lard ou de bœuf salé d'Amérique, elles étaient très pauvres en albumines assimilables et en graisses.

« Depuis plus d'une année jusqu'aux heures délirantes de la libération, il n'avait plus jamais été distribué de pommes de terre, ni de viande fraîche. Les seuls légumes qu'on pût se procurer étaient des choux-raves, parfois des épinards, rarement des carottes. Le beurre et les œufs ne se trouvaient qu'exceptionnellement, à des prix fantastiques, inabordables aux petites bourses.

« Comment s'étonner que, dans ces conditions, le scorbut et des œdèmes dus à la pauvreté des aliments en vitamines aient apparu en grand nombre?

« Dans les localités rurales des pays occupés, l'état sanitaire était incomparablement meilleur. Dans les campagnes, malgré les inexorables réquisitions allemandes, on cultivait des légumes, on cachait

Le visiteur, ici, est frappé de la docilité de la foule, de la régularité des transports, de l'application des fonctionnaires et des employés, de la bonne distribution apparente de la vie pratique. On rencontre aisément l'empressement, très vite l'obséquiosité. N'allez pas croire, néanmoins, que cette organisation allemande soit parfaite. Elle ne mérite nullement le fétichisme dont elle est trop souvent l'objet : il suffirait d'examiner dans le détail, par exemple, les règles et la disposition de la navigation sur les deux rives du Rhin, pour toucher du doigt l'effroyable complication des services. Mais l'Allemand y est habitué. Si l'individu n'a pas l'initiative et l'intelligence qui lui permettent, chez nous, de suppléer à la paralysie administrative, il accepte mieux de se plier aux besoins de la collectivité : de là un bon fonctionnement de la

des pommes de terre, on élevait quelques lapins et quelques poules. Mais dans la grande ville à population dense, jadis si laborieuse, aujourd'hui réduite au chômage et à la misère, on ne pouvait presque rien produire.

« Sur des organismes d'adolescents si insuffisamment alimentés, la tuberculose devait fatalement trouver le terrain le plus favorable à sa rapide diffusion. Et celle-ci est aujourd'hui si grande que, dans certains quartiers populeux, chez plus de 60 pour 100 des jeunes sujets de dix à vingt ans, on constate manifestement l'existence de quelque lésion pulmonaire ou ganglionnaire.

« Un autre effet, non moins alarmant, de cette sous-alimentation prolongée fut l'arrêt de croissance subi par presque toute la jeunesse lilloise. Les enfants de quatorze ans paraissent en avoir dix et, fait plus grave, la très grande majorité des jeunes filles de dix-huit ans ne sont pas plus développées que des fillettes de treize. Leur formation ne s'accomplit pas. Enfin, les maîtres d'école constatent chez le plus grand nombre un état psychique arriéré. »

Il ne faut jamais perdre de vue les souffrances endurées par notre pays dans la guerre : elles doivent sans cesse nous faire réfléchir, nous rappeler toutes les plaies qui nous restent à panser..

machine sociale que n'ont interrompu ni la révolution,
ni l'occupation. Notre esprit latin de simplification
pourrait obtenir des résultats meilleurs, à la condition de revenir aux anciennes habitudes de direction :
un plan d'ensemble, conçu par un homme ou par des
hommes favorisés d'une culture générale, et exécuté
par des spécialistes, au lieu que, trompés par l'apparence scientifique des spécialistes, nous les mettons à
la tête de services dont ils ne connaissent pas l'ensemble. La défaillance des humanités a entraîné chez
nous celle des organisateurs. Un Napoléon en trouvait
encore aisément pour les pays qu'il occupait : ses préfets, dans les pays rhénans, ont laissé une réputation
qui balançait celle de ses généraux. Qui, chez nous, a
jamais retenu aujourd'hui le nom d'un préfet?

Le mot d'ordre, en ce moment, dans l'Allemagne
qui veut échapper à la révolution, c'est : travail,
arbeit. Le travail doit remplacer la guerre. Le plus
grand journal illustré d'Allemagne, l'*Illustrirte Zeitung*, a cessé de parler de la guerre. Il a célébré le
retour du soldat qu'on accueille au logis avec des oies
et des bouteilles, tandis qu'on aperçoit un sac de
pommes de terre entr'ouvert. Maintenant, il célèbre
l'ouvrier avec cette devise : *Arbeit*.

Un tract répandu dans les pays rhénans — sans
doute apporté par le pont de Mannheim — émanant
de la fédération patronale de Francfort et adressé aux
hommes et femmes d'Allemagne, leur dit :

« ... Ce n'est pas le moment de faire des essais d'éco-
nomie politique, car il est absolument urgent que tout
homme et toute femme puissent dès maintenant commencer à travailler et à s'employer utilement.

« ... Les revenus du peuple allemand avant la guerre étaient estimés à quarante milliards, ce qui pour une population de soixante-dix millions environ représentait 600 marks par tête Si nous voulons, ce qui est notre volonté à tous, faire participer notre peuple aux bienfaits de la civilisation, si nous voulons donner à chacun la possibilité de mener une existence digne d'un homme, en premier lieu, de se nourrir, de s'habiller, et de se loger convenablement, nous devons tous travailler de façon pius active que précédemment, afin de porter les revenus du peuple à un niveau bien plus élevé que celui atteint avant la guerre... »

Un tel état d'esprit, après la fatigue de la guerre, s'il est répandu, devient une force morale pour un pays.

**

A la bibliothèque de Mayence.

Un camarade m'a signalé une brochure écrite en français, et même en français correct, presque élégant, intitulée : *Questions politiques à Mayence en 1816*. Elle est anonyme, mais le nom de l'auteur est inscrit au crayon : Ferdinand Bodmann. Elle est la critique violente de l'administration hessoise qui, après les traités de 1815, remplaça l'administration française dans le Rheinland. « On reproche, dit-elle, aux habitants du Mont-Tonnerre (Mayence, on s'en souvient, était le chef-lieu du département du Mont-Tonnerre) de n'être pas infiniment sensibles au bienfait de la délivrance : à qui la faute? Qu'a-t-on fait pour ce peuple? Depuis trois ans l'a-t-on traité en pays délivré ou en pays conquis? La masse de la population, l'aisance,

la prospérité ont disparu, et l'épuisement a pris la
place de l'abondance Il est si naturel que des hommes
ainsi délivrés ne rient pas, qu'ils regrettent le passé et
rêvent d'avenir... » Ainsi pensait-on à Mayence
en 1816, après vingt ans d'occupation française. Ces
regrets, ce mépris du nouveau régime, font honneur
aux administrateurs de la République et de l'Empire.

Les vieux fonctionnaires électoraux et palatins
avaient reparu et parlaient de rétablir les anciens
impôts. Notre Rhénan s'élève contre ces prétentions.
Certes, dit-il, tout n'est pas parfait dans l'œuvre
financière de la France impériale : l'impôt sur les
portes et fenêtres, l'impôt sur les patentes sont discu-
tables, mais les impôts indirects, la contribution foncière sont d'un excellent rendement sans occasionner
de gêne véritable. La contribution foncière allait
même être l'objet d'une grande amélioration, car l'administration préparait un cadastre pour les pays rhénans.

Quant à l'œuvre économique, il la loue sans réserve :
accroissement de la classe des paysans propriétaires
par la division des domaines féodaux, suppression des
corporations privilégiées, affranchissement du commerce par la libération des routes, la suppression des
péages, le riche marché français assuré aux viticul-
teurs rhénans, Mayence en passe de devenir la place
d'échange commercial entre les États de l'Allemagne
et la France. Voilà l'œuvre admirable que le Congrès
de Vienne a compromise. Et cette œuvre avait été réalisée avec un minimum de frais, la France payant
d'ailleurs fort mal ses agents (la remarque est de l'auteur) : « Sous l'ancien régime français, écrit-il, le préfet

administrait seul, quatre conseillers de préfecture avaient voix dans les cas litigieux, et autant de sous-préfets exécutaient ses décisions ; le département, contenant une administration de 442 000 âmes, était très doucement, très paternellement gouverné pour 90 000 francs par an. Sous le régime provisoire au contraire (1815), l'administration proprement dite se compliqua, devint infiniment dispendieuse et ne fit rien pour le pays : elle établit un imbroglio moitié français, moitié allemand, multiplia les rouages, doubla tous les emplois, augmenta les traitements et confirma par ses résultats la vérité que, pour rendre le peuple heureux, il ne faut que dépenser peu et administrer le moins possible. »

Toute la brochure est, en somme, une apologie de l'administration française. Et l'auteur conclut par cette formule : « Les hommes sont à la longue ce que l'administration les fait être. » Mais alors, vingt ans de bonne administration française avaient rendu aux malléables Rhénans le sens de leurs origines et en avaient fait des Français. Le livre de M. Julien Rovère nous a montré comment ils luttèrent jusqu'en 1880 pour leur législation et pour leur liberté religieuse, et comment ils se laissèrent absorber par l'Empire allemand, après le Kulturkampf, pour la prospérité matérielle et l'ordre qu'ils y trouvaient. Je me souviens aussi d'un roman célèbre, du meilleur des romanciers allemands actuels, Mme Clara Viebig : *Die Wacht am Rhein* (*la Garde au Rhin*), où l'on voit, à travers trois générations, le particularisme rhénan se muer en loyalisme allemand. Les Rhénans, qui détestaient la Prusse, ont été à la longue vaincus par l'administration prussienne. De là tant de portraits de Bismarck dans les maisons et tant de statues de Bismarck sur les places publiques.

Cependant l'un des premiers gestes du général Mangin, en s'installant à Mayence, a été de porter une palme sur la tombe de Jean Bon Saint-André, préfet de France.

**

Au palais grand-ducal, monument massif de grès rouge dont l'architecture régulière est sans grâce, mais non sans cette beauté qui vient de l'heureuse disposition des lieux. L'escalier à double rampe donne à l'intérieur une majesté plus aimable. Je visite au premier étage la chambre de Napoléon dont le mobilier vert-empire a été conservé : mais la tapisserie est toute neuve et ses énormes et affreux bouquets de roses rouges déparent l'harmonie des meubles et de la pièce qui est de petite dimension et réclamait une parure plus discrète. A Kreuznach, le général Mangin avait couché dans le lit de Guillaume II. A son arrivée à Mayence, le personnel du grand-duc lui avait préparé, par une délicate attention, le lit de l'Empereur. Mais il a refusé de l'occuper.

Je le retrouve ce soir, tel qu'il était au moulin de Regret à la veille de reprendre Douaumont, ou à Coyolles, près de Villers-Cotterets, à la veille de son offensive du 18 juillet — cette offensive qui parut si soudaine et qu'il avait pourtant préparée depuis plus d'un mois par une série de petites attaques qui, tout en arrachant à l'ennemi son ascendant, lui avaient assuré à lui-même une base de départ pour la vaste

opération dès lors projetée. Les yeux brillants de
convoitise, les narines frémissantes flairant une proie,
comme on sent qu'il reste en état de guerre ! L'ennemi, pour lui, n'est pas encore assez hors de combat. Mais le terrible capitaine a changé de tactique :
il veut séduire, attirer, plaire. Le luxe princier qui
l'encadre achève sa ressemblance avec les généraux
de l'Empire. Mais il n'est pas homme à se rassasier en
buvant et mangeant dans la vaisselle et la cristallerie
aux armes de Hesse. S'il sait recevoir en grand seigneur, un autre rêve le hante, qui est de conquérir
encore et toujours. Car il est né pour la guerre, même
pour celle qui ne se mène pas les armes à la main.

Ce soir il pourrait être de méchante humeur. Une
nouvelle répartition de forces lui ôte une part du Palatinat que son armée détenait. Mais il se rattrapera du
côté de Coblence. Il fête un colonel anglais avec sa
courtoisie habituelle. Un des officiers présents, le commandant F..., arrive de Spa où il a pris part à la commission qui règle les conditions de l'armistice. Le
général Nudant qui la préside a fréquemment besoin
d'affirmer son autorité : du côté allemand, en effet,
le général von Winterfeld, avec une souplesse et une
ténacité incroyables, lutte pied à pied, multiplie les arguments et, quand la discussion est close, il la reprend
tout entière par le moyen d'un détail qui avait échappé.

— Il faut constamment lui rappeler, dit le commandant F..., que nous sommes les vainqueurs. Ces
gens-là ont l'air de l'avoir oublié.

C'est la parole que je médite, au sortir du palais,
en regagnant, sous la neige qui tombe, mon confortable
appartement de l'Hindenburgplatz.

* * *

Quel but poursuit ce Winterfeld dont les journaux allemands publient des interviews retentissantes, et qui se taille à la conférence de Spa une popularité personnelle?

Quand il vint, avec M. Erzberger et les plénipotentiaires allemands, dans la forêt de Compiègne pour demander un armistice, il parut se précipiter sur le maréchal Foch dont il avait suivi les cours, à titre étranger, à notre Ecole supérieure de guerre, comme si le maréchal allait le reconnaître et lui tendre la main. D'un regard Foch le fit rentrer dans l'ombre qui était sa place naturelle.

Dès le lendemain il en prétendit sortir en demandant une audience particulière au général Weygand, chef d'état-major du maréchal. Je tiens ces détails d'un officier allié. — J'ai été, aurait dit M. von Winterfeld, attaché militaire à Paris et j'y ai reçu le meilleur accueil. J'ai été, au cours des manœuvres de 1913, victime d'un accident grave et les meilleurs soins m'ont été prodigués. J'en ai gardé une profonde reconnaissance. Or je sais que l'on a fait courir le bruit en France qu'ayant à peine quitté votre pays en août 1914, j'aurais organisé un centre d'espionnage à Saint-Sébastien. Je vous donne ma parole de soldat que c'est un bruit mensonger...

Il semblait attendre un grand effet de cette révélation. Le général Weygand, très correctement, écouta, puis se contenta de demander, quand son interlocuteur se fut tu :

— C'est là tout ce que vous aviez à me dire?

— Parfaitement.

Le même Winterfeld fut vu pleurant sur les conditions de l'armistice. Sa sensibilité ne se contente pas
des manifestations secrètes. Aujourd'hui il refait les
campagnes allemandes et retouche le plan de Ludendorff qu'il critique âprement :

— Ludendorff, déclare-t-il, a commis trois grandes
fautes : 1° il n'a pas essayé d'écraser l'Italie après la
victoire du Caporetto; 2° il n'a pas, les 24, 25 et
26 mars 1918, jeté toutes ses réserves dans la brèche
ouverte entre les armées française et anglaise et n'a
pas rappelé pour cette grande tâche toutes les troupes
allemandes; 3° il n'a pas au moment propice jeté à la
mer les armées de l'Entente à Salonique (1).

Il est hors de doute que l'état moral de la nation
allemande, après avoir été très bas pendant l'automne
dernier, au point de désespérer de la guerre et d'attendre la débâcle, s'est amélioré depuis l'armistice.
La crainte du danger est le commencement de la
sagesse. A ce peuple pratique l'éloignement de ce même
danger a apporté un soulagement immédiat. Mais
aussitôt sa vanité, que l'on aurait pu croire mise en
pièces, reparut. L'armée allemande, qui a connu la
défaite sans arrêt du 15 juillet au 11 novembre, se
savait perdue si l'armistice n'intervenait pas pour la
sauver. Mais, dès l'armistice signé, ses chefs ont eu
souci de lui faire redresser la tête et la conviction du
soldat a gagné le pays. Les témoignages sur ce point,

(1) Ces déclarations, publiées par la presse allemande, ont été
reproduites en pays rhénan (V. la *Zweibrucher Zeitung* du 28 décembre 1918).

recueillis depuis l'occupation, sont innombrables.

Dès le 11 novembre, le kronprinz, disant adieu à son groupe d'armées avant de fuir en Hollande, le proclame : « Notre groupe d'armées n'a pas été vaincu par les armes. La faim et le besoin ont eu raison de nous. (Nous avons vu ce qu'il faut en penser.) Fier et la tête haute, mon groupe d'armées peut quitter le sol de la France qu'il avait conquis avec le meilleur de son sang. Vos étendards, votre honneur de soldat sont purs, sans tache ; que chacun de nous s'efforce pour qu'il en soit toujours de même dans l'avenir, ici comme plus tard lorsque vous serez rentrés au pays... »

Hindenburg, avec une tout autre autorité, assure l'ordre dans la retraite et la démobilisation : « Soldats qui avez tenu fidèlement pendant plus de quatre ans en pays ennemi, voyez combien il importe à la patrie et à l'armée que la retraite et la démobilisation de nos unités s'opèrent dans l'ordre et le calme le plus parfaits... »

A Aix-la-Chapelle, un officier d'état-major de la IVe armée allemande déclare le 18 novembre : « Notre IVe armée est partie aujourd'hui en droite ligne sur Cologne. Son Excellence a exprimé aux troupes son entière reconnaissance et ses remerciements. Il les exhorte à l'ordre rigoureux et au patriotisme. Notre gloire immortelle nous impose de grands devoirs. Nous prouverons bientôt notre vaillance au monde entier. Nous devons regarder au loin... »

Dans le Palatinat, les soldats allemands déclarent que l'armée n'a pas été vaincue militairement parlant. Mais on en avait assez de la guerre. L'état politique de l'Allemagne a été cause du désastre. Les soldats allemands revenant du front restent pour la plupart disciplinés. Ce sont les troupes d'étapes, non celles du front, qui se sont livrées au désordre et au pillage : ainsi les services de santé et d'approvisionnement ont-ils été mal assurés.

La rentrée des troupes a été, dans presque dans toutes les villes (à L..., cependant on n'a pavoisé que par ordre), l'occasion de manifestations patriotiques : arcs de triomphe, fleurs, chants, etc.

A Ludwigshafen et Mannheim tout enguirlandées et décorées de drapeaux, un prisonnier français assistant au défilé s'écria : « Pensez donc, s'ils étaient vainqueurs ! »

En passant devant la cathédrale de Cologne, le 28e régiment d'infanterie entonna l'hymne à l'Empereur. De même un escadron de dragons rentrant à la caserne de la Belle Alliance, à Berlin, le 28 novembre, poussa un triple vivat au Kaiser.

Presque partout le retour des troupes s'opéra en bel ordre, sans pillage, et la population fut frappée de leur belle allure.

La population fut si frappée de leur belle allure qu'elle reprit confiance. Les conversations avec les fonctionnaires, avec les marchands, avec le peuple, dans les villes du Palatinat et de la Hesse, prouvent, je l'ai dit et je le répète, que l'on ne sait de la guerre rien que ce que l'Allemagne a enseigné : on en est encore à croire à une Allemagne provoquée, on ignore les dégâts, les dévastations, les crimes commis en France et en Belgique, ou on les croit exceptionnels et on les réduit à l'état de simples incidents ; on connaît mal la première défaite de la Marne et la série ininterrompue de nos victoires remportées depuis le 15 juillet, on s'en tient à une Allemagne arrêtant l'effusion de sang par humanité quand elle s'est aperçue qu'elle ne pouvait plus gagner la guerre à cause de l'arrivée des renforts américains et l'on traiterait volontiers sur le pied d'égalité !

Le général von Winterfeld voudrait à Spa traiter sur un pied d'égalité (1). Sans cesse, le général Nudant le doit rappeler à l'ordre. Il faut crier à l'Allemagne qu'elle est battue et le lui prouver : sans quoi elle le niera bientôt...

(1) Ces notes ont été écrites avant la démission retentissante du général von Winterfeld à la commission de l'armistice.

X

WIESBADEN

Décembre.

L'administration militaire française dans les pays rhénans s'est trouvée en présence d'une tâche particulièrement délicate et difficile. L'armistice, qui poursuivait un but militaire : la garantie de la défaite allemande, avait tracé avec le compas les trois têtes de pont sur la rive droite du Rhin devant Cologne, Coblence et Mayence, sans s'inquiéter — et il n'avait pas à s'en inquiéter — des résultats économiques provoqués par ces lignes abstraites. Ces résultats étaient : des parties de districts ou de cercles amputées de leur chef-lieu, la justice, l'administration, les cultes séparés de leur direction, la Hesse-Darmstadt privée de sa capitale, Francfort-sur-le-Mein enlevé au pays qui vivait de ses banques, de ses assurances, de ses fabriques, une bande de terre étroite hors d'état de subsister livrée à elle-même, entre les têtes de pont de Coblence et Mayence, et une grande ville coupée en deux, car Mannheim et Ludwigshafen, je l'ai expliqué, ne sont que les deux quartiers d'une ville, et il apparaît bien qu'un fleuve navigable comme le

Rhin **unit** ses deux rives tout autant qu'il les sépare.

Sans doute n'y aurait-il pas lieu de prendre souci de cette rupture, **si** elle ne devait qu'imposer aux Allemands une gêne, d'ailleurs bien peu comparable aux atroces souffrances qu'ils ont infligées à nos départements envahis et privés de toute communication. Mais il convient d'envisager l'avenir en prévision de la durée de l'occupation, et l'on ne saurait trop louer l'effort accompli dans ce sens et les résultats déjà obtenus comme aussi la culture générale de nos officiers qui leur a permis de résoudre, par le jugement et la simplification, d'innombrables questions d'administration, de banques, d'impôts, d'assurances, de transport, de navigation, de commerce, d'industrie, de justice, de presse, etc.

Nos armées d'occupation (les 8e [Gérard] et 10e [Mangin]) — ont créé ou développé un bureau d'affaires civiles. La fondation d'un organisme central pour le ravitaillement et d'un office industriel et commercial leur sera d'une aide efficace. Longuement j'ai pu converser avec le lieutenant-colonel R..., de l'armée Mangin, — que j'avais connu jadis au Grand Quartier avant son départ pour l'Amérique où il fut un des meilleurs collaborateurs de M. Tardieu — sur l'ensemble de l'administration rhénane et j'ai assisté à Wiesbaden au **travail quotidien de notre administrateur militaire.**

*
* *

Wiesbaden, sur la rive droite du Rhin, à dix ou **onze kilomètres de Mayence, est une vaste et élégante** ville d'eau de cent vingt mille habitants, une Nice du Nord, avec un grand parc planté de beaux arbres, des théâtres, des avenues larges et brillantes, des villas somptueuses, et, comme fond de tableau, les pentes boisées du Taunus.

Je n'ai pas assisté à l'entrée du général Leconte, commandant le 33e corps, le 15 décembre. Mais lui-même, rencontré à Wiesbaden quelques jours plus tard, m'a donné ses impressions. Sur les marches du perron de l'hôtel de ville, le président du district, M. von Meister, et le bourgmestre, M. Gassing, l'attendaient tête nue, et lui furent présentés par notre administrateur militaire, en fonctions depuis le matin, le lieutenant-colonel Pineau. La foule, le long du parcours, s'était montrée déférante, certes, mais non point indifférente, curieuse, parfois même presque sympathique comme à Deux-Ponts, à Landau, ou à Mayence : les visages paraissaient consternés. Dame ! nous nous installions sur la rive droite. Après les présentations, on monte au premier étage, dans la grande salle municipale, décorée des portraits de Guillaume II et de l'Impératrice. Tous les fonctionnaires du district y étaient rangés. Leur président souhaita la bienvenue au général, avec une certaine aisance : toutefois son émotion se trahissait aux saccades de la voix. Puis ce fut le tour du bourgmestre. Un silence de mort suivit les deux discours.

— Je les regardais, me dit le général Leconte, avant de parler moi-même. C'était glacial et lugubre. Vraiment, nous étions bien en présence de vaincus. Pour un soldat qui a vécu dans cet espoir, c'était la *revanche* enfin réalisée, visible, évidente.

Comme Fayolle à Mayence, il rappela à cette assemblée de fonctionnaires allemands la guerre inique imposée par l'Allemagne, la barbarie de cette guerre, le droit aux justes représailles. Et ce fut pour ajouter : « Vous n'avez pas à craindre de notre part pareille attitude qui serait indigne de notre caractère, de notre passé et de notre race. Nous venons ici fermement résolus à respecter les biens et les personnes, mais non moins décidés à maintenir l'ordre le plus absolu... » Et son visage d'honnête homme, comme celui de Fayolle à Mayence, devait ajouter du poids à ces paroles d'équité.

* * *

Je comptais ne passer à Wiesbaden qu'une demi-journée, et repartir le lendemain pour Bingen et Saint-Goar. La Lurlei m'attirait et je ne l'ai point revue. Le temps se mit à la neige et le brouillard fut si épais sur le Rhin et la plaine rhénane que je dus renoncer à ce voyage. Mon hôte, d'ailleurs, le lieutenant-colonel Pineau, notre administrateur militaire, insistait pour me retenir dans l'élégante villa mise à sa disposition. Au début de la guerre, il m'avait offert une hospitalité plus modeste dans les caves de Berry-au-Bac. Depuis ces temps lointains je l'avais retrouvé à la IIᵉ armée pendant la bataille de Verdun : nous avions habité ensemble les étroites cellules de la caserne Bévaux.

— Il faut bien que vous voyiez fonctionner notre administration sur la rive droite du Rhin.

Sans doute, mais j'ai commencé par une flânerie en

ville. Rien n'est plus utile que de flâner en voyage et, qui sait? peut-être en est-il de même dans la vie. Nous travaillons du matin au soir et n'avons plus les idées bien fraîches. Un poète qui se promène et se fait couramment traiter de paresseux trouve des images inédites et des pensées nouvelles comme par hasard, et sans effort. Il écrit quelques vers et voilà tous nos grands travaux dépassés en un instant, ou d'un trait vivant résumés :

> Le Rhin, paisible et sûr comme un large **avenir**
> Où s'avancent les pas de la France éternelle...

Je suis venu ici relever la trace de ces pas-là...

Les magasins de Wiesbaden sont resplendissants, bien garnis, surtout en objets de luxe, — bijoux, fourrures, argenterie, etc., — fort achalandés. Le voisinage des fêtes de Noël remplit les bazars de jouets. Si je rapportais des jouets boches? Voyons comment *ils* fabriquent. On étale devant moi, complaisamment, des jeux de construction, des cartonnages, des bergeries, des ménageries, et je dois constater leur fini et leur bon marché. Voici un poulailler : poules, dindes, faisans, se tiennent bien d'aplomb sur leurs deux pattes et portent de petites plumes savamment groupées et appropriées. Cependant, ayant su fixer ma curiosité, mon marchand s'emploie sournoisement à dissimuler des soldats de plomb et des panoplies qui encombrent sa boutique. Je le regarde opérer, et mets la main sur une grande boîte dont le couvercle représente des zeppelins planant au-dessus d'une foule éblouie.

— Qu'est-ce que ce jeu de zeppelins?

— Oh ! m'explique le marchand en bon français, c'est un petit jeu de société.

— Ah ! vos zeppelins, c'est un petit jeu de société

Il n'a pas compris l'ironie. Et déjà il ouvre la boîte pour m'exhiber une sorte de jeu de l'oie compliqué où de petits zeppelins servent à jalonner la marche des pions. J'ai rapporté, en mémoire des bombardements de Paris, ce *petit jeu de société*.

Chez le libraire, je demande des ouvrages sur la guerre. Il ne semble pas que la littérature allemande se soit beaucoup enrichie ces dernières années.

— Quel est le meilleur roman inspiré par la guerre ?

On m'offre *Vormarsch* de Walter Bloem (Verlag Grethlein, Leipzig). L'auteur dédie son livre à son ancien régiment. Il a écrit de nombreux romans sur la guerre de 1870. Mais ce Walter Bloem, je le connais. Je retrouve son nom dans mes notes à la date du 20 février 1915 : les journaux allemands publiaient alors une sorte de manifeste où il plaidait le droit à l'écrasement de la Belgique. « Il sera difficile à nos ennemis, concluait-il, de prouver que nous ayons jamais dépassé le droit et le devoir de terroriser. » Son nom méritait bien d'être retenu. Je ne me doutais pas alors que je le retrouverais dans une boutique de Wiesbaden.

J'emporte un autre ouvrage, de plus de prix à mes yeux. C'est le *La Tour* allemand. Il coûte 24 marks. Le grand quartier allemand, après avoir déménagé le musée de Saint-Quentin avec un souci d'art qu'il faut reconnaître, confia à un M. Hermann Ehrard le soin de consacrer un petit monument au célèbre pastel-

liste. A la première page M. Hermann Ehrard a donné
ces indications :

FRANZOSISCHE KUNST

HERAUSGEGEBEN VON EINEM DEUTSCHEN RESERVECORPS

LA TOUR

DER PASTELMALLER LUDWIGS XV

89 NACHBILDUNGEN VON KUNSTWERKEN IN ST-QUENTIN

MIT EINER EINFUHRUNG UND BIOGRAPHISCHEN AMMERKUNGEN

VON

HERMANN EHRARD

—

DRITTE AUFLAGE

1918

KORPSVERLAGSBUCHHANDLUNG BAPAUME

IM BUCHHANDEL BEI R. PIPER UND C⁰ VERLAG MUNCHEN

Les deux premières éditions, constate l'auteur, ont
été vite épuisées, et il ajoute avec satisfaction que *La
Tour* a trouvé pendant la guerre de nombreux amis
allemands. Une introduction analyse la manière du
peintre. Mais où la langue allemande trouverait-elle
des mots assez légers, assez aériens pour fixer l'art
délicat et spirituel de notre pastelliste? La plume
d'Erhard ressemble à l'épingle du naturaliste qui troue
le corps des papillons. Suivent des notices historiques
sur les personnages représentés, l'abbé Huber, Char-
din, le gros père Emmanuel, Charles Maron avocat
au Parlement, le bailli de Breteuil, la Popelinière, la
Reynière, d'Alembert, Jean-Jacques, etc., et cette
charmante théorie de femmes qui symbolisent toute
la grâce du dix-huitième siècle, Mme Favart, Mme Fel,
la Clairon, la Camargo, etc. Des quatre-vingt-neuf
reproductions de pastels, quelques-unes **sont en cou-**

leurs et ce ne sont pas les plus mauvaises. Les autres
sont empâtées, alourdies, comme si les traits du dessin avaient coulé. L'édition est néanmoins conve-
nable, et d'un bon marché surprenant. La librairie
allemande ne paraît pas avoir rencontré les difficultés
matérielles qui ont entravé la nôtre au cours de la
guerre. On trouve jusqu'à des éditions françaises,
venant de Leipzig, une *Salammbô*, une *Manon Lescaut*,
à meilleur compte que chez nous.

Les antiquaires foisonnent. Ils manipulent les por-
celaines de Sèvres, les vieux saxe, les Chantilly —
plus rares — avec une dextérité de prestidigita-
teurs et une suffisance de collectionneurs, comme
si le catalogue de ces objets précieux et fragiles leur
était réservé. L'érudition dont ils abusent met vite en
garde contre leurs boniments. L'Allemagne a le bluff
scientifique.

*　*
*

— Voulez-vous aller au théâtre? me propose mon
hôte.

— Assurément.

La chance ne me favorise pas. Hier, l'affiche du
théâtre du parc, le meilleur, portait *le Freischütz* ;
demain elle annonce *Obéron*. Aujourd'hui je dois me
contenter d'un spectacle pour enfants. Le couvre-feu
de neuf heures a changé les mœurs. Les théâtres jouent
de 4 et demie à 7 heures du soir.

Cette pièce enfantine, *Der Strummelpeter*, est proprement stupide. C'est une sorte de saint Nicolas mué
en père Fouettard. Il fourre dans son chaudron tous
les gosses qui se conduisent mal ou qui se moquent de

lui. Mais tandis que, chez nous, les enfants applau-
dissent Guignol lorsqu'il rosse le commissaire, cette
salle bondée de petits Allemands applaudit à tout
rompre la punition des jeunes coupables. Ainsi forme-
t-on les cerveaux naissants au respect de l'autorité.
C'est la comparaison que j'ai retirée de ce spectacle
sans art, dont les décors, les acteurs et la musique
m'ont paru également lamentables. Je préfère le rire
de nos gosses : il est peut-être subversif, à coup sûr il
est plus frais, plus libre, plus fier. Et je pense à tous
ces enfants des départements envahis que j'ai vus à
Évian et qui, lentement, réapprennent le rire comme
une leçon oubliée...

**

On ne peut pas toujours flâner. J'assiste maintenant à la journée — extraordinairement chargée —
de notre administrateur militaire. En une matinée je
vois se poser devant lui : la question du ravitaillement de la ville, celle des téléphones servant à l'industrie, celle des banques reliées aux banques de
Francfort, celle de la perception des impôts, celle des
compagnies d'assurance, etc. Ces fonctionnaires, ces
industriels, ces financiers qui se succèdent montrent
la même déférence et la même insistance polie dans les
discussions. Le Regierungspresident, M. von Meister,
qui parle avec la même facilité les deux langues,
redresse avec une adresse extrême les moindres
nuances omises par l'interprète. Il a une élégance
d'acteur, la taille bien prise dans une redingote ajus-
tée, les cheveux grisonnants artistement peignés, les
gestes d'une souplesse féline, la voix aux inflexions

variées. Avant la guerre nos séducteurs de théâtre atteignaient généralement la cinquantaine, et même il faut espérer que la guerre aura réhabilité la jeunesse. M. von Meister est tout à fait le type de ces séducteurs surannés. Il a fait, paraît-il, une fortune récente — une bonne fortune — dans la fabrication des gaz asphyxiants. Cependant il domine la troupe des brasseurs d'affaires qui défilent : ces gros banquiers juifs, ces agents d'assurance aux figures glabres où clignotent des yeux myopes, ne peuvent s'accoutumer à la gêne que représente l'occupation. Tout ce qui touche à leur bien-être leur paraît sacré. M. von Meister obtient habilement les concessions nécessaires. Quant à notre administrateur, il ne se départit pas un instant de la règle qu'il s'est tracée : il va droit son chemin et nul ne le fait trébucher en route.

Déjà, depuis l'arrivée des troupes françaises à Wiesbaden, le 15 décembre, il y a huit jours, les relations se sont améliorées. Nos concerts militaires sur les grandes places ont été suivis. La relève de la garde a toujours des spectateurs. La population a cessé de bouder. Là, comme ailleurs, la bonhomie de nos soldats opère (1).

(1) Au retour, je reçois ces coupures de journaux allemands, l'une sur l'occupation à Wiesbaden, l'autre sur Mayence :

« La tenue de la garnison française est calme, correcte et polie, sans parademarsch et drill de caserne. Ils chantent, rient et appellent dans la rue; leur nature est plus vivante que la nôtre. Chaque républicain allemand s'en réjouit, car la gaieté est le propre de l'homme libre. Jamais un Français, qu'il soit officier ou soldat, ne reste assis dans un tramway lorsqu'une femme cherche une place. Ils partagent leur soupe et leur pain avec les enfants, toujours affamés, et expriment le désir de pouvoir bientôt retourner auprès des leurs, après ces quatre longues années de guerre, en ajoutant

L'après-midi, j'assiste chez l'administrateur au défilé des cas particuliers : demandes d'autorisations spéciales, de permis de circuler, de passeports, etc. Un ingénieur qui se dit citoyen de Hambourg et républicain, fait cette profession de foi :

— J'ai voyagé dans le monde entier, Australie,

le désir que l'Allemagne obtienne rapidement un gouvernement stable avec lequel on puisse négocier. « Où est votre Gambetta ? » demandent-ils souvent. L'équipement des soldats est très bon, pratique et joli, leur tenue fait une bonne impression, en sorte que les mines des Wiesbadenois sont devenues plus claires et plus gaies, sauf celles des anciens vieux-Allemands ou patriotes militaires dont la vue internationale est encore trouble aujourd'hui comme elle le fut autrefois. »

(Volksstimme Francfort, 16 janvier 1919.)

« Maintenant que les troupes françaises occupent depuis plusieurs semaines la province du Rhin et la Hesse, il est permis de constater que la population, qui est entièrement restée au pays, n'est pas trop opprimée. Elle doit cette situation à l'attitude absolument sans reproche des officiers et des soldats. Les bons rapports entre les autorités militaires et les bureaux de l'administration permettent de régler rapidement les questions relatives à la circulation dans l'intérieur du territoire occupé. Les relations postales, les communications télégraphiques et téléphoniques, la circulation des personnes, bien que soumises à des restrictions, s'effectuent régulièrement et sans troubles. Les laissez-passer pour voyager à l'intérieur de la province du Rhin et de la Hesse sont accordés rapidement et presque sans exception, sur simple demande. Le contrôle d'identité est exercé de façon juste et n'est pas trop rigoureux.

« Les mesures économiques prises en temps de guerre par l'association communale et par les commissions d'approvisionnement, relatives à la réglementation du ravitaillement de la population sont exécutées comme auparavant. Le système de la carte d'alimentation est maintenu

« L'administration régionale, celle des chemins de fer, de l'Église, de l'école et de la municipalité subsistent sans être le moins du monde inquiétées par les autorités d'occupation. »

(Neuester Anzeiger, Mayence, le 7 janvier.)

Afrique du sud, Amérique. J'ai vécu longtemps à Londres, je suis Allemand, mais avec des sentiments internationaux, et presque indépendant dans mes affaires.

Presque indépendant dans ses affaires : cela indique qu'il voudrait se soustraire à toute contrainte.

Une jeune fille, vêtue de fourrures, fort jolie, très sûre d'elle-même, désire aller consulter son médecin à Francfort. Pourquoi n'irait-elle pas y prendre des leçons de musique? Le refus l'irrite et provoque ses protestations :

— Et si je voulais m'y marier?

— Vous attendriez, mademoiselle. Nos compatriotes des pays envahis ont attendu quatre ans.

Alors, elle a cette réponse exquise :

— Je ne croyais pas les Français aussi méchants.

Wiesbaden est une ville cosmopolite, ce qui complique son administration. Wiesbaden abrite nombre de comtesses slaves ou autrichiennes qui déploient déjà toutes les ressources de leur séduction. Cette Nice du Nord aux élégances frelatées n'a qu'un souci : continuer sa vie de luxe sans être gênée par l'occupation. Ainsi a-t-elle camouflé sa petite révolution intérieure. Comme il fallait éviter à tout prix qu'une ville d'eau si réputée perdît sa réputation dans le monde, ce qui n'eût pas manqué d'arriver si le monde apprenait qu'elle était le théâtre de troubles et de désordres, un soi-disant comité d'ouvriers-paysans, en réalité un comité de bourgeois, prit la tête du soi-disant mouvement révolutionnaire et se contenta de remplacer le préfet de police par un jurisconsulte beaucoup plus ferme et respecté.

Et le propos de l'Alsacien de Ludwigshafen me revient à la mémoire : « Dans ce pays, *ils* ont fait la révolution comme ils auraient fait une partie de billard. »

XI

CE QU'ON ENTEND SUR LE RHIN

Fin décembre 1918.

A mesure que mon séjour se prolonge au bord du Rhin, je me sens plus inquiet de l'avenir. Les réflexions que j'échange dans chaque ville avec mes camarades me révèlent que, tous, ils partagent cette même inquiétude. Est-ce bien là ce pays vaincu, affamé, affaibli au point d'implorer grâce que nous pensions parcourir, déjà trop prêts à la pitié et à la clémence?

Lisez les articles de M. Hanotaux dans le *Figaro*, ceux des correspondants de guerre accrédités auprès du Grand Quartier Général. Rapprochez-les des témoignages apportés sur Coblence et Cologne par les correspondants accrédités auprès des Grands Quartiers anglais et américain, et aussi des constatations publiées par le *Times*, d'un membre de la commission navale alliée dans les eaux allemandes :

« Si les conditions d'alimentation dans le reste de l'Allemagne ne sont pas, dit celui-ci, pires et de beaucoup qu'en Mecklembourg, en Oldenbourg et en Schleswig-Holstein, alors il n'y a certes pas lieu, de la part des Alliés, de se hâter d'y porter des secours

Je suis sûr qu'aucun membre des diverses sous-commissions qui ont parcouru des centaines de milles dans les pays et vu des dizaines de mille de personnes, n'a remarqué une trace quelconque de l'insuffisance d'alimentation chez les habitants. L'opinion unanime de tous est que toutes les populations de ces régions, tant dans les villes que dans les campagnes, ont été et sont suffisamment nourries pour garder leur vigueur physique. »

Et plus loin :

« L'Allemagne a fait des choses remarquables en fait de production, au moyen des prisonniers et par le travail inlassable des femmes et des enfants. On a grandement étendu la superficie des terres cultivées et la production des anciens champs est demeurée très élevée. Dans aucune partie du monde je n'ai vu plus belles fermes que celles que je rencontrai avec la sous-commission au cours de notre tournée d'inspection de la ceinture des forts de Kiel, au cours de laquelle nous fîmes plusieurs milles par jour... »

De cet amas de documents, de témoignages, de *choses vues*, ne ressort-il pas que l'Allemagne n'a pas été véritablement battue dans la lutte économique? Pourquoi méconnaître son ingéniosité dans la résistance, son esprit d'ordre et d'organisation, la sagesse des rationnements qu'elle s'imposa — sans excès — dès les premiers temps de la guerre — quand nos économistes la proclamaient déjà affamée ! — l'excellente répartition de sa main-d'œuvre, grâce à l'utilisation des prisonniers, et surtout grâce aux très nombreuses générations nouvelles, et même la façon dont elle a proscrit le gaspillage en hommes et en matériel

dans la guerre? Elle a su esquiver le désastre militaire
en se hâtant de conclure l'armistice, mais l'armistice
l'a mise à nos pieds. L'armistice nous évitait toute
nouvelle perte en hommes, et la France devait y
prendre garde ; il nous évitait toute nouvelle dévastation en Lorraine et en Belgique où nos offensives
étaient préparées, il nous libère du cauchemar de la
guerre et il nous permet d'obtenir toutes réparations
pour le passé et, pour l'avenir, toutes garanties (1).

(1) Le maréchal Foch, recevant à Trèves le 15 janvier (1919)
les correspondants de guerre anglais et américains, leur a fait des
déclarations dont il a autorisé la publication. En voici les passages
essentiels, d'après l'édition de Paris du *Daily Mail* :

« Questionné sur le point de savoir si l'armistice n'avait pas été
signé trop tôt, le maréchal a répondu qu'il était impossible de faire
autrement, parce que les Allemands accédaient à toutes nos conditions et qu'il était difficile de leur demander davantage. Sans doute, le
maréchal aurait préféré continuer la lutte et livrer combat, au moment
où la bataille se présentait dans des conditions si favorables, mais un
père de famille ne pouvait s'empêcher de songer à tout le sang qu'il
aurait fallu verser. Une victoire, même facile, coûte de nombreuses
vies humaines ; nous la tenions sans qu'il fût besoin de recourir à
de nouveaux sacrifices, nous l'avons prise telle qu'elle se présentait.

« Le commandement allemand n'ignorait pas qu'il courait à un
colossal désastre : quand il s'est rendu, tout était prêt pour notre
offensive et il aurait effectivement succombé. Le 14 novembre,
nous devions attaquer en Lorraine avec vingt divisions françaises
et six américaines. Cette attaque aurait été soutenue par d'autres
opérations en Flandre et au centre du front : les Allemands, se sen-
tant perdus, ont capitulé. Voilà tout le mystère.

« Maintenant, nous devons faire une paix qui soit en rapport avec
l'assurance de notre victoire. Elle doit être aussi absolue que l'a été
notre succès. Nous devons nous garantir contre une future agression.
La France a le droit de prendre d'effectives mesures de protection
après l'effort formidable qu'elle a accompli pour sauver la civilisation. Le Rhin constitue la garantie de la paix pour toutes les nations
qui ont versé leur sang pour la cause de la liberté. En conséquence,
laissez-nous veiller sur le Rhin. Nous n'avons pas l'intention d'attaquer l'Allemagne, ni de recommencer la guerre. »

L'Allemagne n'a donc été battue que militairement. Or, elle hésite déjà à le reconnaître. Le vieux maréchal Hindenburg s'est taillé une gloire incontestable en maintenant l'ordre et la discipline dans la retraite, et en relevant le moral de ses troupes vaincues. Il apparaît bien qu'aux trois fautes reprochées à Ludendorff, le généreux M. von Winterfeld en pourrait ajouter une quatrième : son obstination à lutter pied à pied sur le sol de France après son échec du 15 juillet et notre offensive du 18, au lieu de courir d'un bond à la Meuse et à l'Escaut où il aurait pu tenter de se retrancher encore. Notre première victoire de la Marne tire une gloire plus éclatante de cette comparaison. Joffre a osé chez lui ce que Ludendorff n'a pas osé chez l'ennemi. Mais pour changer une défaite en victoire, il faut de toute évidence rompre la manœuvre ennemie. Faute de l'avoir rompue, Ludendorff a été acculé à l'armistice.

Un de nos plus grands diplomates, qui connaît l'Allemagne à fond, m'a dit cette parole qui la perce à jour :

— L'Allemagne n'aurait jamais gagné la bataille de la Marne.

Il entendait par là que l'Allemagne, vaincue au début de la guerre sur son propre territoire et obligée à une retraite de grande envergure, ne se fût jamais ressaisie et eût accepté définitivement la défaite. Après Iéna où elle s'était bien battue, la Prusse s'effondra. Toujours, dans l'histoire, l'Allemagne a cédé rapidement quand elle s'est sentie en état d'infériorité. Pratique et positive, elle a évité de laisser porter la guerre chez elle.

Donc l'Allemagne a voulu avant tout sauvegarder son bien-être. A voir ses maisons plus confortables, à entendre ses récriminations plus amères et plus criardes contre les privations, on en arrive à comprendre qu'elle est peuplée d'une race plus sensuelle que la nôtre et chez laquelle le ressort moral joue beaucoup moins individuellement, en sorte qu'elle n'est soutenue que par son pouvoir. Jamais elle n'eût supporté quatre ans d'être envahie, occupée violemment, dévastée, ni d'avoir l'ennemi aux portes de sa capitale.

C'est à notre résistance morale que nous devons la plus grande part de notre victoire. La France s'est dévorée elle-même et sa chair et son sang l'ont nourrie si abondamment qu'elle n'a jamais défailli. Tandis que la nation rivale n'a pas attendu que l'ennemi fût chez elle pour fléchir les genoux et implorer grâce. Nulle comparaison ne nous honorera davantage dans l'histoire.

Mais il n'en reste pas moins que nos pertes, proportionnellement à notre chiffre de population et à notre natalité, nous affaiblissent davantage et que la reconstitution de nos territoires dévastés nous arrêtera longtemps dans notre essor, tandis que l'Allemagne, avec son outillage intact et sa main-d'œuvre, est prête économiquement à repartir sans délai à la conquête des marchés du monde où elle tenait avant la guerre une place si avantageuse.

Il n'apparaît pas que la révolution doive longtemps ralentir son élan (1). Il ne s'agit point d'envisager

(1) Écrit fin décembre 1918.

l'Allemagne au jour le jour, mais dans son avenir et dans le nôtre. Elle digérera très vite le bolchevisme, quelles que soient les convulsions prochaines que nous apprenne la presse de Berlin. L'Empereur et les roitelets de la Confédération, autorités sociales qui ont déserté, se sont envolés par crainte d'une révolution qui n'était pas faite. Mais la République sera soutenue par les mêmes principes d'ordre qui soutiennent l'Empire. Il est même à redouter qu'elle n'achève chez elle l'unité nationale ; un article du docteur Muehlen, dans le *Bund* du 10 décembre, tend déjà à prouver que les États actuels de la Confédération ne sont que des créations artificielles, constituées au profit des dynasties et fait appel à un pouvoir central plus fort. Les dynasties disparaissant entraîneront avec elles tout un système particulariste et toute une vie régionale.

On prête à Hindenburg une paraphrase des paroles que prononça le prince de Bülow en 1915, peu de jours avant de quitter Rome où il n'avait pas réussi à empêcher l'entrée en scène de l'Italie : « Nous gagnerons la guerre, même si nous devions la perdre en Occident ; nous la gagnerions quand même en annexant les dix à douze millions d'Allemands d'Autriche et nous envahirions l'Ukraine pour être les maîtres absolus de l'orient de l'Europe. » Il est à craindre en effet que l'Autriche allemande désaxée se tourne vers un pouvoir central allemand vigoureux. Sur sa frontière orientale, l'Allemagne ne sera plus bornée que par une Pologne naissante, jusqu'à ce qu'on soit parvenu à reconstruire une Russie.

Déjà, à travers la révolution, des groupements se

forment, une campagne s'entreprend en Allemagne
pour resserrer son unité et pour rechercher la revanche
de la guerre dans la paix par une plus grande activité
de production et par le volontaire assujettissement
de toute production individuelle à l'intérêt collectif.
Un second tract de propagande, distribué à Francfort et émanant d'un comité des professionnels bourgeois de Francfort-sur-le-Mein, résume en termes sai-
sissants ce nouvel effort :

« *En ce moment, des tendances séparatistes regret-
tables se font jour dans certains milieux égoïstes qui
veulent se soustraire à la dureté des temps, pour tout
laisser retomber sur les épaules de leurs compatriotes.*

« *C'est là une entreprise infâme! Il faut que nous
proclamions, maintenant que l'heure de l'épreuve est
arrivée, pour tout Allemand, que nous voulons rester
Allemands et porter notre part du fardeau, affermir et
secourir l'unité de l'empire et l'amener à une nouvelle
ère de grandeur et de prospérité.*

« *Mais la prospérité ne peut naître que là où règne
l'ordre, et où toutes les forces créatrices s'excitent infa-
tigablement sans arrière-pensée, avec une volonté de fer.*

« *Nous ne pourrons obtenir cette prospérité que si
nos produits reparaissent sur les marchés du monde,
car le commerce intérieur n'y suffirait pas. Nous ne
l'obtiendrons que par le commerce avec les puissances
mondiales.*

« *Le ménage qui dépense plus qu'il n'encaisse dé-
cline. De même, un pays ne peut parvenir au bien-être
que s'il encaisse plus qu'il ne dépense. Des branches
importantes de notre industrie disparaissent du marché
mondial; telle l'industrie textile, par suite du manque*

de coton. *Mais nous devons de toutes nos forces maintenir les autres industries en état de participer à la concurrence mondiale et trouver les moyens indispensables pour nous procurer des matières premières, des denrées alimentaires et pour nous relever de l'état d'infériorité où nous sommes.*

« *Qu'avons-nous à vendre à l'étranger ? Seulement les produits précieux du génie allemand.*

« *Par exemple, les meilleures machines de certains modèles, les appareils et instruments les plus parfaits, les meilleurs produits chimiques et colorants. Ce que l'étranger achète chez nous, ce n'est pas la matière elle-même, car il l'a chez lui en plus grande quantité et meilleur marché ; ce que nous avons à vendre, c'est seulement le génie que le savant allemand, le technicien allemand, le chimiste allemand, l'ouvrier de précision allemand, ont mis dans leurs machines et leurs produits, génie qui fait qu'il travaille avec plus de précision que les autres, de telle sorte que l'étranger achète chez nous. Si nous ne réussissons pas dans le plus bref délai à rendre à notre industrie (paralysée pendant quatre années de guerre), ainsi qu'à notre commerce extérieur, à notre navigation, à nos transports, un développement tel que nous puissions récupérer sur le marché mondial ce que nous venons de perdre, nous courons inévitablement à un appauvrissement du peuple, et à la perte d'une grande partie de notre culture.*

« *C'est pourquoi nous proclamons :*

« *Guerrier qui reviens des horreurs du combat, la patrie ne peut t'offrir aucun repos.*

« *Travailleur qui pendant quatre années as forgé des armes de défense et qui aides maintenant à préparer* la nouvelle organisation de l'État, tu devras renoncer encore à beaucoup de choses et, seul, un dur travail peut, à l'heure actuelle, te permettre de réaliser complètement tes rêves d'avenir.

« Inventeurs, ingénieurs, chimistes, techniciens, à vous incombe un rôle capital dans l'œuvre de rénovation qui va commencer, car c'est seulement si vous êtes supérieurs à vos concurrents étrangers que vos produits seront meilleurs.

« Entrepreneur, tu dois repousser l'appât du gain et tu ne dois cependant pas renoncer à conquérir le marché mondial pour les produits allemands. Tu peux rester le maître de l'industrie et du commerce, mais l'intérêt général doit pour toi passer bien avant l'intérêt particulier.

« Employé de l'État et des organisations particulières, on a toujours beaucoup demandé à ta fidélité au devoir, on lui demandera plus encore.

« A vous qui appartenez aux professions intellectuelles, prêtres, instituteurs : combien les âmes n'ont-elles pas souffert pendant ces dernières années, que de progrès a faits la démoralisation pendant ces derniers temps! Vous qui êtes les gardiens de la pure source où vont se tremper les âmes, inculquez de nouveau à notre peuple et surtout à nos jeunes gens les idées d'éternité, d'idéal, de foi et de confiance, afin que nous soyons plus forts dans les jours graves qui commencent.

« La renaissance de la Patrie ne peut sortir que d'une régénération de l'esprit de tous les citoyens. »

De même, la *Frankfurter Zeitung* réclame la création d'une organisation militaire pour la République allemande : l'esprit des temps nouveaux doit pénétrer cette organisation, comme l'idée de la force pénétrait l'armée du militarisme prussien. Mais quand elle veut définir cet esprit des temps nouveaux, on s'aperçoit qu'elle ne rejette ni l'ancienne discipline ni l'ancienne culture tout en restreignant leur emploi à la garde du nouvel Empire.

Le *Tag* adresse un appel suppliant et vibrant au patriotisme allemand. Son manifeste a pour titre : *Quand même!* Il célèbre l'armée écrasée et non battue — c'est la formule adoptée — et il donne la France en exemple, oui, cette France qu'avant la guerre on affectait de mépriser, et dont on aperçoit tout à coup les puissances morales qui l'ont toujours portée à ne jamais désespérer et à ne jamais oublier :

« *On doit aussi apprendre de l'ennemi, oui certaine-*
ment, et l'ennemi est notre meilleur maître.

« *Dans ces journées pleines d'horreur qui ont vu*
l'écroulement politique, économique et moral de l'Alle-
magne, mes pensées se fixent constamment sur le groupe
de Mercié aux Tuileries : « *Quand même.* » *Ce n'est pas*
une œuvre d'art de premier ordre, mais c'est un modèle
de la matérialisation des sentiments de toute une nation :
la devise de la Ligue des patriotes.

« *Quand même!* » *les Français ont aimé plus ardem-*
ment la Patrie vaincue que la Patrie triomphante; on
s'enivrait presque du Gloria victis. Toujours et toujours,
Déroulède lançait son « *Qui vive?* » *La France! la France*
d'abord, la France toujours, la France partout.

« *Et nous?* « *Quand même.* » *La bêtise et l'infamie*
ont fait de notre Deutschland über alles le cri de guerre
de la domination mondiale avide de conquête et de la
folie des grandeurs. Aujourd'hui l'esprit de vengeance
français, par des cris de mépris et de basse raillerie, salit

l'Allemagne invaincue, mais écrasée par une masse cinq fois supérieure et une industrie de destruction cent fois supérieure, une Allemagne impuissante, intérieurement malade, perdant son sang par mille blessures. Aujourd'hui la canaille se tourne vers les dieux à la mode du jour. « Quand même! » les vils parasites qui ne cherchaient que des ordres, des titres, des prébendes, de la puissance, des profits, des pots-de-vin, etc... ont fui le temple de la Patrie. L'air est devenu pur, les mouches du coche ne nous gênent plus dans notre vénération pour la sainte mère allemande martyrisée. « L'Allemagne au-dessus de tout quand même! » Imitons la belle coutume française : ôtons les chapeaux, courbons respectueusement nos têtes devant les drapeaux, déchirés par les balles, enfumés par la poudre des innombrables victoires de notre armée, qui plus que jamais peut être dite la première du monde. Restons fidèles à nos souvenirs ineffaçables, à nos espérances indestructibles.

« Comme l'ennemi de l'autre côté, nous ne savons pas si la maison des Hohenzollern a réellement fini son rôle historique, mais seule une âme de laquais et le monarchisme des fournisseurs de la cour peuvent oublier ce qu'elle a été pour notre nation sur le chemin de la splendeur et de la grandeur.

« ... Démocratie et république, libéralisme, conservatisme, nationalisme, socialisme, radicalisme, monarchisme, tout cela, dit le Français, ne sont que des prénoms! Tous nous avons un seul nom patronymique commun, nous sommes « Français ». Apprendrons-nous enfin, nous aussi, à ne nous sentir que frères et sœurs d'une grande famille allemande?

« *Le Français n'a pas perdu dans les jours sombres de son histoire la foi de Gambetta dans la justice immanente, et au cours de la guerre qui finit, le gouvernement et la nation sont restés étroitement unis dans la certitude de la victoire.*

« *Nous autres, par contre, nous n'avions pas depuis* 1890 *une politique nationale uniforme, et dans la guerre même le front intérieur s'est décomposé grâce aux criailleries des partis, à l'esprit des classes et à la politique de chantage. Faisons aujourd'hui et Quand même une politique allemande, rien qu'allemande ; ayons foi aujourd'hui (et quand même) en la justice immanente, ayant la conviction que, sur le tableau de l'horloge de l'histoire, l'heure de notre fortune sonnera de nouveau. De l'autre côté tout afflue vers la ligue française du « Souvenez-vous ». Vouons-nous aussi au souvenir. Par la honte de l'armistice et l'humiliation de la paix, l'ennemi non chevaleresque aide à fortifier la mémoire allemande. Que chaque parti, chaque assemblée, chaque discours, chaque bulletin électoral, chaque parole, chaque pensée, chaque vibration du cœur et chaque haleine soit une manifestation de la ligue allemande invisible du « Souvenez-vous ».*

« *Montrons enfin la volonté, dure comme l'acier, dont nous n'avons fait que parler jusqu'à présent. La nation allemande ne peut et ne sera pas toujours abandonnée comme aujourd'hui de tous les bons esprits.* »

En lisant le manifeste des patrons de Francfort et celui du *Tag* dont il est équitable de reconnaître la volonté de relèvement, je songeais aux fameux *Discours à la nation allemande*. Après Iéna, le philosophe Fichte, qui semblait perdu dans la délimitation des

frontières entre son *moi* et Dieu, s'aperçut qu'il y avait
d'autres frontières plus urgentes à délimiter. Et défi-
nissant superbement la patrie *l'immortalité de l'homme
sur la terre*, il dénonça le fléchissement du caractère
national, célébra l'esprit de sacrifice, donna pour sa
part l'élan au mouvement qui devait conduire la
Prusse à Leipzig en 1813...

En résumé, l'Allemagne liquide la guerre, comme
un commerçant liquide une affaire où il reconnaît
s'être embarqué à tort. Mais dans cette liquidation
acceptera-t-elle de modifier son état d'esprit? Rien
n'est plus erroné que de charger son empereur de ses
crimes et d'imaginer que, lui parti, il y a quelque chose
de changé dans l'âme allemande. Le rêve de domination universelle qui a empoisonné l'Allemagne vient
de bien plus loin et du fond même des siècles. Un
philosophe qui connaît l'art de remonter aux causes,
M. Émile Boutroux, a patiemment étudié sa lente et
profonde intoxication : « ... Comme la pensée grecque,
dit-il, avait vu dans le mal, dans la barbarie, dans la
brutalité, des formes vicieuses de l'être, que la civilisation devait tendre à diminuer et faire disparaître, la
pensée allemande érigea le mal, la violence, la destruction, en éléments intégrants du Tout absolu et
divin. Bien plus, elle conçut le bien, la paix, la lumière,
comme ne pouvant **être** engendrés que par le mal,
par la guerre, par les ténèbres. Dieu ne sera que s'il
est créé par le diable à qui seul appartient la puissance
créatrice ; et il ne subsistera que si le mal subsiste
pour le recréer éternellement. S'il cessait d'être sti-
mulé par Méphistophélès, Faust, instantanément, se
reposerait ; et, le jour où il appellera le repos, il

mourra. L'homme est ingrat envers le péché, envers le crime : il ne comprend pas qu'il est indispensable de pécher pour devenir juste : *Sündig müssen wir werden, wenn wir wachsen wollen*, dit la Magda de Sudermann : « Nous devons pécher, si nous voulons croître » (1).

Or l'Allemagne a en elle-même des éléments assez vivaces pour se reconstituer en quelques années.

Elle a une belle histoire militaire, que déjà elle cherche à améliorer en camouflant la défaite finale. Nul doute que ses instituteurs et ses écrivains n'y puisent pour fortifier les nouvelles générations.

Elle a de nouvelles générations très nombreuses. S'il y a quelque baisse dans sa natalité, cette baisse ne s'est pas encore traduite dans les classes qui s'apprêtent à remplacer les classes de la guerre.

Elle a une frontière orientale qui, après les convulsions du bolchevisme russe, apparaîtra moins menacée qu'en 1914.

Elle tendra davantage, hors de ses dynasties, vers son unité, et l'on verra peu à peu ce qui restait du particularisme de ses petits États s'effriter et tomber en poussière.

Enfin elle attirera presque fatalement dans son orbite les Allemands d'Autriche.

Sans doute n'est-il pas malaisé de charger à son tour l'autre plateau de la balance. L'armistice a mis l'Allemagne hors d'état de nuire — pour quelque temps du moins — en la privant de sa flotte, de ses avions, d'un matériel important d'outillage et de transport.

D'ores et déjà, l'Allemagne, en perdant l'Alsace-

___

(1) *Revue des Deux Mondes*, 15 mai 1915.

Lorraine, perd de grands centres de production, un sol riche, une population qui emploiera ailleurs ses beaux dons d'activité et d'intelligence.

Elle va trouver en face d'elle la Société des Nations.

Mais le voisinage immédiat d'un peuple demeuré dangereux par sa force mal domptée doit nous rendre plus spécialement attentifs, nous Français, au traité qui va régler notre avenir national. La France a consenti d'effroyables sacrifices humains et matériels. Elle a perdu sa fleur : tant de jeunes hommes fauchés, qui eussent été sa fortune et sa joie, tant d'autres désormais atteints dans leurs puissances de travail. Sur un espace immense ses villes, ses villages gisent comme des cadavres sur un sol pour longtemps infertile. A ces amas de ruines, à ces dévastations il convient d'ajouter le déchet physique, l'infériorité dans la lutte vitale de nombreux habitants des départements envahis, dont la guerre a fait des nomades et qu'elle a désarmés. Sans doute notre pays est-il la terre des résurrections. Sans doute aura-t-il — je le veux à toute force croire — puisé dans ces années de douleur collective un sens plus profond de la solidarité et de la fraternité, et je me souviens de cette parole de l'ambassadeur vénitien Contarini sur la France de Henri IV, que j'ai lue dans Ernest Lavisse : « La France, quand elle-même ne s'affaiblit pas par ses propres forces, peut toujours faire contrepoids à une puissance quelconque. » Tout de même elle a perdu tant de sang qu'il est bien juste que ses enfants soient inquiets. Il faut à tout prix lui éviter les possibilités d'une nouvelle invasion — cinq en cent vingt ans : le compte est trop lourd — et lui procurer les moyens de l'empêcher avant l'arrivée, même rapide, de secours étrangers. La Société des Nations la saura-t-elle à temps préserver ?

Pour réparer, dans le plus bref délai, son territoire défoncé, qu'on lui trouve les bois, le charbon, les transports, les outillages, la main-d'œuvre... Car, si le règlement de l'indemnité se résolvait uniquement en argent, il ne se pourrait solder que par annuités. Il serait à craindre que, sa force trop tôt rétablie, après avoir payé ces annuités pendant un certain laps de temps, une fois les armées anglaise et américaine retirées, — à moins que la Société des Nations ne laisse sur le Rhin une garde suffisante, — l'Allemagne soit tentée de refuser la continuation des paiements, spéculant sur la répugnance des nations à entreprendre une nouvelle guerre, ou chicanant sur le règlement tout au moins.

La rive gauche du Rhin, de quelque manière qu'on envisage le problème : annexion, protectorat, autonomie, à tout le moins occupation momentanée et désarmement définitif, est la garantie nécessaire à notre avenir. Celui qui a vécu quelques semaines au pays rhénan — après avoir vécu sur notre lamentable sol envahi — en aperçoit bientôt le double caractère, réaliste et religieux ensemble. C'est la prospérité et la puissance de la Prusse qui l'ont attiré après la longue lutte qu'il avait entreprise pour ses libertés spirituelles et locales. La bonne administration du premier Empire en avait fait un pays français, ou plutôt lui avait fait retrouver ses anciennes origines qui liaient son passé au nôtre.

Telles sont les réflexions qui jour après jour s'accumulent au cours d'un voyage dans le Palatinat et la Hesse, au cours d'un séjour à Mayence...

XII

LE RETOUR

24 décembre.

Je quitte Mayence au petit jour. Hier, il neigeait encore. Pendant la nuit, le vent a tourné et l'aube annonce un temps radieux. Des lueurs roses et or se reflètent dans les eaux du Rhin et toutes ses sirènes apparaissent à la surface. Tant que je suivrai son cours, je ne pourrai en détacher mes yeux : à mesure que le soleil monte, de rose il devient bleu pâle, puis éclatant comme un beau chemin lumineux.

A Spire, je le quitte définitivement pour prendre la route de Landau qui commande les montagnes et les forêts de la Haardt. A Landau est le quartier général de la VIIIe armée qui occupe et administre le Palatinat. La traversée de la Haardt par Pirmasens sur Deux-Ponts rappelle nos bois sauvages et nos retraites du Dauphiné. Mais je dois rentrer à Metz sans retard.

25 décembre.

J'ai pu assister à la messe de minuit dans la cathédrale de Metz. Il n'en avait pas été célébré depuis 1870.

Le conseil municipal de Paris a été invité à la cérémonie par M. Prevel, le nouveau maire de Metz revenu
de captivité. Les cloches, et les dominant toutes de sa
voix profonde, la Mute elle-même, l'ont annoncée. Dès
onze heures du soir, on ne pouvait songer à franchir le
grand portail que la foule assiégeait. Quand nous péné-
trons à l'intérieur par une petite entrée qui conduit au
chœur directement, nous commençons d'être éblouis
par les lumières. Le spectacle qui se découvre aux
yeux peu à peu accoutumés à cette clarté crue des
lampes électriques est inoubliable. L'immense nef est
comble et comme rendue vivante par la foule qui s'y
est rassemblée. Cette foule est bleu pâle à droite, et
de couleur sombre à gauche, car une moitié a été
réservée aux hommes de troupe qui l'ont remplie. Et
la nef est si haute que, malgré l'accumulation des
lustres, elle paraît se perdre dans le mystère.

La cérémonie de minuit est partout émouvante et
jusque dans la plus chétive église de village. Elle
ébranle en nous, comme nos cloches intérieures, nos
souvenirs d'enfance et ces traditions qui viennent d'un
passé bien plus ancien encore. Plus qu'aucune autre,
elle évoque en nous le sentiment de la pauvreté
humaine soulevée par le souffle divin. Combien d'âmes
épuisées ont repris des résolutions de courage et de
patience aux nuits de Noël de la guerre ! Elles furent
célébrées pendant ces quatre années jusque dans le
voisinage immédiat de la ligne de feu. Quand j'y
assistais à Berry-au-Bac en 1914, dans la forêt d'Apre-
mont en 1915, j'espérais chaque fois que la prochaine
nuit de Noël nous recevrait à Metz ou à Strasbourg. Puis, je ne l'ai plus espéré que pour une

année indéterminée. Et ce soir, nous sommes à Metz.

Nous sommes à Metz. Que cette foule agenouillée rende grâce au Seigneur, Dieu des armées, et que nous laissions enfin la joie nous envahir et chasser toutes les inquiétudes ! Un peuple qui a supporté l'épreuve saura bien accepter le bonheur de vaincre et s'en montrer digne...

Au retour des pays du Rhin, on ne peut se défendre d'un sentiment d'insécurité pour l'avenir si la sagesse du traité n'assure pas un glacis devant notre frontière de l'Est. Le retour en Lorraine et en Alsace a la vertu de nous rendre la victoire tangible et de nous restituer la confiance.

Décembre 1918-janvier 1919.

FIN

TABLE

PARIS. TYP. PLON-NOURRIT ET Cⁱᵉ, 8, RUE GARANCIÈRE. — 23932.

OUVRAGES D'HENRY BORDEAUX

DE L'ACADÉMIE FRANÇAISE

OUVRAGES SUR LA GUERRE

Le Chevalier de l'air. **Vie héroïque de Guynemer.**

La Chanson de Vaux-Douaumont. — I. **Les Derniers Jours du fort de Vaux** (9 mars-7 juin 1916).

La Chanson de Vaux-Douaumont. — II. **Les Captifs délivrés** (Douaumont-Vaux : 21 octobre-3 novembre 1916).

Trois Tombes.

La Jeunesse nouvelle.

Sur le Rhin.

ROMANS

La Maison.

La Neige sur les pas.

Le Carnet d'un stagiaire.

La Robe de laine.

La Croisée des chemins.

Les Yeux qui s'ouvrent.

L'Écran brisé. — *La Maison maudite.* — *La Jeune Fille aux oiseaux.* — *La Visionnaire.*

Les Roquevillard.

*La Petite Mademoiselle.

L'Amour en fuite.

ESSAIS DE CRITIQUE

*Les Pierres du foyer.

La Vie au théâtre (1907-1909. 1909-1911. 1911-1913). 3 volumes.

Portraits de femmes et d'enfants. — *Mme de Charmoisy.* — *La Comtesse de Boigne.* — *Mme de Charrière.* — *Mlle de Lespinasse.* — *Trois Comédiennes.* — *Une Inconnue de Sainte-Beuve.* — *L'Enfance de Bayart.* — *L'Enfance de Mistral.*

THÉATRE

L'Écran brisé. Pièce en un acte.

Un Médecin de campagne. Drame en deux actes. En collaboration avec Emmanuel DENARIÉ.

PARIS. — TYP. PLON-NOURRIT ET Cie, 8, RUE GARANCIÈRE. — 23932.

Majoration temporaire de 30 % sur le prix des volumes à 3f50

Majoration temporaire de 20 % sur les volumes d'autres prix.

(Déc. synd. février 1918.)

www.ingramcontent.com/pod-product-compliance
Lightning Source LLC
Chambersburg PA
CBHW050158030726
47505CB00005B/1421